Die zweite Welt ist ein Ermittlungsroman. Lisa Nerz, bewährte Aufklärerin zahlreicher Fälle, bekommt eine neue Herausforderung: Es gilt eine angekündigte Tat zu verhindern. Rastlos geistert sie mit der technikaffinen Schülerin Tuana (großartig als Sidekick!) durch urbane und virtuelle Realitäten, Milieus und Architekturen.

> Neben dem Selbstbedienungsbäcker behauptete das Schaufenster der Drogeriefiliale: »Heute ist euer ganz persönlicher Prinzessinnentag.« Sie hatten bunte Transparente ausgerollt. »Lass die Frau raus!« In der Frauentagswoche sollten wir arttypische Geschöpfe darstellen: Naschkatze, Diva, Beautyqueen, Sportskanone, Nachteule, Powerfrau, Naturschönheit, Heldin und Genießerin.

Es streifen viele Frauen durch diesen Roman, widersprüchlich, ungebügelt, parteilich, voreingenommen. Mit Lisa Nerz und Tuana, die eine junge, ganz eigene Sicht auf die Dinge hat, vollführt Christine Lehmann einen investigativen Streifzug durch unsere Geschichte/n. Wie lange ringen wir schon um einen aufrechten Gang? Wie lange kämpfen wir um Respekt, um eine würdige Position in Kultur und Gesellschaft, um Menschenrechte? Derzeit erneuert sich alte Unruhe. Hinter der lange als erreicht beteuerten Gleichstellung wird die ständig gelebte Ungleichheit wieder sichtbar. In frischen Konflikten um Sprache, die Nichtmänner unsichtbar macht, um einen Kulturbetrieb, der Frauen missbraucht oder ignoriert oder beides, um zweierlei Maß in Arbeit und Bildung sowie in der großen Erzählung unserer Welt. Und reflexhaft formiert sich wütender Gegendruck, oft in aggressiver Rhetorik, die Frauen hemmungslos beleidigt und bedroht.

In diesem Roman will nun einer ernst machen, will töten – und zwar am Frauentag. Die einmal jährlich zelebrierte Sichtbarkeit der Frauen gedenkt er als Bühne zu benutzen. Was ist das für ein Mensch, und wie können Lisa und Tuana ihn aufspüren im großen Stuttgart, an diesem kalten achten März?

Bei Christine Lehmann prallen Demokratie und Feminismus auf populistischen Terror. Sie verhackstückt aktuelle Polemik und wühlt in der Normalität, bis die Unvernunft zutage tritt. Ein Frauentagskrimi? Nein, ein hochaktueller feministischer Kriminalroman für alle.

Else Laudan

Christine Lehmann

Die zweite Welt

Ariadne 1237
Argument Verlag

Ähnlichkeiten mit lebenden oder toten Personen
sind nicht beabsichtigt und rein zufällig.
Christine Lehmann

Deutsche Originalausgabe

Glashüttenstraße 28, 20357 Hamburg
Telefon 040/4018000 – Fax 040/40180020
www.argument.de
Umschlag: Martin Grundmann, Hamburg
Umschlaggrafik: © JCG, fotolia.com
Lektorat: Else Laudan
Satz: Iris Konopik
Druck und Bindung: CPI books, Leck
Gedruckt auf säure- und chlorfreiem Papier
ISBN 978-3-86754-237-1
Erste Auflage 2019

*Für alle Feminist*innen dieser Welt*

*»Denken müssen wir,
wir wollen nie aufhören zu denken,
was sind das für Zeremonien und
warum sollten wir an ihnen teilhaben.«
Virginia Woolf*

8. März, 6:23 Uhr

Die Furien sind unter uns, die Megären und Mörderinnen. In Europa vollzieht sich gegenwärtig ein dramatischer Gender-Wandel, der das Gesicht des Menschen für immer zu verändern droht.

Das träume ich doch. Bitte aufwachen.

Lassen Sie sich nicht in die Irre jagen durch die feministischen Bezahlschreiber! Dieses Buch sollte jeder gelesen haben, der sich über die Umsexung des Volks informieren möchte, den die angelsächsischen Suffragetten schon 1883 geplant und in Auftrag gegeben haben. Die langfristige Entmannung des Menschen ist Realität und wird mit der massenhaften Gehirnwäsche und Umerziehung an Schulen und Hochschulen vorangetrieben. Natürlich wird diese Wahrheit von gewissen Leuten und Genderwahnparteien in die Patriarchatsecke gestellt und als sexistische Propaganda abgetan.

Hilfe! Die Augenlider sprangen mir auf.

Neben mir atmete einer.

Im Halbdunkel ordnete das Zimmer hastig die Senkrechten und rechten Winkel. Beinahe hätte ich es beim nächtlichen Umsturz ertappt.

7:48 Uhr

»Da schau her, der Frauenanteil ist im Deutschen Bundestag von 37 auf 30 Prozent gesunken«, las ich vor. »Und das fällt denen heute auf?«

Richard straffte seinen Teil der Zeitung. »Heute ist Internationaler Frauentag.« Kurz sah ich seine milchkaffeebraunen Augen über die Blattkante hinweg. Er las den Wirtschaftsteil, wie ich an der mir zugewandten Seite erkennen konnte, der Abteilung Wissen.

»Dann müssen wir heute mit Bollerwagen und einer Kiste Bier grölend ins Grüne ziehen und Männer belästigen, oder?«

»Das verwechselst du mit dem Vatertag, Lisa.« Richard griff nach dem Kaffeebecher. Frisch geduscht, mit feuchtem Haar, nach Zeder und Zibet duftend, noch in Hemd und Weste ohne Krawatte und Jackett, pflegte er die erste halbe Stunde seines Tages am Küchentisch seiner Wohnung in der Kauzenhecke mit ihrem Art-déco-Inventar und dem Bechsteinflügel im Musikzimmer einem Müsli, einem schwarzen Kaffee und der auf Papier gedruckten Tagespresse zu widmen.

Hinterm Küchenfenster regnete es dünn. Ich betrachtete die Textkästchen in meinem Stuttgartteil. Die Partei des gesunden Menschenverstandes sah den Untergang voraus. Landes-PGM-Chef Volker Levin behauptete: »Die deutsche Gesellschaft krankt an einer durchgegenderten multikulturalisierten Indoktrination durch das Establishment der internationalen schwulen Netzwerke, das uns vorschreibt, welche Wörter wir verwenden dürfen und welche nicht.« Jawoll: Denn an einem Regentag schuf Gott den Menschen zu seinem Bilde und schuf ihn als Mann und Frau. Woraus sich Gleichrangigkeit ableitete, aber eben auch, dass es nur zwei biologische Geschlechter gab und auf keinen Fall soziale Geschlechter. Vorausgesetzt, man hielt den mosaisch-christlich-islamischen Gott für die Autorität aller Welten.

»Wenn es nach den Gesunden Menschenverstandlern ginge«, sagte ich, »dann darf es mich nicht geben. Dich übrigens auch nicht.«

»Nach denen geht es aber nicht, Lisa.« Morgenfrieden. Der Oberstaatsanwalt für Wirtschaftsstrafsachen fühlte sich noch sicher in seiner Welt zwischen Kessel und Fernsehturm.

Im Deutschlandfunk erklärte die Übersetzerinnenstimme von Minna Salami, dass sich der afrikanische Feminismus nicht ausschließlich mit dem Männer-Frauen-Ungleichgewicht beschäftigt, weil auch Hierarchien aufgrund von race und soziopolitische Faktoren das Leben der Frauen beeinflussen. – Warum hatten die »race« nicht übersetzt? Selbst wenn im Englischen »race« irgendwie anders gebraucht wurde, ging es doch wohl um Weiße und Schwarze. Was natürlich keine Rassen waren. Klar. Denn die dunkle Hautfarbe hatte sich parallel in verschiedenen Weltgegenden entwickelt, genauso wie die helle. Menschen züchten Hunderassen und Pferderassen. Aber Menschenrassen gibt es nicht, außer bei Rassisten.

»Gehst du hier mit Cipión raus oder soll ich dich mit runternehmen?«, fragte Richard beim Einräumen der Spülmaschine.

Der Dackel hob den Kopf. Zu gerne hätte er im Degerlocher Wald unterhalb des Fernsehturms Cindy getroffen, die Terrierhündin, die morgens von einer Frau aus der Löwenstraße ausgeführt wurde. Aber draußen herrschte Märzwinter. Das würde ihm nicht gefallen.

8:02 Uhr

Während Richard die Limousine die Neue Weinsteige hinunterrollen ließ, sagte die Moderatorin im Deutschlandfunk: »Afrikanisches feministisches Denken wird angetrieben von der Idee, dass Liebe und Gerechtigkeit ergänzend zu Revolution und Veränderung sind.«

Mein Handy rappelte in meiner Jacke.

»Was gibt's, Sally?«

»Wir hatten einen Drohanruf.«

»Ui!«

»Immer bin ich dran, wenn die Gestörten anrufen.« Sally arbeitete als Assistentin in einer aktuellen Redaktion des SWR. »Ich hab heute Studiodienst, wegen der Höreraktionen zum Frauentag. Zum Glück konnte ich den nicht gleich ins Studio durchstellen. Die Werbung lief schon.«

»Und was wollte er?«

»Ich nehme also ab.« Sally klang durchaus zufrieden. »›Hallo, bin ich im Radio?‹, sagt er. Er lässt mich gar nicht zu Wort kommen. ›Ja, hallo, ihr Fotzen! Ich hab eine Erklärung abzugeben. Folgendes: Ich will heute keine von euch Schlampen auf der Straße sehen. Sonst passiert was. Es gibt ein Blutbad.‹«

»Nett.«

Richard nahm kurz den Blick von der Straße und schaute zu mir. Ich registrierte es im Augenwinkel, während auf der anderen Seite die Hänge mit den noch kahlen Weinstöcken unter grauem Himmel vorbeiglitten.

»Ich dachte erst, das ist auch nur so ein Spinner. Das kannst du dir nicht vorstellen, was die Leute auf Stichwort schimpfen können. Unterirdisch die Mails ins Studio. Wie die drauf sind, schon vorm Frühstück!«

Ich gab ein Sozialgeräusch von mir.

»Also ich sage: ›Sie sind noch nicht dran.‹ Darauf er: ›Du hast uns nichts zu sagen, du Fi-Fa-Fotze.‹ Das hat er wirklich so gesagt. Und dann: ›Der Toleranz sind erhebliche Grenzen gesetzt, diese habt ihr nun überschritten. Der Ehrenmann handelt. Wir wollen heute keine von euch Schlampen auf der Straße sehen. Andernfalls wird das Geschrei und Wehklagen groß sein. Die Straße wird übersät mit Leichen sein und rot von Blut sein.‹ Da check ich, dass der das ernst meint. Auf einer Fortbildung über Drohanrufe, wo ich kürzlich war, haben sie gesagt, man soll mitschreiben, weil man sich hinterher nicht mehr erinnert vor lauter Aufregung. Den Rest habe ich mitgeschrieben und den Anfang aus dem Gedächtnis dazunotiert.«

»Sehr schlau. Und weiter?«

»Ich hab ihn gefragt: ›Was hast du denn vor?‹ Man soll sie fragen. Darauf er: ›Das werdet ihr schon sehen!‹ Ich frage: ›Willst du dich bei der Frauentagsdemo in die Luft sprengen oder was?‹ Und er: ›Ich werde euch töten, ti-ta-töten, ihr Fa-Fotzentagsfotzen, ihr seid Kackdreck!‹ Hat er wirklich so gesagt.«

»Schräg.«

»Vielleicht stottert er. Oder er hat das Tourette-Syndrom. Da kann man nicht beherrschen, was man sagt.«

»Und dann?«

»Dann hat er aufgelegt. Aber er will sich nicht in die Luft sprengen. Bei der Fortbildung haben sie gesagt, man soll sie fragen, wie sie es tun wollen. Wenn sie es anders tun wollen, als man ihnen unterstellt, dann gehen sie nicht darauf ein. Dann reden sie weiter. Und das hat er getan. Der hat was vor, Lisa!«

»Das müsst ihr der Polizei melden.«

»Schon geschehen. Ricki hat es auch gepostet. Der Chef hat ein furchtbares Theater abgezogen, er hat direkt aus der Straßenbahn angerufen, ob wir den Arsch offen hätten oder was.«

Auch nett.

»Ricki hat es gleich gelöscht, aber es ist schon geteilt worden. Jetzt haben wir hier Hühnerstall, kann ich dir sagen. Ich hab's auch abgekriegt, weil ich den Anruf nicht mitgeschnitten habe. Woher hätte ich wissen sollen, wie das geht? Ich weiß nicht, wo der Knopf ist. Und zwischendurch mit der Studiotechnik reden … die haben immer so Vorstellungen, wenn sie es nicht selber machen müssen.«

»Mach dir keine Gedanken, Sally. Du warst geistesgegenwärtig genug. Ich komme nachher mit Cipión am Sender vorbei. Was ist mit der Telefonnummer?«

»Natürlich unterdrückt, das haben wir gleich überprüft. Du, ich muss«, sagte Sally mit plötzlich geduckter Stimme. »Sie kommen.« Dann war sie weg.

Kleine Tropfen punktelten die Windschutzscheibe. Der Scheibenwischer fing sie weg.

»Liebe ist eine unterschätzte Emotion in der Weltanschauung«, sagte das Autoradio. »Die Kunst ist für viele afrikanische Feministinnen ein radikaler transformatorischer Akt, um Theorie mit Emotionen zu füllen. Sie schaffen neue intellektuelle Traditionen jenseits der weißen männlichen und akademischen Wissensproduktion. Es geht darum, die Gedanken zu dekolonialisieren und depatriarchalisieren.«

»Was wollte Sally?«, fragte Richard.

»Im Sender hat es einen Drohanruf gegeben. Sie hat ihn entgegengenommen.«

»Drohungen gegen wen?«

»Gegen die Hälfte der Menschheit.«

Richard grunzte ungeduldig. Sonst war er es, der die brisanten Informationen besaß, und ich musste betteln.

»So wie Sally es berichtet, klang es, als hätte der Anrufer nicht übel Lust, heute unter uns Frauen ein Blutbad anzurichten.«

Richards Kinn wurde kantig.

»Oder vielmehr unter uns Fotzen. Den Fi-Fa-Fotzen. Die will er ti-ta-töten.«

Richard schüttelte sich unwillkürlich.

»Wenn heute erster April wäre, würde ich sagen, das hat sich ein Thriller-Autor ausgedacht. Wenn's doof läuft, werdet ihr die Frauentagsdemo noch absagen müssen oder vielmehr die Fotzentagsdemo.«

Was das bedeutete, wog er in seinem Schädel bereits ab, verbal wehrte er sich aber noch. »Immer langsam mit den jungen Pferden, Lisa.« Sein Mercedes drängelte dem Auto vor uns ins Heck. »Über den Verbindungsnachweis wird man ihn schnell haben. Die müssen umgehend die Polizei …«

»Ist schon im Sender.«

Richard versuchte so zu tun, als entspanne er sich etwas. Das war im morgendlichen Autogeschiebe an sich schon eine heldenhafte Übung. Jeden Arbeitstag fielen über die Weinsteige von der Münchner Autobahn, von Tübingen und Reutlingen und aus den Fildervororten zehntausende Pendler in den Kessel ein.

»Sexuelle Befreiung war und ist ein feministischer Kampf«, dozierte das Radio. »Als Frauen davon sprachen, dass sie auch ohne Ehe Sex haben wollten und die gleichen moralischen

Standards für Frauen und Männer, verstanden Männer darunter grundsätzlichen sexuellen Zugang zu Frauen ohne jegliche Verpflichtungen. Das ist nur eine der Fallen, in die uns das Patriarchat tappen lässt.«

Ich rief Facebook auf. »Ich hoffe, du wirst von einem Asylanten vergewaltigt«, wischte an meinem Auge vorbei. Ich klickte meine gemeinsamen Freunde mit Ricki ab. Wann hat Facebook eigentlich die FreundInnen abgeschafft?, fragte ich mich im Hinterkopf. Eine Freundin hatte Rickis Post geteilt. »Heute Drohanruf gegen Frauentagsdemo. Leute, mäßigt euch! Leben und leben lassen!«

Über die Freisprechanlage meldete sich Richards Handy. Das Gelaber im Deutschlandfunk verstummte und auf dem Display seines Bordcomputers erschien der Name Dr. Elvira Ernst.

»Ah«, stellte ich fest, »da ruft sie schon an, die neue Polizeipräsidentin.«

Richard tippte auf den grünen Punkt. »Weber, guten Morgen, Frau Ernst.«

Eine resolute Stimme mit oberschwäbischem Akzent füllte die Kabine. »Guten Morgen, Herr Weber, entschuldigen Sie die frühe Störung …«

»Bevor Sie weiterreden, Frau Ernst, ich sitze nicht allein im Wagen.«

»Huhu, Frau Ernst!«, rief ich Richtung Freisprechanlage. »Ich bin's, Lisa Nerz.«

»Guten Morgen, Frau Nerz.« Der Chefinnensound kam etwas ins Trudeln.

»Falls es um den Drohanruf im SWR geht«, rief ich, »das wissen wir schon.«

»Wir hatten aufseiten der Zeugen eigentlich um Stillschweigen gebeten.«

»Geht schon viral auf Facebook. Es arbeiten viele Leute an so einer Frühsendung.«

Die Polizeipräsidentin schluckte hörbar. »Nur ganz kurz, Herr

Weber, wir haben für acht Uhr dreißig eine Besprechung im FLZ angesetzt ...«

Es war zehn vor halb neun.

»... und hätten Sie gern dabei.«

»Mich auch?«, fragte ich.

Richard warf mir einen tadelnden Blick zu und sagte Richtung Display: »Ich bin auf dem Weg. Bis gleich.«

Das Radio übernahm wieder die akustische Füllung der Kabine: »Wie fordern wir einen Staat heraus«, fragte eine Frauenstimme, »der uns eine rachsüchtige heterosexistische Idee als Norm aufdrückt?«

Es war ein zähes Vorrücken in der Häuserschlucht der Stichstraße nach unten von Ampel zu Ampel.

Wozu brauchen die Richard?, fragte ich mich. Er würde es mir nicht erklären. Seine Rolle im Machtgefüge der staatlichen Rechtspflege durchschaute ich immer noch nicht, obgleich ich ihn schon lange kannte. Eigentlich war er Staatsanwalt für Wirtschaftsstrafsachen, aber er leitete auch, wenn nötig, interne Ermittlungen. Eine Bedrohungslage durch einen frauenfeindlichen Gefährder gehörte allerdings nun gar nicht zu Richards Standardaufgaben.

8:22 Uhr

Er musste sein Ziel ändern: nicht mehr Staatsanwaltschaft in der Neckarstraße, sondern Polizeipräsidium in der Hahnemannstraße auf dem Pragsattel. Viel Zeit hatte er nicht.

»Schmeiß mich irgendwo raus«, sagte ich.

»Der Begriff gender role«, sagte das Radio, »wird benutzt, um all jene Dinge zu beschreiben, die eine Person sagt oder tut, um sich selbst auszuweisen als jemand, der oder die den Status als Mann oder Junge, als Frau oder Mädchen hat, lesen wir bei John Money schon 1955.«

Noch einmal Rot.

»Wahrscheinlich ist es nur einer, der sich über das Frauentagsgedöns im Radio ärgert«, bemerkte ich. »Wer droht, schießt nicht. Amokläufer drohen vorher nicht.«

Grün. Richard gab Gas und bog auf die Stadtautobahn ab. »Woher weißt du das so genau?«

»Aus Funk und Fernsehen. Entweder es gibt eine Amokdrohung und Schulen werden geräumt, oder ein Einzelgänger richtet ein Massaker an, und niemand hat vorher was gewusst.«

Ich startete Twitter auf meinem Handy und durchsuchte den #frauenkampftag. Das Radio redete: »Sexualität bedeutet für den Feminismus, was Arbeit für den Marxismus ist: nämlich das, was am meisten Anteil an der eigenen Identität hat und einem doch am häufigsten genommen wird. Die Form, wie sich Sexualität äußert, strukturiert die Gesellschaft in zwei Geschlechter, Frauen und Männer. Eine Teilung, die der Gesamtheit gesellschaftlicher Beziehungen zugrunde liegt. Wie die organisierte Ausbeutung der Arbeit einiger zum Wohl anderer die Arbeiterklasse definiert, so definiert die organisierte Ausbeutung der Sexualität der einen zum Nutzen der anderen das Geschlecht der Frau.«

»Ich setze dich am Stöckach ab«, sagte Richard.

»Und ich werde mich mal umhören.«

Sein Blick zeigte Alarmstufe Rot. »Je weniger darüber geredet wird, desto besser. Panik können wir gar nicht brauchen.«

»Zu spät!«

Zwischen »Solidarität mit den emanzipativen Protesten im Iran« und »Antifeminismus ist keine Alternative« flackerte der Tweet auf: »Anschlagsdrohung auf Frauentagsdemo in Stuttgart. Unbekannter droht gegenüber unserem Sender.«

»Es gibt einen weiteren Drohanruf, Richard. Der Ehrenmann hat nicht nur Sally angerufen.«

»So'n Hurenseich!«, fluchte er in einem seltenen Anfall von Inbrunst. »Und den nennst du Ehrenmann?«

»Er hat sich Sally gegenüber selbst so genannt«, fiel mir ein. »Scheiße! Wenn das so einer ist …«

Die Kommentare, die der Tweet bereits nach wenigen Minuten angezogen hatte, reichten von »die Fricken gehören alle mal ordentlich durchgefickt« bis zu »so sieht die Rache des frustrierten Patriarchats aus«.

»Was für einer?«, fragte Richard.

»Ein Unfren. Die nennen sich Ehrenmänner und schießen auf Frauen.«

8:27 Uhr

Mit Cipión an der Leine marschierte ich die Neckarstraße entlang zu meiner Wohnung. Die Stadt nahm gerade ihren Betrieb auf. Autos, volle Stadtbahnen, Leute. Morgenvolk klaubte sich hinter den beschlagenen Schaufensterscheiben beim Selbstbedienungsbäcker die Brötchen zusammen. Die Läden noch geschlossen. Ein paar späte Schülerinnen unterwegs in Slimfitjeans, alle mit den gleichen weißen Sneakern, die man neuerdings Vans nannte. Worte wehten mich an: »Voll der Problematiker. Ich so: Den kannst du blablabla, sie so …« Wenn ich es recht bedachte, hatte ich vor langer Zeit aufgehört, die Menschen zu sehen, die jeden Tag an den alten Backsteinhäusern entlangzogen. Sie waren verschwommen zu einem Gehusche und Geraune in der Kulisse meiner Existenz. Aber heute sah ich sie, nahm sie wahr, schaute sie an, den Funktionsjackenträger mit dem dreibeinigen Hund, der zum Bioladen einbog, die Alte unterm Regenschirm mit dem Einkaufstrolley, die elegante Kostümfrau mit den prallen Waden auf dem Weg zum Hinterhofabstellplatz ihres Wagens, die Frau im Regencape, die ihr altes Fahrrad vor dem Eckmetzger abstellte, denn einer, irgendeiner, wollte sich heute in dieser Stadt hervortun, um zu töten.

Neben dem Selbstbedienungsbäcker behauptete das Schaufenster der Drogeriefiliale: »Heute ist euer ganz persönlicher Prinzessinnentag.« Sie hatten bunte Transparente ausgerollt. »Lass die Frau raus!« In der Frauentagswoche sollten wir arttypische Geschöpfe darstellen: Naschkatze, Diva, Beautyqueen, Sportskanone, Nachteule, Powerfrau, Naturschönheit, Heldin und Genießerin. Cipión hob das Rüdenbein an der Hauswand.

Oma Scheible fehlte, als ich mein Haus betrat. Immer seltener traf ich sie im Treppenhaus, und wenn, seufzte sie übers Alter. »'s wird au' immer minder.« Rauf zu mir in den dritten Stock schaffte sie es kaum noch. Ich überlegte seit Wochen, ob ich mir einen Schlüssel für ihre Wohnung geben lassen und sie mit Kässpätzle versorgen musste.

Im Briefkasten steckte buntes Papier mit Sonderangeboten und eine Postkarte der PGM. Kommunal- und Europawahlen standen an. Noch durfte nicht plakatiert werden, aber das Logo, ein stilisiertes violettes Gehirn, das sich zu einer Daumen-hoch-Faust verformte, überschwemmte schon die sozialen Netzwerke und rutschte einem aus Briefkästen in die Hand. »Wir sind die Partei des gesunden Menschenverstandes. Wir machen, was die Menschen wirklich wollen. Sie wollen ein schlankes Europa und ein starkes Deutschland. Sie wollen Arbeit und ein Zuhause. Sie wollen mit ihren Familien in Frieden leben.« Rechts oben das Konterfei von Volker Levin, einem pensionierten Fernsehmoderator und Spielshowmaster mit grauen Schläfen. Rückseitig stand unter der Überschrift *Sprache in Geiselhaft*: »Sprachwissenschaftler warnen vor einer Verkrüppelung unserer Muttersprache.«

Die hatten doch alle einen Knall!

Im Treppenhaus kam mir Tuana mit Schultasche entgegen, den Blick aufs Telefon gesenkt, die Brauen zusammengezogen. Mantel, Hidschab, Abaya, Schuhe und Lippenstift waren perfekt aufeinander abgestimmt, eine Hymne von Flieder, Pink, Rosé, Violett und Brombeer. Im ovalen Rahmen des Hidschabs steckte ein weißes Gesicht mit Pfirsichhaut und großen Mandelaugen, schattiert von einem kunstvollen Make-up aus Braun, Holz und Schwarz.

»Ups!« Fast wäre sie über Cipión gestolpert. Sie hob die Augen vom Handy und deutete auf die Karte mit dem violetten Gehirn in meiner Hand. »Allah befreie uns von der Versuchung des gesunden Menschenverstands!«

Mir stellten sich die Härchen zwischen den Schulterblättern auf. Tuana war noch keine achtzehn Jahre und schon gedankensicher.

»Heute erst zweite Stunde?«, fragte ich des Sozialgeräuschs wegen.

»Dritte. Französisch ist krank.« Sie war schon an mir vorbeigeweht, da drehte sie sich um. »Darf ich Sie mal was fragen?«

»Jederzeit und alles.« Es war mir noch nicht gelungen, sie zum schwesterlichen Du zu überreden. In ihren Augen war ich eine Respektsperson. Oder zu alt, eine Teyze. »Was gibt es denn?«

Tuana senkte die Stimme. »Nicht hier.« Sie schaute die Treppe empor, die ich gerade in Angriff genommen hatte. Cipión wartete mit den Vorderpfoten auf der dritten Stufe.

»Wenn du … Verzeihung, wenn Sie mit hochkommen wollen …«

Mit einem Wehen des brombeerfarbenen Mantels war sie neben mir auf der Treppe. Cipión hüpfte sein Hinterteil auf dieselbe Stufe wie sein Vorderteil.

»Musst … Müssen Sie nicht in die Schule?«,

Tuana zuckte mit den Schultern. »Bei mir sagen die nichts, mehr als fünfzehn Punkte geht ja nicht.« Sie huschte an der Wohnungstür im zweiten Stock vorbei, hinter der ihre Eltern und ihre kleine Schwester wohnten. Cipións Krallen auf der Holztreppe und mein Stiefelgetrampel übertönten Tuanas Schwebeschritte. Vielleicht war es so gedacht, vielleicht auch nicht. Ihr Profil verriet nichts. Zierliches Kinn, volle Lippen, ordentlich Nase, lange Wimpern, der Blick geradeaus.

Meiner Wohnung fehlte der Flur. Man trat unmittelbar ins Wohnzimmer. Cipión stürzte in die Küche, wie immer in der Hoffnung, es könnte sich in unserer Abwesenheit der Napf gefüllt haben. Er wusste es besser, konnte es aber nicht lassen. Tuana zog die Schuhe aus, ehe ich sagen konnte, dass sie das nicht musste. In violetten Socken stand sie auf meinen Dielen, die nach dem Brand- und Löschwasserschaden vor was weiß ich wie vielen oder wenigen Jahren hatten neu versiegelt werden müssen. Ihr Juwelenblick wanderte über meinen alten Kneipentisch mit den Kneipenstühlen, das neue Sofa, den Fernseher und die überladene Garderobe neben der Tür mit dem Akubra-Hut auf der Ablage.

»Ich muss mir schnell was anderes anziehen«, erklärte ich. Ich hatte noch die schwarze Lederhose an, von unserem Besuch einer Vernissage gestern Abend: »Das weibliche Antlitz Stuttgarts«. Mit »Ah!« und »So!« hatten wir uns unter hundert mir mehrheitlich unbekannten Frauen umgeschaut: Käte Hamburger, Marcia Haydée, Clara Zetkin oder Therese Huber, Ende des 18. Jahrhunderts schon Zeitungsredakteurin, da schau her. »Es geht nicht darum, dass Frauen noch mehr Leistungen erbringen«, hatte die Rednerin gesagt, »sondern dass die Leistungen der Frauen endlich sichtbar gemacht werden.« Alles sehr ordentlich und erhebend.

Tuana folgte mir ins Schlafzimmer. »Sie können ruhig Du zu mir sagen.«

»Igitt, ich würde mich wie Ihre Handarbeitslehrerin fühlen.«

Sie lachte höflich. »Wir haben kein Handarbeiten mehr. Kinder, die siezen, sind besser in der Schule. Sie benutzen eine komplexere Grammatik und müssen ihre Sätze besser planen.«

»Sie sind doch kein Kind mehr.« Wann hatte ich je einen Satz geplant? Ich riss die Schranktüren auf und ertappte mich dabei, dass in meinem Hinterkopf die Suche nach einer textilen Ausstattung ablief, die der Öffentlichkeit – etwa einem Mann mit Gewehr am Fenster eines Hotels mit Blick auf irgendeinen Platz – nicht verriet, dass ich eine Frau war. Feigling, ich! So viel zum Terrorpotenzial von Drohungen.

»Stört es Sie, wenn ich …?« Ich hakte die Daumen in den Bund der knirschenden Lederhose. Tuana schüttelte den Kopf und lächelte. Bei so viel bekennender Weiblichkeit vergaß ich gern, dass ich kein Mann war und mein Körper die Ausstülpungen oben, nicht zwischen den Beinen hatte. Also Hosen runter. Frau und Frau war nicht ayıp. »Was wollten Sie denn mit mir besprechen, Tuana?«

Sie blickte auf ihr Handy, das nicht muckste. »Ich habe Angst, dass die Eltern meiner Freundin sie in der Türkei zwangsverheiraten.«

»Ach herrje, immer diese Brutalitäten. Geht's bei euch nicht auch mal anders?«

Tuana schwieg.

Die neue Sweatpant im Camouflage-Look fiel mir in die Hände, hässlich, schlabbrig. Dazu die schwere Lederjacke und Joggingschuhe für den Straßenkampf. »Sie geht mit dir in eine Klasse?«

»Sie ist in den G9-Zug gewechselt, ich bin G8plus.« Das war für Hochbegabte.

»Zwangsehen mit Minderjährigen sind bei uns verboten. Auch dann, wenn man die junge Frau dazu ins Ausland bringt.«

»Ich weiß.«

»Darauf steht Gefängnis. Sie können die Eltern anzeigen. Oder vielmehr, Ihre Eltern könnten das tun.«

»Ich habe mit ihnen mal darüber gesprochen. Was sie tun würden, wenn sie von so was erfahren würden. Sie sind voll dagegen, also gegen Zwangsheirat.« Ihr Vater war Gefäßchirurg am Katharinenhospital, ihre Mutter führte einen internationalen Handel mit Nüssen. »Aber sie sagen, sie können sich da nicht einmischen. Die Leute vom Dorf haben doch nichts anderes als ihre Ehre.«

»Ist das so?«

Tuana zuckte mit den Achseln. Das wollte sie offensichtlich jetzt nicht vertiefen. »Sosan …«

»Das ist Ihre Freundin?«

»Ja. Sosan hat mir vorhin eine Whatsapp geschickt, dass sie

dringend mit mir sprechen muss. Worum es geht, wollte sie nicht sagen, falls es jemand sieht. Ich habe sie angerufen, aber ihr Telefon war nicht mehr am Netz. Vielleicht haben sie es ihr weggenommen. Wahrscheinlich hätte sie aber sowieso nicht mit mir reden können.«

»Und wie kommen Sie darauf, dass sie akut zwangsverheiratet werden soll?« Ich entschied mich für die Cargohose wegen der vielen Taschen.

»Seit Neujahr redet sie davon, dass sie Angst hat, dass ihre Eltern schon Hochzeitsverhandlungen führen. Sie waren letzten Herbst alle bei den Großeltern zu Besuch. Ein Nachbarsohn hat sich für sie interessiert. Und seit gestern ist Sosan krankgeschrieben. Vielleicht fliegen sie heute Abend.«

»Kruzitürk... äh, kahretsin!«

Tuana lächelte unwillkürlich.

»Verdammt, wieso musstet ihr warten, bis alles zu spät ist? Es gibt doch Internetseiten für solche Fälle, Hilfsangebote, Nottelefone ... Papatya in Berlin nimmt junge Frauen auf, die ihrer Zwangsheirat entkommen wollen.«

»Aber Sosan müsste mit ihren Eltern brechen, mit der ganzen Familie. Sie können das wahrscheinlich nicht verstehen ...«

Konnte ich, wollte ich aber nicht. Eigentlich hatte ich für das Teenagerinnendrama heute keine Zeit. Ich zog Hemd und Weste aus und einen Sweater an. »Sie könnten zum Rektor Ihrer Schule gehen und ihm Ihren Verdacht mitteilen. Er benachrichtigt das Jugendamt, und die kümmern sich drum.«

»Und wenn es doch nicht so ist? Wenn ich mich irre? Das würde Sosan mir nie verzeihen.«

»So was nennt man ein Dilemma.«

Tuana zeigte einen Anflug von Verlegenheit. »Sosan hat einen Freund.«

»Aha.« Jetzt noch die Bikerstiefel.

»Sie sagt, ihr Bruder tötet sie, wenn er es erfährt. Und lieber bringt sie sich selber um, bevor er es tut.«

»Nett von ihr. Damit erspart sie ihrem Bruder auch noch die Gefängnisstrafe wegen Mordes.«

Tuana schwieg.

»Und was kann ich jetzt tun? Wollen Sie wissen, wie man sich am besten umbringt?«

Sie schaute mich skeptisch an. Ich pegelte meinen Lisa-Nerz-Ton runter.

»Okay. Dann schlage ich vor, wir entführen Ihre Freundin mal kurz zur Klärung des Sachverhalts. Wo wohnt sie?«

»In der Böblinger Straße beim Marienplatz.«

Das lag im Süden, während wir uns hier im Osten befanden. Normalerweise gingen Kinder auf Schulen ihres Stadtteils. »Und in welche Schule gehen Sie?«

»Ins Karls-Gymnasium wegen des G8plus.«

»Ich nehme an, Sosan verfügt über einen Computer. Schicken Sie Ihr eine klassische E-Mail oder eine Messenger-Nachricht oder was auch immer Sie so benutzen, dass Sie sich mit ihr treffen wollen.«

»Aber ihr Bruder begleitet sie überallhin.«

»Ich setze ihren Bruder außer Gefecht und Sie flüchten mit Sosan.«

Tuana musterte mich in meiner Rowdy-Montur. »Aber er hat ein Messer.«

»Und ich habe einen schwarzen Gürtel. Außerdem ist Cipión nicht zu unterschätzen.«

Sie lächelte sachte. Ich versuchte zu erkennen, ob skeptisch, nachsichtig oder ablehnend. »Vielleicht bin ich feige … Aber meine Eltern haben viele Freunde unter den Türken.« Sie blickte mich gerade und mutig an. »Mir wäre es egal, wenn sie uns schneiden, aber ich habe eine kleine Schwester. Sie würde nicht mehr zu Geburtstagen eingeladen und so.«

»Das heißt, Sie möchten selbst physisch nicht in Erscheinung treten.«

»Sie verstehen das nicht. In den Familien meiner Freundinnen ohne Mihigru kommen solche Sachen nie vor. Die sagen immer so: Lauf doch einfach weg! Aber es ist unser Herz das Schlachtfeld. Das kann nicht weglaufen.«

War mir zu kompliziert. Vor allem jetzt. Außerdem meldete sich Sally mit einer Nachricht auf meinem Telefon und fragte, wann sie mit mir rechnen konnte. Ich textete: »In einer Viertelstunde. Gehe jetzt los.«

Ein kurzer Blick aus dem Küchenfenster, das über die Haltestelle Stöckach hinweg den Blick auf die Staatsanwaltschaft erlaubte, wo Richard gerade nicht im dritten Stock saß, ergab, dass sich in Sachen Wetter nichts gebessert hatte. Also Jacke an.

Nur dass in meinem Salon noch die junge Frau in ihrer harmonischen Farbenpracht herumstand und nicht wusste, wohin.

»Vorschlag«, sagte ich. »Melden Sie sich bei mir, wenn Sie wieder Kontakt zu Sosan haben. Ich muss jetzt leider los. Und Sie sollten wohl in die Schule.«

»Ich kann mich sowieso nicht konzentrieren.«

8:43 Uhr

»Dann kommen Sie halt mit«, sagte ich und schnappte mir den Akubra-Hut von der Garderobe, den ich bei einer Ermittlung in Australien gekauft hatte. Mit unseren exotischen Kopfbedeckungen wanderten wir den menschenleeren Industriefassadenschacht der Stöckachstraße entlang Richtung Funkhaus. Tuana schwebte an meiner Seite hinter Cipión her, der im Halsband röchelnd zog. In diesem Punkt wurden auch alte Dackel niemals weise. Märzenschnee rieselte.

Wir mussten was reden. Ich hatte aber nichts zu reden. Zum tantenhaften Smalltalk – »Was macht die Schule? Was ist dein Lieblingsfach? Was willst du denn mal werden?«, alles per Sie – konnte ich mich nicht überwinden. Ohnehin fehlte mir der Sinn für dem Alter und Geschlecht angemessene soziale Rollen.

Ich erzählte Tuana von dem Drohanruf. Ging ja ohnehin schon viral. »Und jetzt sollten wir unter einer Viertelmillion Männer in Stuttgart den einen finden, der heute unter Frauen ein Blutbad anrichten will. Am besten, bevor er es tut.«

»Woher wissen Sie, dass er in Stuttgart wohnt?«, fragte Tuana. »Er könnte auch aus Böblingen oder Ludwigsburg kommen oder aus Kirchheim unter Teck. Ich würde sogar sagen, dass er aus einer Kleinstadt kommt. Bei uns gibt es so viele Möglichkeiten, Leute zu treffen, da muss man nicht Amok laufen.«

»Ach so?«

Ich suchte nebenher auf meinem Telefon nach der Frauentagsdrohung. »Italien will Roma in einem Register erfassen«, meldete ein Nachrichtensender. So geht das los. Zigeunertricks, Zigeunerkönige und Zigeunerschnitzel feierten in den Kommentarfeldern fröhliche Urstände. Die Attentatsdrohung, die der Privatsender Radio Victoria eingestellt hatte, war ungefähr dreißig Mal retweetet worden und hatte reichlich Kommentare erzeugt wie »Einmal im Monat müssen Fozzen Bluten« oder »Nur Tote Pussi ist gute Pussi« und »Die Emanzipation der Frau ist ausgeblieben, weil Frauen lieber Frauenquoten und Frauenförderung wollen.« Eine fragte: »Warum gibt es für Männer keine gleichwertige Schmähung wie Schlampe für uns?« Darunter: »Hurenbock, Wichser.«

»Dörfer sind das Schlimmste«, fuhr Tuana fort. »Wenn Sosan wenigstens in eine Stadt käme, nach Ankara oder nach Kayseri …«

»Wieso Kayseri?«, fragte ich, abgelenkt von der Frage, wo Radio Victoria sein Sendestudio hatte. Aha: heute war der Tag der Böblinger Straße.

»Weil das Dorf ihrer Großeltern sechzig Kilometer von Kayseri entfernt ist. In einer Stadt, da könnte sie ausgehen, sich mit Freundinnen treffen, aber in so einem Dorf … sie darf nicht arbeiten, kein eigenes Geld verdienen.«

»Was dir fehlt«, las ich in einem Kommentar unter dem Post

von Radio Victoria, »ist eine richtig schöne Vergewaltigung, dann wird dir dieser Feministenscheiß schon vergehen.«

»Tja, wie gut würde doch alles flutschen«, bemerkte ich, »wenn die Frauen keinen eigenen Willen hätten!«

»Der Islam ist eigentlich nicht so«, sagte Tuana.

»Ach, nein? Der Katholizismus und der Protestantismus, die sind so.« Ich brauchte nur aus den Kommentaren zu zitieren: »Das Weib schweige in der Gemeinde. Nichts Schändlicheres gibt es als das Weib, durch nichts richtet der Teufel mehr Menschen zugrunde als durch das Weib. Die Frau ist ein misslungener Mann. Der wesentliche Wert der Frau liegt in der Gebärfähigkeit und in ihrem hauswirtschaftlichen Nutzen.«

»Mohammed hat nie eine Frau geschlagen«, erklärte mir Tuana eifrig. Oder eifernd? »Chadidscha, seine erste Ehefrau, war eine vermögende Kauffrau aus Mekka. Mohammed hat für sie als Angestellter gearbeitet, bevor er sie heiratete.«

Ich musste lachen. »Guter Schachzug.«

»Sie hat ihm die Ehe angetragen. Und Aischa, seine dritte Ehefrau, führte Schlachten an und war nach seinem Tod eine geachtete und gefragte Gelehrte.«

»Aber ihr habt doch auch eure Sure.«

Tuana war koranfest. »Sie meinen wahrscheinlich: ›Die Männer stehen über den Frauen …‹ und ›… wenn ihr fürchtet, dass Frauen sich auflehnen, dann ermahnt sie, meidet sie im Ehebett und schlagt sie! Wenn sie euch gehorchen, dann unternehmt nichts gegen sie.«

»Allahu Akbar!«

»Man muss das richtig verstehen.«

»Religion ist immer ein Fanatismus des Patriarchats.«

»Der Islam hat Frauen von Anfang an das Recht auf Scheidung gegeben. Gab's das im Christentum im siebten Jahrhundert?«

Richard hätte das gewusst. Ich dachte nur an »Bis dass der Tod euch scheidet«, hielt es aber für möglich, dass es im Mittelalter ganz anders zugegangen war. »Keine Ahnung.«

»Und der Mann ...«, Tuanas Augen blitzten stolz, »der muss nach der Scheidung für den Unterhalt der Kinder zahlen. Frauen durften auch erben. In seinem Wesen zielt der Islam auf Gleichberechtigung und Befreiung.«

»Außer Ihnen scheint das aber niemand zu wissen.«

»Das wissen viele. Jedenfalls viele Frauen. Der Kur'an ...« Sie sprach Koran arabisch aus. »... ist in einem alten Arabisch geschrieben. Wortbedeutungen haben sich geändert. So kommt es zu einem falschen Verständnis. In der Sure geht es darum, wie ein Mann sich verhalten soll, wenn seine Frau ihn nicht erträgt und gegen ihn rebelliert. Dann soll er sie in Ruhe lassen, er soll sie nicht zwingen, mit ihm zu schlafen, und wenn es nicht anders geht, soll er sich von ihr trennen.«

»Aha.« Noch ein Wort weiter, und wir wären bei der Frage, warum sie aller Welt zeigte, dass sie islamischen Glaubens war. Und das war momentan nicht die entscheidende Frage. Zum x-ten Mal zog sie ihr Telefon, sah nach, ob von ihrer Freundin Sosan eine Nachricht gekommen war, und steckte es wieder in die Manteltasche.

PGM-Chef Volker Levin hatte auf seiner Facebook-Seite bereits seine Einschätzung der Lage verkündet. »Die Drohung ist die logische Konsequenz einer Entwicklung zur Unterdrückung des Mannes, hinter der lesbische Akademikerinnen und Frauenbeauftragte stecken, die bis in die Spitzen der Regierungen in der EU hinein das Gender-Prinzip staatlich verankern und an der Zerstörung der traditionellen Geschlechterrollen und der Schaffung eines neuen Menschen arbeiten. Gewalt geht überwiegend von Frauen aus, die mit feministischer Muttermacht unsere Söhne instrumentalisieren zur Abschaffung der Männlichkeit. Es war eine Frage der Zeit, dass sich bewaffneter Widerstand regt.«

Na, wenn das kein Aufruf zur Gewalt war!

9:01 Uhr

Sally stand mit halb gerauchter Zigarette in der Aschenbecherecke unterm Vordach des Kupfersaals. Cipión begrüßte sie gebührend. Ich stellte Tuana vor. Sally schüttelte ausführlich ihre blonde Mähne. In ihren Augen blitzte schon die Frage aller Fragen.

»Und?«, lenkte ich sie ab. »Wie war es mit der Polizei?«

»Fitte junge Burschen. Das hat die total beeindruckt, dass ich den ganzen Anruf aufgeschrieben habe. Aber ich muss nachher noch aufs Präsidium zur Vernehmung mit Protokoll und allem Drum und Dran.«

»Hat er wirklich Ehrenmann gesagt?«

»Hat er. Seltsam, wo du es erwähnst. Und immer dieses Tatütata …« Sie schüttelte sich. »Ein Perverser, wenn du mich fragst.«

»Ein Unfren.«

»Ein was?«

»Das ist eine Zusammenziehung von ›unfreiwillig enthaltsam‹. So nennen sich die Männer, die gerne würden, aber keine Frau finden, die mit ihnen will.«

»Oh, da kenne ich mindestens einen.« Sally verdrehte grinsend die Augen zum Funkhaus hinter und über ihr.

Tuana zog ihr Telefon und begann zu recherchieren.

»Das ist mehr, Sally. Die Unfreiwilligen machen einen Riesenskandal daraus. Und wer ist schuld? Die Frauen. Unfrens treffen sich in ihren Filterblasen und befeuern sich gegenseitig in ihrem Hass auf Frauen.«

»Sie nennen das die Cyan-Pille nehmen«, sagte Tuana mit Blick auf ihr Telefon.

»Hä?«, machte Sally. »Zyankali-Pillen?«

»Cyan ist eine Farbe, ungefähr wie Türkis. Sie steht für Klarheit. Die Cyan-Pille kommt in einem älteren Computerspiel vor. Da soll einer sich entscheiden zwischen einer cyanfarbenen und einer rosa Pille.«

»Rosa Pille, alles easy?«

»Genau«, sagte Tuana. »Damit kehrt er zurück in die Traumwelt, die das System für ihn konstruiert hat. Nimmt er aber die Cyan-Pille, dann öffnet sie ihm die Augen für die Welt, wie sie wirklich ist. Im Spiel ist das der einzige Weg, damit sich was zum Besseren ändert.«

Dem hätte ich gern zugestimmt, ahnte aber, dass es eine Falle war. »Und bei den Unfrens?«

»Bei denen«, navigierte Tuana weiter, »führt das dazu, dass einer ›sich der Wahrheit stellt‹. So nennen die das. Er erkennt, dass Frauen nur auf erfolgreiche Männer stehen, so mit Muskeln und Geld. Er selber hat das nicht und wird nie mit einer Sex haben.«

»Er könnte ja mal was für seine Figur tun, nicht nur vor dem Computer rumhängen und Cola trinken«, bemerkte Sally. »Und sich ein bisschen anstrengen, flirten, zuhören, eine Frau als Mensch ernst nehmen, nicht nur als Sexspenderin. Dann klappt das auch mit der Nachbarin.«

»Vielleicht sind die nur schüchtern«, sagte Tuana. »Wir hatten mal so einen an der Schule. Wenn der mit Mädchen reden sollte, wurde er knallrot und hat Schluckauf gekriegt.«

»Arme Sau«, lenkte Sally ein. »Ja, so was gibt's. Kann man sicher auch behandeln.«

»Manche sind so wütend und so verzweifelt«, las Tuana sich weiter durch das Wiki, »dass sie schließlich die schwarze Pille nehmen.«

Sally zog die Brauen hoch. »Und das heißt, sie …«

»… töten Frauen und bringen sich selbst um.«

»So wie kürzlich der, wo in den USA rumgeballert hat. Neun tote Frauen, er selber Kopfschuss. Dann war das so einer?«

»Womöglich sind alle Amokläufer frustrierte Frauenhasser«, behauptete ich. »Über den von Montreal, 89 war das, habe ich geschrieben damals, als ich bei der *Amazone* anfing, mein erster eigener Artikel. Vierzehn Tote, die meisten Frauen. Auch bei dem in Winnenden waren elf von zwölf Todesopfern an der Schule weiblich.«

Sally schüttelte den Kopf. »Ich versteh's nicht. Wenn es denen nur um Sex geht, könnten sie doch zu Huren gehen. Sex, den kannst du doch an jeder Ecke kaufen.«

»Zu geizig«, sagte ich. »Oder sie wollen eine Frau für sich allein.«

»Vielleicht möchten sie eine richtige Beziehung«, schlug Tuana vor. »Jedenfalls wollen sie Sex nur in der Ehe.«

»Ach was, ich denke, sie haben überhaupt Schiss vor Sex und dem ganzen Drumherum.« Sally stocherte die Kippe in den Aschenbecher. »Vor dem, dass sie sich auf Frauen einlassen müssen, reden, verstehen, das ganze Beziehungsprogramm.«

»Verklemmt hat man das früher genannt«, stellte ich fest. »Das törnt keine Frau wirklich an.«

»Sie geben nicht nur den Frauen die Schuld«, fuhr Tuana fort, »sondern auch den Männern, die Frauen haben. Sie nennen sie die Genormten. Die Unfrens sagen, die Genormten schnappen sich alle Frauen, deshalb bleibt für sie keine mehr übrig. Deshalb sollen Gesetze gemacht werden, die dafür sorgen, dass ein Genormter nur eine Frau haben darf und sie selbst auch eine zugeteilt bekommen.«

»Brrr!« Sally schüttelte sich. »Ich lass mich doch nicht so einem Stinker zuteilen!«

»Und wenn ein Mann versucht«, legte Tuana noch drauf, »die Ehefrau eines andern zu verführen, soll er sofort getötet werden.«

Sallys Blick hängte sich in Tuanas Hidschab. »Kommt mir irgendwie bekannt vor.«

Tuana überhörte das. »Sich selbst sehen sie als Ehrenmänner.«

»Hörste, Sally?« Ich hob den Zeigefinger. »Ehrenmann.«

»Sie meinen, sie könnten Frauen eine gute Ehe bieten, sie seien höflicher und respektvoller als die Genormten. Aber das wollten die Frauen nicht. Frauen seien herzlos, grausam, egoistisch und nur auf ihren Vorteil bedacht, weshalb sie den Alpha-Männern hinterherlaufen und nach oben heiraten.«

»So ein Quark«, blaffte Sally Tuana an. »Habe ich etwa nach oben geheiratet?«

Wieder ließ Tuana sich nicht beirren. Eine bemerkenswert schwer zu beeindruckende Frau. »Sie selbst fühlen sich wie Abschaum, ausgesondert und ausgestoßen.«

»Tragisch«, sagte Sally, »aber das ist ihr Problem, nicht meins. Und sorry, Mädels, ich muss wieder rein. Noch ein Stündchen und dann darf ich aufs Polizeipräsidium. Ich ruf dich an, Lisa.« Sie hob winkend die Hand und lief zum Haupteingang des Senders.

Cipión zog Richtung Parkgrün. Wir folgten ihm. Ich schickte Richard über den Nachrichtendienst Signal die Frage: »Habt ihr ihn schon?«

»Er hat einen Blog«, sagte Tuana.

»Wer?«

»Dieser Junge, der immer rot wurde. Jasper hieß er. Er wollte auch mal was von mir. Er stand immer vor dem Schultor, bis ich rauskam.«

»Und dann?«

»Nichts. Er hat mich nie angesprochen. Irgendwann stand er nicht mehr da. Ich habe dann gehört, dass er die Schule verlassen hat. Das ist sein Blog.« Sie zeigte mir kurz die schwarze Mobilversion einer Web-Seite. »Da schreibt er: ›Ich schaue endlich ganz in den Abgrund des Wahnsinns. Es ist der Sexismus in unserer Gesellschaft, die Falschheit. Das ganze herzlose und verächtliche Verhalten von Frauen hat man mir als mein Fehler angekreidet. Das ist Hass.‹«

»Passt.«

Sie blickte mich an. »Vielleicht ist er das.«

»Das wäre aber ein arg schräger Zufall aus meiner Sicht.«

Aus ihrer nicht. Aus der Sicht der Polizei vielleicht auch nicht. Aber dass ich im Treppenhaus Tuana traf, während im Hintergrund der Drohanruf schwelte, und ein Jasper aus Tuanas schulischem Background der Akteur war, das war in meinem Weltkreis ein Wahrscheinlichkeits-GAU.

»Wenn ich die Stimme von dem Drohanrufer hören könnte …«

Während sie das sagte, fuhr das Fenster der *Tagesschau*-App auf meinem Telefon den Text-Rollladen runter mit der Eilmeldung: »Unbekannter droht mit Amoklauf zum Frauentag in Stuttgart.«

»Okay«, sagte ich. »Dann fahren wir jetzt zu diesem Sender Radio Victoria. Vielleicht haben die den Anruf aufgenommen.«

Cipións Frust hielt sich in Grenzen, als wir, kaum hatte er ein paar Nasen voll Duftmarken genommen, den Heimweg antraten. Es war ihm ohnehin zu kalt und nass für den Park. So ein Dackel schrammte ja mit Bauch und Zipfel knapp über der Grasnarbe.

Auf halbem Weg die Stöckachstraße zurück kam von Richard die Antwort: »Nein. Ich ruf dich in einer Stunde an.«

Genug Zeit, um Cipión in meiner Wohnung seinem Vormittagsschlaf zu überlassen und uns auf den Weg in die Böblinger Straße zu machen.

»Fahrrad würde am schnellsten gehen …«, hängte ich als Vorschlag in die Luft. Nur noch selten holte ich Brontë, meine alte Porschedame, aus der Garage. Das Parkplatzgerangel war mir zu blöd.

Zu meiner Verblüffung antwortete Tuana: »Ich nehme mir oft eins von den Leihfahrrädern und fahr in die Schule.«

Damit war das auch geschwätzt.

9:30 Uhr

Wir lösten zwei der blauen Leihräder aus den Ständern unweit der Staatsanwaltschaft. Unter dem brombeerfarbenen Mantel und der violetten Abaya trug Tuana Tunika und Jeans. Ihre Mantelschöße flatterten vor mir im Fahrtwind, der Hidschab bauschte sich nur ein wenig. Auf dem Weg zur Ampel am Neckartor hupte uns einer an. Ein anderer ließ den Motor hochtourig kreischen, als er und wir Grün bekamen. Dann konnten wir, die Schöne, gefolgt vom Biest, im Schlossgarten untertauchen. Passanten neigten weniger zur Wichtigtuerei, zumal bei dem Nieselwetter kaum jemand unterwegs war. Tuana besaß sportliche Kraft, wie ich beim Anstieg auf den Ferdinand-Leitner-Steg bemerkte. Ich keuchte hinterher. In fünf Minuten hatten wir die mit Schlössern und Kirchen vollgetürmte Innenstadt via Marktplatz und Eberhardstraße durchwinkelt und bogen auf der Südseite beim Tagblattturm in die Tübinger Straße ein. Der mit Stahlbänken und Radständern möblierte Konsumschacht mit Globetrotter, Jeanshalle und Galerie Gerber gehörte um diese Zeit dem Lieferverkehr. Die Boutiquen hatten noch nicht offen, Frauen eilten in Schals und Mänteln unter Schirmen oder Kapuzen zwischen den Rippen leerer Fahrradständer und spiegelnden Schaufenstern zu ihren Arbeitsplätzen. Nur der Alnatura war schon geöffnet. Vor der Tür stand mit seinem Rollator ein Alter, den die Schüttelkrankheit rüttelte, und murmelte »Guten Tag, auf Wiedersehen, schönen Tag, danke schön«, sobald jemand an seiner Geldschale vorbei in den Laden hinein- oder aus dem Laden herausging.

Hinter den Pfeilern der Paulinenbrücke zogen die Obdachlosen ab. In der Nacht gehörte ihnen der Brunnen mit seiner in Bronze gegossenen Statue einer dramatisch und schürzenreich behütenden Mutter mit Kindern beim Wasserholen, die vor hundert Jahren als Sinnbild der Mutterliebe geschaffen worden war. Wir passierten die Kirche St. Maria und die Neorenaissance-Fassade, Schulhofzäune und Turnhalle des Karls-Gymnasiums. Tuana warf den Fenstern des Gebäudes, in dem sie jetzt sein sollte, keinen Blick zu. Weiter ging es auf der schnurgeraden Straße bis zum Marienplatz, wo wir unsere Leihräder wieder in Ständer einloggen konnten. Feine Sache, und kostenlos, solange man nicht länger als eine halbe Stunde fuhr.

Der Marienplatz, ureinst Aufmarschplatz der Nazis und dann bis knapp nach der Jahrtausendwende Spritzenparadies zwischen Gebüsch und Platzmöblierung aus Beton, war vor gut zehn Jahren von einem knitzen Architekten freigeräumt, mit gelben Platten, Café-Pavillon, Bolzplatz und Kinderecke neu gedeckt und rundherum mit Bäumen bestückt worden. Hier traf sich im Sommer die Hipsterkultur. An den Rändern sortierte der Platz die Gesellschaft des Stuttgarter Südens in Arm und Reich. Die betuchten Bürgerinnen und Bürger des Heusteig- und Lehenviertels besetzten den stadtseitigen Rand mit den Cafés und Pizzerien des Kaiserbaus und machten im neuen Rewe den Großeinkauf. Auf der anderen Seite der Freifläche griffen das alte Heslach mit seiner Fabrikarbeitervergangenheit und die türkische Gemeinde an. Aus dem alten Rewe trugen Gestalten auf dünnen Beinen Weinflaschen und Bier in Tüten fort. Hier begann auch die Böblinger Straße. Sie war meiner Neckarstraße verwandt, nicht schön, aber betriebsam, geprägt von Geparke entlang von Mihigru-Läden und Imbissen: »nane – Essen wie bei türkischer Mama – afiyet olsun!« Eine Flüchtlingsunterkunft versteckte sich neben üppigen Auslagen von Obst und Datteln.

»Da«, sagte Tuana und deutete auf ein Haus, »da wohnt Sosan.«

Im Erdgeschoss befand sich ein Möbelladen: Einfach Wohn-Fühlen.

»Hat sie sich inzwischen gemeldet?«

»Nein.«

»Was hätten Sie mit ihr ausgemacht, wenn Sie mit ihr kommunizieren könnten? Wie würden Sie sich treffen, um zu reden?«

»Wenn ich sie besuche, können wir meistens in ihrem Zimmer reden.«

»Und wenn wir sie nachher besuchen, ginge das?«

»Ich denke schon.«

»Gebongt«, sagte ich und klingelte bei Radio Victoria, das sich ziemlich genau gegenüber im ersten Stock über Hörgeräten und einem Tattoo-Studio befand.

Es dauerte eine Weile, dann rauschte die Gegensprechanlage und eine Frauenstimme sagte: »Ja?«

»Lisa Nerz, lassen Sie mich rein?«

»Moment.« Ich hörte das Gemurmel einer Rücksprache, dann war sie wieder da: »Worum geht es denn?«

»Ich möchte mit Ihnen über den Drohanruf reden.«

Wieder Gemurmel. »Wir können derzeit niemanden herauflassen.«

»Falls die Polizei Ihnen untersagt hat, mit jemandem über die Sache zu reden, dann rufen Sie Staatsanwalt Dr. Richard Weber an, der wird Ihnen bestätigen, dass ich …«

»Ach, Lisa, bist du das?«

»In ganzer Pracht.«

Ein sich überschlagendes Lachen ertönte und zupfte an meiner Erinnerung. Einen Stock höher empfing uns eine große Frau mit weißblonden Zöpfen, breitem Lächeln und lautem Hallo. »Ich bin Neringa. Wir haben uns letztes Jahr im Sarah getroffen, beim Abendessen der geflüchteten syrischen Frauen.«

»Ah, richtig! Superlecker, die Taboulé.« Die große Blonde war mit dem Mikro zwischen den syrischen Matronen herumgelaufen, die zurückgelehnt dasaßen und aßen. Jedes Mal hielten sie die andere Hand unter den Löffel, wenn sie ihn mit dem Petersilien-Bulgur-Salat den weiten Weg über Tisch und Schoß zum Mund führten. Neringa hatte von ihnen nur Lächeln und ein paar englische Höflichkeiten erbeuten können. Schließlich hatte sie sich zu mir gesetzt, an ihren Zöpfen gezogen und mir zur Erklärung ihres litauischen Namens und ihrer Frisur die Sage von Neringa erzählt. Die Riesin half den Ostseefischern und verschmähte jeden Mann bis zu dem Tag, da der Burgherr Naglis um ihre Hand anhielt. Sie dachte nicht daran, den doppelgesichtigen Gott Bangputtis, den Wogenblaser, um Erlaubnis zu fragen. Warum auch? Doch der war ein rachsüchtiges Männchen, türmte die Ostsee zu Sturm und Wellen auf und legte die Burg von Naglis in Trümmer. Um die Fischerdörfer vor dem

Untergang zu schützen, trug Neringa in ihrer Riesenschürze Sand herbei und errichtete einen langen Damm. So entstanden die Kurische Nehrung und das Haff.

»Wir hatten auch früher schon mal miteinander zu tun«, sagte Neringa, »damals bei der Sache mit diesem Psi-Mörder. Ich habe dich und deinen Staatsanwalt interviewt. Es ging um die Rolle der Medien. Dein Staatsanwalt hat gemeint, wir würden durch unsere Berichte eine ganz eigene Realität schaffen. Darüber habe ich seitdem immer wieder nachdenken müssen.«

Während wir unsere Erinnerungen harmonisierten, ging Neringas blauer Blick an meiner Begleiterin rauf und runter.

»Das ist Tuana«, sagte ich, »meine Assistentin.«

»Hallo, Tuana.«

Wir befanden uns inzwischen in einem dunklen Flur, von dem in alle Richtungen Bürotüren abgingen. Über einer hing eine rot leuchtende Lampe, die signalisierte, dass dahinter ein Sendestudio in Betrieb war. Neringa führte uns in ein kleines Büro mit drei Schreibtischen. Zwei Frauen standen um den Bildschirm einer dritten herum und schauten das Youtubevideo von Young M.A, die als Boy mit Zöpfen oder Girl mit Männerstimme rappte: »Ooouu, these haters on my body, shake 'em off …«

»Anita, Ineke, Consuelo«, stellte Neringa sie uns vor. »Ineke war am Telefon, als er anrief. Den Mitschnitt hat die Polizei vorhin mitgenommen.«

»Dann habt ihr ihn also aufgenommen.«

»Wir sind bei Phonerekorder registriert.« Sie sah meine Fragezeichen. »Das ist ein Onlineportal, wo man Gespräche mitschneiden und speichern kann. Bei Rechercheanrufen muss man es natürlich vorher sagen. Wir machen auch unsere Interviews damit. Das ist billiger als ein zweites Aufnahmestudio. Die Datei kannst du als MP3 runterladen.«

»Das heißt«, bemerkte Tuana, »auf dem Server von Phonerekorder ist die Aufnahme noch?«

»Leider nein. Die Polizei hat sie gelöscht, nachdem sie sie von hier irgendwohin verschickt hatten.«

Tuana lächelte. »Von welchem Rechner aus?«

Neringa deutete auf Inekes Platz.

»Darf ich mal?«

Ineke räumte ihren Schreibtischstuhl. Sie war eine kleine Drahtige mit grauen Augen und mausbraunem Strubbelhaar in geringelten Strümpfen, geblümtem Wollrock und gestreiftem Pullover. »Aber die haben die Mail aus dem Versende-Ordner und aus dem Papierkorb gelöscht.«

Tuana war schlauer. »Die da?«

Der weiße Bildschirm zeigte das Kästchen einer E-Mail ohne Text, aber mit Anhang, die an eine Polizeiadresse gegangen war.

»Cool!«, sagte Neringa. »Du kannst sofort als IT-Managerin bei uns anfangen. Bräuchten wir dringend.«

Tuana lächelte, stand auf und trat zurück, während sich Ineke wieder setzte und die MP3-Datei öffnete. Die Aufnahme begann mitten in einem Wort, denn auch Ineke hatte nicht gleich gecheckt, dass es sich um einen Drohanruf handelte, den sie mitschneiden sollte. Eine recht tiefe männliche Stimme sagte: »… Kindergärten, je nachdem, wie indoktriniert die Umerzieher unserer Kinder schon sind. Die Entmännlichung der Gesellschaft ist das strategische Ziel der Gendergehirnwäsche.«

»Und was wollen Sie jetzt genau?«, fragte Inekes Stimme genervt.

»Melden Sie das. Die Unterdrückung hat ein Ende. Der Widerstand beginnt heute.«

»Wogegen denn?«

Der Sprecher sagte »Äh« und zog dann einen Text durch, den er offenbar aufgeschrieben hatte, wie an den wenig sprechfreundlichen Satzkonstruktionen und seiner Betonung zu erkennen war. »Der Mann ist nicht geschaffen um der Frau willen, sondern die Frau um des Mannes willen. Doch was prasselt Tag für Tag aus den Medien auf uns hernieder? Pure Hetze, die das

Zusammenleben der Menschen vergiftet. Sich gegen die ideologische Bevormundung zur Wehr zu setzen, ist ein Kampf für die Natur und Würde des Menschen.«

»Wir sind ein Sender für Frauen, keine Plattform für Dreckskerle«, erwiderte Ineke. »Ich denke, wir beenden das Gespräch jetzt.«

Da wurde der Mann laut: »Ihr notgeilen Lesben, verrecken sollt ihr. Verrecken! Das ist unsere letzte Warnung. Verrecken werdet ihr wie Ungeziefer. Wir sind die Kammerjäger. Wir säubern das deutsche Haus von Parasiten.«

»Das muss ich mir nicht anhören«, sagte Ineke. Damit war die Aufnahme zu Ende.

Tuana schüttelte den Kopf. Ich verstand: Das war nicht ihr ehemaliger Mitschüler Jasper.

»Der hat nicht mal seine Stimme verstellt«, bemerkte Neringa. »Der muss sich sehr sicher fühlen.«

»Er glaubt, er sei Teil einer großen Mehrheit«, antwortete Tuana. »Die fühlen sich immer sicher, die drohen ganz offen. Die schlagen auch, ohne sich um die Kameras zu kümmern, in der U-Bahn oder an den Haltestellen.« Alle guckten wir sie erschrocken und mitfühlend an, aber sie schüttelte den Kopf. »Mir ist noch nichts passiert. Ich bin vorsichtig.«

Beunruhigte Erleichterung entstand. »In was für einer Welt leben wir nur?«, seufzte Ineke.

»In einer Männerwelt«, sagte Consuelo hart. Sie trug an jedem Finger ihrer beiden Hände silberne Ringe. Ihre dunklen Augen waren weit aufgerissen. »Sie haben riesige Netzwerke, sie verfügen über Milliarden von Dollars oder Euros für ihre Kampagnen. Sie werden von der Wirtschaft finanziert, von Milliardären auf der ganzen Welt, die sich ihre Herrschaft sichern wollen. Sie finanzieren Werbeagenturen, die mit ihren Bots die sozialen Medien verseuchen. Du kennst doch sicher den Bund zur Bewahrung der kulturellen Identität, Rechtsstaatlichkeit und bürgerlichen Freiheit.«

Den kannte ich nicht. Und mir war auch gerade nicht nach Theorien über globale Verschwörungen.

»Der sitzt hier in Stuttgart, irgendwo auf dem Killesberg. Wenn es nicht so ein Umweg wäre, würde ich denen täglich Hundescheiße in den Briefkasten stopfen.«

»Ja, Consuelo«, unterbrach sie Neringa und fuhr an Tuana und mich gewandt fort: »Wenn wir das auf unsere Internetseite stellen würden, dann meldet sich vielleicht jemand, die oder der die Stimme erkennt.«

»Und ihr sammelt in den Kommentaren gleich das ganze Kroppzeug ein, das dem zustimmt«, sagte ich. »Das könnt ihr dann im Paket der Polizei übergeben.«

»Das interessiert die doch nicht«, rief Consuelo. »Die knüppeln lieber die Linken zusammen.«

»Was meinst du?«, fragte mich Neringa.

»Kann ich hier irgendwo ungestört telefonieren?« Ich zog mein Handy aus der Tasche. Richard musste jede Minute anrufen.

Neringa führte mich in eine winzige Küche mit billigem Kaffeeautomaten, Mikrowelle, Wasserkocher und Spüle. Da baute sich auch schon Richards Anruf auf. Ich schloss die Tür, trat ans Fenster und nahm an. Unten in der Straße stand ein Auto quer. Die Fahrerin kurbelte, um in die Parklücke hineinzukommen. Ich schaute direkt hinüber auf das Gründerzeithaus zwischen glatt verputzten Gebäuden aus der Nachkriegszeit, in dem Sosan wohnte.

»Und, was gibt's Neues, Richard?«

»Es ist noch ein dritter Anruf eingegangen, und zwar bei Newsmaker. Der wurde aufgezeichnet, genauso wie der bei Radio Victoria.«

»Ist es immer derselbe?«

»Im Sprachgebrauch unterscheidet sich der SWR-Anruf stark von den beiden anderen …«

Das hatte ich eben auch festgestellt, aber noch nicht in mein Bewusstsein sortiert.

»Aber die zwei anderen ähneln sich teilweise im verwendeten Vokabular. Bei einem Anruf ist die Tonqualität so schlecht, dass man noch nicht sagen kann, ob es dieselbe Stimme ist. Und bei einem verliert er die Kontrolle.«

Das war der, den ich gerade gehört hatte. »Und was denkt ihr? Wie ernst ist das?«

»Wir nehmen die Drohungen zunächst einmal sehr ernst. Allerdings neigen unsere Terrorismusexperten nach derzeitigem Kenntnisstand eher der Einschätzung zu, dass es sich nicht um die Ankündigung einer konkreten Straftat handelt. Es sei eher zu vermuten, dass es um die Drohung selbst geht, mit dem Ziel, die Öffentlichkeit zu verunsichern.«

»Dann findet die Frauentagsdemo heute Abend statt?«

»Stand jetzt, ja.«

»Habt ihr die Verbindungsnachweise?«

Das dufte er mir nicht sagen, sagte es aber doch. »Der bei Radio Victoria kam von einer öffentlichen Telefonzelle in Sindelfingen. Die Polizei sucht dort gerade nach Zeugen. Die beiden anderen kamen von Handys mit Prepaid-SIM-Karten. Die Nutzerdaten werden noch überprüft. Der Anruf bei Newsmaker ist darüber hinaus von einem Smartphone aus getätigt worden, da haben wir eine Gerätekennung. Die Antwort des Herstellers, an wen das Gerät verkauft wurde, steht noch aus.«

»Läuft also.«

Ich hörte an Richards Stimme, dass er sich ein zufriedenes Lächeln erlaubte. »Ich denke, in ein bis zwei Stunden ist der Spuk vorbei.«

Ich spürte Enttäuschung einsacken. Schon nach zwei Stunden hörte der Tag auf, lustig zu sein, und plumpste zurück in die gewöhnliche Märzdepression. Eine Schicht Wolken hing tief über dem Marienplatz. Menschen duckten sich und huschten. Unter schlaffem Regenschirm stand einer an der Bushaltestelle, eine Mutter mit Kindern unter Kapuzen ging zur U-Bahn. Die Zahnradbahn wartete einsam auf steilen Schienen.

»Kennst du den Verein … äh … zur Rettung von Bürgerrechten und Rechtsstaat oder so ähnlich?«

»Den Bund zur Bewahrung der kulturellen Identität, Rechtsstaatlichkeit und bürgerlichen Freiheit e.V.?« Richards Stimme klang wachsam. »Wie kommst du darauf?«

»Was ist mit ihm?«

»Das ist ein Verein, der für die PGM Wahlkampf macht.«

Consuelos Verschwörungstheorie färbte sich mit Wirklichkeit.

»Er finanziert sich aus Spenden, von wem, weiß man nicht. Im vergangenen Landtagswahlkampf hat er Werbematerial, Wahlaufrufe und Kampagnen in den sozialen Netzwerken in schätzungsweise zweistelliger Millionenhöhe finanziert.«

»Hui. Darf der das denn?«

»Solange man ihm nicht nachweisen kann, dass er im Auftrag der PGM agiert, ja. Andernfalls wären es verdeckte Parteispenden.«

»Und wieso kann man ihm das nicht nachweisen? Der sitzt doch in Stuttgart. Durchsucht ihn halt.«

»Hier gibt es nur einen Briefkasten, der von einer Luxemburger Werbeagentur betreut wird.«

»Und wer hat den als gemeinnützig eingestuft? Unser Finanzamt etwa?«

»Darüber kann ich dir keine Auskunft geben.«

»Okay. Ich muss dann auch weiter. Sollen wir uns zum Mittagessen treffen?«

»Mal sehen, ob ich wegkann«, antwortete er, wieder mit Wachsamkeit in der Stimme, aber mit einer anderen. Als ob ich ihm eine Szene machen würde! Ehestreit als Ersatz für anderweitige emotionale Aktivität, das ging immer. Wie süchtig wir doch nach Wut sind.

Drei junge Männer in schwarzen Hoodys hatten in meiner geistigen Abwesenheit angefangen, unten auf dem Platz am Aus- und Eingang der U-Bahn eine Musikanlage aufzubauen.

»Wir texten«, sagte ich.

»Machen wir. Bis später.«

Wenigstens hatte ich nun Muße, mich um Tuanas Problem oder vielmehr das ihrer Freundin zu kümmern. Ich kehrte ins Redaktionszimmer zurück, wo mich die Frauen erwartungsvoll anschauten.

»Es wäre gut, ihr würdet den Ball zunächst flach halten.«

»Was soll das heißen?«, fragte Neringa.

»Polizei arbeiten lassen und nicht selber zur Jagd aufrufen.«

»Wir halten nichts zurück, nur weil es den Staatsorganen so angenehmer ist. Wir können nicht verschweigen, dass wir Frauen uns heute in erhöhter Lebensgefahr befinden.«

»Gilt das nicht immer?«, rief Ineke bitter. »In Syrien, im Jemen, überall werden die Frauen systematisch vergewaltigt und ermordet. In Afghanistan wurde gerade wieder eine Frau zu Tode gesteinigt. Und auch bei uns … In Chemnitz sind dreißig Männer über drei Asylbewerberinnen hergefallen, in Berlin haben kürzlich drei Männer in der U-Bahn auf zwei Mädchen uriniert.«

»Siehst du, Lisa«, unterbrach sie Neringa, »wir können uns solche Drohungen nicht schweigend gefallen lassen.«

»Können wir nicht«, antwortete ich. »Macht, was ihr für richtig haltet. Vor allem aber müssen heute Abend alle Frauen auf die Straße.«

»Ja, das ist wahr. Wir müssen ein Zeichen setzen.«

»Aber so was von.«

10:12 Uhr

»Wie hast du … äh, wie haben Sie das eigentlich hingekriegt mit der gelöschten E-Mail?«, erkundigte ich mich auf der Treppe nach unten.

»Sie können wirklich Du zu mir sagen.«

»Ich mag keine asymmetrische Kommunikation.«

»Es gibt immer Asymmetrie«, antwortete Tuana. »Zwischen Eltern und Kindern, zwischen Ehepartnern, zwischen Alten und

Jungen. Das ist die natürliche Ordnung der Gesellschaft. Man sollte nicht immer so tun, als wären wir alle gleich. Sie haben mehr geleistet als ich.«

Ich geleistet? Haha. »Und Sie können besser mit Computern umgehen, Tuana.« Ich hielt ihr unten die Haustür auf.

Sie lächelte. »Ich will damit sagen, man muss nicht einen unreifen Jungen genauso behandeln wie eine weise Tante. Ich habe festgestellt, dass es mir guttut, wenn ich Älteren mit Achtung begegne. So lerne ich zuhören. So erziehe ich mich zur Bescheidenheit.«

»Tuana«, rief ich, als wir in den Märzwind hinaustraten, »müssen Sie so darauf herumreiten, dass ich weit im vorigen Jahrhundert hergestellt wurde und meine Kindheit ohne Computer und Handy durchlaufen habe? Dafür allerdings vor dem Hintergrund antiautoritärer Aufstände.«

»Entschuldigen Sie, ich wollte Sie nicht beleidigen.«

Jetzt kam ich mir blöde vor. Seit wann gehörte ich zu den Frauen, die mit ihrem Alter haderten? Oder zu den Männern mit Adoleszenz-Syndrom bis ins Grab? »Und wo haben Sie die gelöschte E-Mail nun gefunden?«

»Die haben Mailstore installiert.«

»Aha?«

»Das speichert eine Kopie aller Mails an einem anderen Ort auf der Festplatte. Und da war sie noch.«

»Okay, dann besuchen wir jetzt Sosan?«

Tuana presste kurz die Lippen zusammen.

»Oder spricht was dagegen?«

»Sie müssen ein Geschenk mitbringen.«

»Und was so?«

»Schauen wir mal dort.« Sie eilte den Gehweg entlang zu den Schütten des Süd-Markts mit Orangen, Kürbissen, Äpfeln und giftgrünen Weintrauben. Drinnen roch es anders als bei Rewe oder Edeka; nach Minze, Kreuzkümmel und Mehl. Tuana blieb an einem der ersten Regale stehen und griff nach einer Schachtel frischer schwarzer Datteln. Auf dem Weg zur Kasse passierten wir eine Ecke mit unvorstellbaren Mengen an offen gestapeltem Fladenbrot und Dürüm in Tüten. Ich bezahlte.

Auf dem Marienplatz hatten die drei jungen Männer in Hoodys angefangen zu rappen. Worte wehten zu uns herüber: »Lutsch … Schwanz, Fotze! Ich dich … Diät … Fresse … Sack in den Mund presse!«

Ich überlegte, ob ich hinlaufen, die Anlage zerstiefeln und dem Sänger ein Fratzengeballer verpassen musste. Frauenkampftag zeigen! Aber danach hätten wir entweder fliehen oder uns der Polizei stellen müssen. Beides war dem Besuch bei Sosan abträglich.

»Ficksau, ich bums dich in die Klinik!«

Oder wir landeten sogar im Krankenhaus. Falls sie zurückschlugen. War auch einen Gedanken wert.

Ich versetzte mich in Tuanas Gehör. Hörte sie noch, was die Bad Boys texteten? Peinigte es sie? Oder zog sie wie wir alle routinemäßig zwischen Ohr und Hirn das Taubheitshäutchen zu, damit die phallokratische Niedertracht unserer Kultur sich nicht in unserem Verstand breitmachte? Immerhin meinte ich verstehen zu können, warum Sosans Eltern ihre Tochter nicht in diese Art von Jugendkultur hinauslassen wollten.

Tuana holte tief Luft und atmete aus. Stress ablassen. So ruhig war sie nicht, wie sie äußerlich wirkte. »Sie müssen die Schuhe ausziehen«, sagte sie, als wir die Straße überquerten.

»Na hören Sie mal, ich bin in Schwaben aufgewachsen.«

»Das meine ich nicht. Bei uns muss man …«

»Bei uns auch, Tuana, aus Hygienegründen.«

»Sie werden Ihnen etwas Süßes anbieten. Das dürfen Sie nicht ablehnen.«

»Sonst habe ich sie beleidigt und sie töten mich?«

Tuana lachte gezwungen. »Es ist eine Frage der Höflichkeit.« Sie blieb stehen.

»Noch was?«

Sie schaute mich an. »Es könnte sein, dass sie Sie … also, dass sie Sie für … ich meine, so wie Sie sich kleiden, da könnte es sein …«

Ich lachte laut heraus. »Sie könnten mich für einen Mann halten.«

Tuana nickte.

»Und das bedeutet, ich darf nicht mit Sosan sprechen?«

»Doch, schon, aber wir könnten nicht alleine mit ihr reden.«

Das war ein Argument. »Und was schlagen Sie vor?«

Tuanas Augen gingen suchend umher.

Ich nahm meinen Akubra-Hut ab. »Und wenn ich meine Lederjacke ausziehe …?« Ich machte die Jacke auf und demonstrierte: »… und ordentlich die Brust rausstrecke?«

Tuana lachte überraschend giggelig.

»Die da oben wissen ja sicher, dass wir deutschen Frauen durch die ganze Emanzipiererei verdorben sind. Das Verständnis für Weiblichkeit geht uns total ab. Wir denken, wir seien besonders emanzipiert, wenn wir uns männlich anziehen und aufführen, gell?«

Tuana lachte, sie bog sich vor Lachen, sie kriegte sich gar nicht mehr ein. Eine alte Frau mit Hidschab drehte sich um und lächelte uns an.

»Haben Sie Make-up dabei?«, erkundigte ich mich, als Tuana sich so weit beruhigt hatte, dass sie mit kontrollierten Fingern die Tränen vom Unterlid tupften konnte. Sie hatte. Aus ihrer Schultasche holte sie ein Mäppchen mit Stiften und Döschen. Wir traten vom engen Gehweg hinunter zwischen zwei geparkte Autos. Während Tuana den winzigen Spiegel und das Mäppchen hielt, peppte ich mein Gesicht auf, kaschierte meine Narbe, gab meinen Lippen Kontur und Wölbung, machte die Wimpern lang, verschattete meine Lider und zog meine Augenbrauen in die Länge. Waren zwar nicht meine Farben, aber egal.

»Und, wie seh ich aus?«

Tuana legte den Kopf schief. »Hm.«

Ich sah aus wie eine Transe. Aber egal. »Mit dir … mit Ihnen kann ich natürlich nicht konkurrieren. Also, Augen zu und los!«

Wir traten an die Haustür. Sie klingelte bei Korkmaz. Die Gegensprechanlage meldete sich mit einem kurzen Laut unklarer Bedeutung. Tuana antwortete auf Türkisch. Man ließ uns hinein. Ich warf den Akubra-Hut unter die Briefkästen im Treppenhaus – »Den klaut bestimmt niemand« – und wir stiegen steinerne Stufen in den ersten Stock empor. In der Tür stand ein junger Mann in Sweathosen. Wir sagten: »Merhaba.« Tuana begann noch vor der Tür, ihre Schuhe auszuziehen, und stellte sie mit den Fersen zur Wand. Ich tat es ihr nach. Dann erst traten wir ein in die andere Welt. Tuana holte aus ihrer Tasche Füßlinge und streifte sie über. Ich blieb in Wollsocken.

Eine Frau Mitte dreißig erschien im Vestibül. Sie trug Jeans, eine lange Bluse, gestrickte Hausschuhe und hatte das halblange dunkle Haar mit einem schmalen Kopftuch nach hinten gebunden. Sie wirkte überrascht. »Tuana …«

Aus dem hinteren Teil der Wohnung kam eine junge Frau mit wehenden Haaren herbeigelaufen und fiel Tuana um den Hals. Sie trug Rock, Nylons und Pullover. Ihr blasses Herzgesicht war aufwendig geschminkt, obgleich sie krankgeschrieben war.

Nachdem Tuana sie von sich gelöst hatte, stellte sie uns einander vor. Sosans Bruder hieß Emil, ihre Mutter Hürrem.

»Und das ist Lisa«, sagte Tuana, »meine Nachbarin. Wir haben uns zufällig auf dem Marienplatz getroffen.«

Aha, kleine Lügen waren offenbar erlaubt und notwendig.

Ich streckte die Schachtel Datteln in den leeren Raum. Nicht Hürrem, sondern Emil nahm sie mir mit einem lächelnden »Danke« ab und legte sie auf die Kommode neben der Tür.

»Wir waren bei dem Sender gegenüber«, erklärte ich. Schließlich hätte man uns vom Fenster aus gesehen haben können. »Tuana konnte denen mit einem Computerproblem helfen.«

Hürrem reichte uns eine Schachtel Supermarktpralinen, aus

der Tuana nahm und ich auch. »Habt ihr Hunger?«, fragte sie fast akzentfrei.

Tuana verneinte. Ich auch.

»Der Tee ist gleich fertig.« Hürrem eilte in die Küche. Emil lud uns ins Wohnzimmer ein. Im selben Moment klingelte es, und er drehte sich zur Tür um.

Sosan sagte: »Ich muss Anne helfen«, und lief Richtung Küche fort. Anne, übersetzte ich mir rasch, heißt Mama auf Türkisch. Tuana lief ebenfalls los, ich hinterher. Bevor ich in die Küche abbog, schaute ich noch einmal zurück. In der offenen Wohnungstür wurde eine unübersichtliche Menge Menschen vom Schuheausziehen aufgehalten. Das war der Besuch, den Hürrem eigentlich erwartet hatte. Hatten die eigentlich alle nichts zu tun? Oder waren das von weiter her angereiste Cousinen und Cousins, Onkel und Tanten auf Abschiedsbesuch?

Ich flutschte in die Küche. Dort stritten sie sich schon.

»Nun mach aber mal einen Punkt, Sosan!«, sagte Hürrem mit blitzenden Augen. »Wie kannst du so einen Unsinn in die Welt setzen? Was soll denn Tuana von uns denken?« Ihr Blick fiel auf mich in meiner Fremdheit.

»Üzgünüm«, sagte ich. Nichts erzeugte so zuverlässig eine gewisse Heiterkeit in den Mienen, wie wenn ich mich mit den Üs abmühte. »Entschuldigung, es geht mich eigentlich nichts an«, fuhr ich in die Gesichter der drei Frauen hinein fort. Tuana versuchte zwar, mir ein verneinendes Zeichen zu machen, aber ich war entschlossen, schnell voranzukommen. »Ich bin Journalistin, ich arbeite für den *Stuttgarter Anzeiger* und andere Zeitungen. Von einem Bekannten, der beim Jugendamt arbeitet, habe ich zufällig erfahren, dass der Rektor des Karls-Gymnasiums das Jugendamt verständigt hat, weil man den Verdacht hat, eine Schülerin solle zur Zwangsheirat in die Türkei gebracht werden. Das müssen die tun. Oft steckt nichts dahinter, oft sind es nur falsche Verdächtigungen von aufgeregten Eltern von Schülerinnen ohne Migrationshintergrund.«

Sosan starrte mich entsetzt an. Ihr Herzmund stand halb offen.

Hürrem ließ von den Oliven, Pistazien, Gurkenstücken und Chips ab, die sie gerade in Schälchen füllte, warf ihrer Tochter einen bösen Blick zu und schaute mich mit hochgezogenen Brauen an.

»Vorhin«, fuhr ich fort, »als ich Tuana traf, da habe ich sie gefragt, ob sie was weiß.«

Tuana schüttelte heftig dem Kopf.

»So was gibt immer viel Ärger«, sagte ich. »Das Jugendamt kommt und fragt nach. Es steht in der Zeitung. Alle regen sich auf, wenn eine junge Frau ein Jahr vor dem Abitur …«

Ein blöder Verdacht kam mir. Bei mir auf dem Dorf waren zu meiner Jugendzeit im vorigen Jahrhundert auch mal schnelle Heiraten notwendig geworden.

Hürrem straffte sich. »Was mischen Sie sich ein? Was denken Sie von uns? Wir würden niemals etwas tun, was unserer Tochter schadet oder was sie nicht will.« Damit nahm sie das Tablett mit den Schalen und ging hinaus, um dem Besuch im Wohnzimmer zu servieren.

»Verwandte aus Mannheim«, flüsterte Sosan.

»Auf Abschiedsbesuch oder wie?«, fragte ich.

Sosan blickte zu Boden. In ihrem Gesicht arbeiteten die Gedanken gegeneinander.

»Was ist hier los?«, fragte ich.

»Nichts. Alles okay.« Sie drehte ihr Gesicht weg von mir.

»Das Jugendamt kann dir helfen. Sie sorgen dafür, dass dir nichts passiert. Wenn es nicht anders geht, bringen sie dich woandershin, in Sicherheit.«

»Eher sterbe ich.«

»Sosan!«, rief Tuana leise. »Sag nicht solche Sachen. Du machst mir Angst.«

Sosan warf ihr einen bittenden Blick zu. Aber Tuana reagierte nicht. Verstand sie nicht, dass Sosan ihr nichts sagen würde, solange ich dabei war? Oder wollte sie es nicht verstehen?

Ich ging durch zum Fenster und drehte den beiden meinen Rücken zu. Auf dem Fensterbrett lag ein hinten geöffnetes Handy mit dem Akku daneben zum Trocknen aus. Das war eine gute banale Erklärung für Sosans Whatsapp-Stille. Ich fragte mich: Was können junge Frauen im Handychat nicht sagen? Was ist so geheim, dass es vor einem erzwungenen oder zufälligen Einblick in die Chatverläufe geschützt werden muss?

Die beiden flüsterten hinter meinem Rücken auf Türkisch. Doch schon kam Hürrem zurück in die Küche. »Hilf mir mal, Sosan! Was sollen unsere Gäste von dir denken?«

Hürrem stellte die kleinen Teekelche, Kanne und Zucker auf ein Tablett, Sosan nahm es, Mutter und Tochter zogen gemeinsam zur weiteren Bewirtung der Gäste ab.

Tuana hatte den Blick niedergeschlagen.

»Was ist los?«

»Sie will es mir nicht sagen, nicht hier. Es war ein Fehler, dass wir … tut mir leid.«

»Bei Familiengeschichten gibt es immer so viele Wahrheiten wie beteiligte Personen«, sagte ich altersweise. »Ich finde Hürrem super sympathisch. Ich glaube ihr. Es geht nicht um Zwangsheirat, nicht wahr?«

»Sosan sagt, nein.« Es klang zweifelnd. »Und wenn die einfach nicht aufmachen, wenn das Jugendamt klingelt?« Sie unterbrach sich und kicherte. »Ach so, ja, richtig, es kommt ja gar nicht.«

»Wenn sie nicht aufmachen«, sagte ich laut, denn ich hörte Mutter und Tochter wiederkommen, »dann würden die vom Jugendamt sie auf dem Flughafen abpassen. Mit Polizei und allem.«

Mutter und Tochter erstarrten im Türrahmen.

Hürrem fasste sich rasch. »Was denken Sie sich eigentlich? Was unterstellen Sie uns? Haben Sie eine Ahnung? Irgendeine Ahnung? Von irgendwas?«

»Selten bis nie«, antwortete ich.

Sie holte tief Luft. »Mein Großonkel ist in den siebziger Jahren als Gastarbeiter hierhergekommen. Meine Mutter und mein Vater sind mit mir in den neunziger Jahren gekommen. Ich war zehn Jahre alt. Ich bin hier zur Schule gegangen. Ich bin hier aufgewachsen. Zwei oder drei Mal habe ich die Sommerferien im Dorf meiner Eltern verbracht. Es war nicht mehr mein Dorf. Dort haben sie gesagt: Du bist eine richtige Deutsche. Hier sagen sie: Du bist eine Türkin. Ich lebe gern hier. Ich lebe lieber hier als dort. Wir haben einen deutschen Pass. Meine Tochter geht aufs Gymnasium. Sie ist Deutsche. Aber sie fragen sie immer noch: Wo kommst du her? Sie sagen: Du sprichst aber gut Deutsch. Sie lachen, wenn sie Schwäbisch spricht. Damit müssen wir leben. Dafür kann meine Tochter Abitur machen, sie kann studieren, vielleicht kriegt sie einen guten Job. Aber wird sie jemals wirklich dazugehören?«

»Ja, und?«, antwortete ich. »Ich gehöre auch nicht dazu. Ich habe noch nie irgendwo hingepasst. Schauen Sie mich an. Was meinen Sie denn, wo ich hingehöre?«

Sie schaute mich an.

»Ich bin in einem Dorf an der Schwäbischen Alb aufgewachsen. Die Nachbarn sagten: An dem Mädle ist ein Bub verloren gegangen. Mein Vater hat das gehasst. Er wollte ein Mädchen im Kleidchen vorführen. Meine Mutter dachte: So wie die aussieht, bringt sie Gott sei Dank so schnell keinen Jungen mit nach Hause. Meine Mutter ist erzkatholisch. Die Mädchen in meiner Klasse wollten nichts mit mir zu tun haben. Die Jungs auch nicht. Und bei wem kann ich mich jetzt ganz generell mal beklagen?«

Die Frauen guckten mich an. Sosan ohne jegliches Verständnis und Hürrem skeptisch.

»Ja«, sagte Tuana leise. »Dazugehören wollen macht dich in der Seele korrupt.«

So hatte ich das noch nicht gesehen. Ich setzte ein Lesezeichen: Später darüber nachdenken.

»Dann hätten wir das jetzt geklärt«, sagte Hürrem. »Ich weiß nicht, wie Sie darauf kommen, dass wir mit unserer Tochter etwas so Schreckliches vorhätten, aber ich danke Ihnen für Ihr Interesse und dass Sie gekommen sind. Sie hätten uns auch gleich die Polizei auf den Hals hetzen können. Ich werde nachher in der Schule anrufen und alles klarstellen. Wie kommt der Rektor nur auf so was?«

Scheiße! Das würde peinlich für alle Seiten. Deshalb mochte ich Wahrheit eigentlich lieber. Sie wirkte zwar gelegentlich wie eine Bombe in solchen Familien, aber sie ersparte Umwege. Ich holte Luft.

Aber Tuana kam mir zuvor. »Ich habe es vorhin schon zu Lisa gesagt, ich bin mir sicher, dass es um ein Mädchen aus der zehnten geht.« Lügen konnte sie, alle Achtung!

»Wir Journalistinnen halt«, log auch ich. »Wir können es eben nicht lassen. Immer auf der Suche nach der großen Story. Tut mir leid.«

Hürrem seufzte halbwegs befriedet. »Sie möchten wirklich nichts essen?«

Aus dem Salon drang munteres Geplauder herüber, aber zum Glück machte mein Handy Pling. Es war eine Nachricht von Sally. »Er hat es getan. Guck in Twitter.«

Sally saß vermutlich gerade in der Straßenbahn auf dem Weg ins Polizeipräsidium. Ich switchte zu Twitter. Unter den »Trends Deutschland« stand #frauentagstuttgart ganz oben. Dort hatte vor wenigen Minuten jemand getwittert: »Der Frauenkiller hat zugeschlagen. Polizei und Krankenwagen in der Hauptstätter Straße.«

Ich schaute hoch. Hürrem legte Brot auf einen Teller, Sosan versuchte Tuanas Blick zu erhaschen, aber Tuana schaute mich an.

»Ich muss leider weiter.«

Was auch immer Tuana in meinem dümmlichen Gesicht sah, es reichte ihr, um zu erklären: »Ich muss dann auch los.«

»Aber …« Sosan sah aus wie kurz vorm Tränenkullern. »Ich dachte, wir … wir unterhalten uns noch ein bisschen, Tuana.«

»Ich muss in die Schule.« Eine Totschlaglüge. »Heute Nachmittag, ja?«

Sosan biss sich auf zitternde Lippen. Hürrem sah es nicht, denn sie hatte die Teller ergriffen und wandte sich der Küchentür zu. Ich folgte ihr in den Gang, Tuana kam auch. Sosan schlurfte mit schlaffen Gliedern hinterher.

Während Hürrem ins Wohnzimmer abbog, gaben sich Tuana und Sosan Abschiedsküsschen. Die Tür fiel hinter uns ins Schloss, wir zogen uns die Schuhe an.

»Was ist?«, fragte Tuana. »Noch ein Drohanruf?«

»Der Frauenkiller soll zugeschlagen haben. In der Hauptstätter Straße.«

»Oh!« Tuana klang nicht entsetzt, nicht einmal erschrocken. Sie nahm zur Kenntnis, mehr nicht. War sie unerschütterlich? Oder verbarg sie nur geübt den Erlebnishunger einer jungen Frau, die auf vorgezeichnetem Weg durch Schulunterricht, Hausaufgaben und Fleiß in eine weit vorausgeplante Zukunft ging? Nichts durfte sie stören, nichts vom Weg abbringen, nichts sie aus der Bahn werfen. Nur diesen einen Tag im März, diesen Tag heute, den gönnte sie sich für einen kurzen Ausbruch ins Unberechenbare.

10:35 Uhr

Bei den Briefkästen hob ich meinen Hut auf, wir sprangen auf die Straße und machten uns auf den kurzen Weg zum Marienplatz. Die drei Rapper waren nicht mehr da. Vermutlich war ihnen der Platz zu nackt und nass gewesen. Niemand kam den U-Bahn-Abgang herauf. Weder ein Bus noch die Zahnradbahn standen an ihren Haltestellen. Nur ein dünner Mann in Motorradjacke kam vom Kaiserbau her und ging über die Straße zur Apotheke mit dem Taxistand davor.

Acht Stufen grenzten den eigentlichen Platz gegen unseren

Gehweg ab. Je weiter wir zur reichen Seite kamen, desto mehr näherten sich die beiden Flächen an, die oben und die unten, und eine Stufe nach der anderen verschwand, bis sich die beiden Flächen schließlich berührten und verschmolzen. Genau hier ging es zwischen Bäumen und den Tischen der Gastronomie empor zur Hauptstätter Straße. Vor dem Café Kaiserbau saßen eine Frau und ein Mann in Decken gewickelt und rauchten zu einer Tasse Kaffee. Der Fahrradhändler stellte seine Fahrräder vor die Tür. An der Ampel wartete eine Frau mit Kinderwagen.

Wir hatten eine der wichtigsten Schlagadern Stuttgarts erreicht. Der Rachen des Heslacher Tunnels spuckte und schluckte auf der einen Seite den unerschöpflichen Autoverkehr zwischen Vaihingen und der Innenstadt. Vom Bordstein an der Fußgängerampel konnten wir auf der anderen Seite die schnurgerade Hauptstätter Straße entlang bis zum Österreichischen Platz gucken. Vier Fahrspuren zwischen Spritzschutzplatten aus Beton und den Sandsteinfassaden und Ziegelwänden bröckelnder Gründerzeithäuser.

»Siehst du was?«

Autos hin, Autos her auf allen Spuren. Kein Streifenwagen hemmte den Verkehr, kein rotweißes Absperrband blitzte, nirgendwo Blaulicht.

»Also doch nur eine Falschmeldung.«

»Vielleicht ist es hinter dem Österreichischen Platz«, schlug Tuana vor. »Das ist doch auch noch Hauptstätter Straße, oder nicht?«

Um dorthin zu kommen, brauchten wir wieder Fahrräder. Also zurück. Der Springbrunnen an der Ecke zur Tübinger Straße sprang nicht. Vielleicht hielt er Winterruhe. Ein paar Leihräder standen an den Pfosten bei den Fahnenmasten. Wir schalteten sie frei. An einem Mast war eine mit Kabelbindern befestigte Plakatpappe ganz nach unten gerutscht. Auf dem mit viel Orange gestalteten Plakat stand: »StraßenMusikFestival. 8. März. Die Musiker mit dem Hut sind da.« Ach so, daher.

Wir radelten wieder die Tübinger Straße mit ihren Secondhandläden, der Beauty-Drogerie für Afro-Frauen, den Kneipen, dem Shisha-Laden, dem Friseur und der Brauerei Dinkelacker entlang. Ein Geruch nach Malz hing in der Luft. Erneut passierten wir das Karls-Gymnasium. An der Kirche St. Maria sangen vier Jungs mit Gitarre und Schlagzeug: »La vida se nos va … das Leben entgleitet uns.« Ihnen hörte auf einer Steinbank sitzend ein aus dem sozialen Netz gefallener Alter zu. Beim Mutterliebe-Brunnen hatten die Junkies übernommen.

Hoch über unseren Köpfen verband die Paulinenbrücke den Verkehr auf Höhe des zweiten Stocks mit dem ebenfalls auf Pfeilern stehenden Österreichischen Platz mit der nächsten Schlagader. Unten herum, zwischen den Pfeilern, war die Paulinenbrücke Schmuddelecke in Wandlung zur Stadtkultur. Die Galerie Gerber bemühte sich, durch Konsumsog ein bürgerliches Klima zu schaffen, vor allem mit Hilfe unzähliger Imbissbuden im Erdgeschoss, die den Geruch von Frittieröl und indonesischem Curry ausatmeten.

Unterm Österreichischen Platz ließen wir die Räder stehen und rannten die Treppe hinauf zum Verkehrsrondell. Vom Geländer oben konnten wir die Stadtautobahn bis zum Wilhelmsplatz überblicken. Nirgendwo an den Ufern des breit dahinfließenden Verkehrsstroms hatte ein Ereignis einen Strudel erzeugt. Nirgendwo drehte sich Blaulicht, an keiner Stelle deutete die Anwesenheit von Einsatzfahrzeugen und Leuten in weißen Overalls auf einen Tatort hin. Wir wandten unsere Augen von der Autobahn ab, die den Kessel in zwei Hälften teilte, und senkten sie auf unsere Handys.

Auf Twitter hatte die Polizei Stuttgart der Alarmmeldung vor einigen Minuten widersprochen, bestätigte aber, dass es eine Anschlagsdrohung zum Frauentag gegeben hatte. »Eine akute Gefahr besteht nicht. Bitte glauben Sie nur offiziellen Mitteilungen vonseiten der Polizeibehörden und Staatsanwaltschaft.«

»Ich hoffe, das geht jetzt nicht den ganzen Tag so«, sagte ich.

Wir stiegen die Treppe zu unseren Fahrrädern hinunter.

»Was haben Sie jetzt vor?«

Gute Frage. »Wenn wir schon mal in der Gegend sind, dann fahren wir beim Sarah vorbei.«

10:58 Uhr

Um in den Westen zu kommen, mussten wir von der Tübinger Straße über die Karlshöhe hinüber, die hier ihren Finger in den Kessel streckte. Steil führte die Silberburgstraße dort hinauf, links Parkgrün, rechts Häuser. Ihre Breite zeugte von einstiger Verkehrsprominenz.

»Das hatten wir kürzlich in der Schule«, rief Tuana munter. »Da stand ein Herrenhaus, es gehörte dann einem Wirt namens Silber, der hat dort eine Sommerwirtschaft betrieben. Dann kamen die Nazis und wollten dort ein gigantisches Rundfunkgebäude bauen.«

Ich japste. Wieso konnte sie noch reden?

Und was wusste Tuana von den Nazis? Meine Mutter war nach dem Krieg aus Ostpreußen geflüchtet, Tuanas Großeltern mit Sicherheit nicht. Ja klar, das lernten die in der Schule, und Tuana merkte es sich. Auch die anderen Jugendlichen hatten heute keine Eltern mehr, die den Krieg noch erlebt hatten. So what? Aber ich hatte mich ertappt beim Unterschied-Machen. Hatte nicht unlängst einer aus der Partei des gesunden Menschenverstands unserer türkischstämmigen Bundestagspräsidentin das Recht abgesprochen, sich in Holocaustgedenkstätten zu zeigen und »uns mit unserer Nazi-Vergangenheit zu beschämen«? Eine »Instrumentalisierung unseres NS-Schuldkomplexes für das Migrantengesellschaftsdiktat« hatte er es genannt. Sofort medial hochgespielt und zugeschüttet mit Entrüstung. Zu Recht. Klar. Aber gerade eben hatte auch ich mich gefragt, was Tuana die Nazis angingen. Unsere Nazis. Deutsche Nazis, deutscher Massenmord, meiner, nicht ihrer. Nein, meiner auch nicht. Nicht einmal der meiner Eltern, denn die waren bei Kriegsende fünf oder sechs Jahre alt gewesen. Ohnehin vererbte sich Verbrechen nicht über die Gene. Sehr wohl aber hatte ich mich in meiner Jugend gefragt, ob wohl auch ich hätte verführt werden können, eine Nachbarin anzuschwärzen und der Ermordung ganzer Familien zuzustimmen. Zumindest aber feige zu schweigen. Oder ob ich in den Widerstand gegangen wäre, um mit zwanzig zu sterben.

»Was bedeutet für dich … äh… für Sie die Nazizeit?«, keuchte ich. »Ist doch nicht Ihre Geschichte.«

»Finden Sie, dass Geschichte nur bestimmten Nationen gehört?«

»Nein, ja … äh …« Ging jetzt nicht. Ich winkte ab.

»Also für mich ist sie eine Warnung. Jedes Volk kann verführt werden, egal wie kultiviert. Das hat Deutschland uns gelehrt, die ganze Welt. Und ihr zeigt uns auch, wie man mit sich ins Gericht gehen kann, ehrlich und ohne zu beschönigen. Wie man sich erinnert und dass Erinnerung an Schuld eine große Stärke ist, keine Schwäche. Dafür muss die ganze Welt euch dankbar sein, finde ich. Ich bin es.«

»Tuana, Sie sind eine Lichtgestalt.«

Sie lächelte unangestrengt.

Mir dagegen rann der Saft unterm Parka die Rippen hinunter, als wir endlich an der Ampel oben haltmachten, wo sich unsere Straße mit der Mörikestraße vereinte, die den Park zerschnitt. Treppen gingen hoch in eine noch im Winter wurzelnde Grünanlage. Da oben hatte sich also mal ein Biergarten befunden, benannt nach dem Wirt Silber. Mörike stand hier auch noch herum, als Büste. »Drei Tage Regen fort und fort, kein Sonnenschein zur Stunde …«

In den Westen hinab konnten wir es rollen lassen, hinweg über die Rotebühlstraße, den zweiten großen Verkehrsfluss durch den Kessel. Dahinter rückten die Gründerzeithäuser mit Sechzigerjahrebauten zusammen zu Blöcken mit Innenhöfen und

Hinterhäusern, aus denen hier und dort Kleingewerbe, kreative Schneidereien, Boutiquen und Unverpacktläden wieder in die Schaufenster zurückdrängten.

Und wo war jetzt eine Station, wo wir die Räder loswurden? Es kam ja darauf an, sie nie länger als eine halbe Stunde von den Pfosten zu trennen. Eine gepflasterte Fläche umkreiste die neugotische Johanneskirche mit dem gekappten Turm am Feuersee. Aus den kahlen Bäumen tropften Reste von Regen. Beim Abgang zur S-Bahn fanden wir Säulen für die Räder, stöpselten sie an und marschierten zurück zum Portal, das Ausgangspunkt für die Johannesstraße war, die geradewegs in den Norden führte, angelegt wie ein Prachtboulevard, auf dem die Herren ihre Pferde ausritten und unter schattigen Linden die Damen mit Sonnenschirm in langen Kleidern flanierten. Heute allerdings war sie vollständig bis in jeden Winkel hinter und zwischen und vor den Alleebäumen zugeparkt.

»Ist nicht weit.«

Tuana senkte das Kinn und schritt aus. Wie nackt doch so ein Hidschab ein Gesicht machte! Kein Haar, keine Frisur lenkte von Stirn, Wangen, Augenbrauen, Augen und Mund ab. Puristische Weiblichkeit.

»Was ist das, das Sarah?«

»Das Kulturzentrum für Frauen, Stuttgarts ältestes und einziges Frauencafé. Zutritt für Männer verboten.«

Sie zog leicht das Kinn an. »Ist das ein Lesbenclub?«

»Die syrischen Mütter, die sich hier zum Abendessen treffen, werden kaum lesbisch sein. Ihre Töchter vermutlich auch nicht.«

»Okay.«

»Aber natürlich kommen ins Sarah hauptsächlich Frauen, die keine Lust haben, sich mit Männern herumzuärgern. Und die beiden Betreiberinnen sind ein Paar.«

Tuana sagte nichts mehr.

Ich verkniff mir den Spott wie »keine Angst, die sind nicht übergriffig« oder »es ist nicht ansteckend« und tadelte mich im selben Gedankenzug, weil ich Tuana schonte, und zwar nicht, weil sie eine Jungfrau, sondern weil sie Muslima war und Unzucht, so unterstellte ich, mit heiligem Schrecken verband. Und schonten wir nicht nur die, denen nach gängiger Ansicht etwas fehlte, die Beine, das Augenlicht, die Geisteskraft? Tuana war, jedenfalls in diesem kurzen Moment, für mich eine kulturell Behinderte. Für eine Korrektur war es zu spät, denn mein Finger klingelte schon am Eingang des Gründerzeithauses.

Ein bisschen früh eigentlich. Das Café machte erst am Spätnachmittag auf. Aber heute hatten sie sicher einiges vorzubereiten. Denn frau lud auf einem Plakat an der Tür zur Frauentagsparty ein, »mit heißen und natürlich auch kalten Getränken, warmem Essen und belegten Brötchen«. Ab 21 Uhr legte Cora auf.

Ein Schlüssel drehte sich von innen, Flo machte auf, meine Lieblingsbutch, immer in Schwarz, oft in Leder, schlank, sehnig, groß mit grauem Kurzhaar, Lederbändern an den knochigen Gelenken und tiefer Stimme. Wie immer stellten sich mir die Nackenhärchen auf. Wie immer spielte ein halbes Lächeln auf ihren Lippen, dessen strengen Zug ich mal als Spott, mal als Tadel und meistens als beides deutete, heute in Anbetracht meines türkisch geschminkten Gesichts eher als Spott.

»Hallo, Lisa. Kommt ihr zum Helfen? Schaut nicht so erschrocken!« Sie lachte und ließ uns rein. Wir folgten ihr die Stufen hinauf ins Café. Manu stand in der Küche und schmierte Brötchen. Sie war eine Rundliche und Lächelnde in Weste und Kordhosen.

»Hallo, Manu, das ist Tuana.« Manu wischte sich die Hände am Handtuch ab und streckte die Hand aus. Auch ihre Augen verhedderten sich in Lidschatten, Mascara und Lippenstift meiner Mimik. »Das ist Manu und das ist Flo«, vollendete ich die Runde. Flo gab niemals einer die Hand.

»Gut, dass du da bist«, rief Manu. »Du mit deinen Kontaktinnen, du kannst uns das mit dieser Drohung sicher erklären.

Müssen wir uns Sorgen machen? In was für Zeiten leben wir? Ich habe heute Morgen noch zu Flo gesagt, das geht nicht mehr lange gut, es kippt, dann haben wir die Schlägeriche vor der Tür, das gab es schon mal, das kommt alles wieder, bald müssen wir uns wieder verstecken, sie jagen uns, sie werfen uns ins Gefängnis. Bin ich eigentlich die Einzige, die das sieht? Wollt ihr eine Kaffea?«

Hinter Tuanas Stirn arbeitete es. »Nein danke.«

Ich sagte: »Ja gern, du bist eine Schatza!«

Tuana begriff das Prinzip und lächelte. Flo stellte eine Becha in die Kaffeeautomata und drückte die Knopfa.

»Jetzt sag doch mal«, fuhr Manu fort, »was ist los da draußen? Uns rufen die Frauen an, ob die Party heute stattfindet.«

»Du solltest Lisa vielleicht zu Wort kommen lassen«, sagte Flo und stellte mir den Kaffeebecher hin. »Dann würdest du vielleicht auch etwas erfahren.«

»Ach so, ja.« Manu lachte.

Ich nahm einen Schluck. Heiß! »Es gab Drohanrufe bei verschiedenen Sendern mit Frauenhassgeifer und allgemeinen Morddrohungen gegen Menschen mit Menstruationshintergrund.«

»Habe ich es dir nicht gesagt!«, rief Manu und drehte sich zu Flo um.

»Und was bedeutet das?«, erkundigte sich Flo.

»Totale Hektik im Polizeiapparat, äh, in der Polizeiapparata.« Der zweite Schluck Kaffee glühte mir in den Magen hinunter.

»So ernst ist das?«

»Na hör mal, wär schlimm, wenn sie das nicht ernst nähmen.«

»Das heißt, die Weltfrauentagsdemo ist abgesagt?«

»Bisher nicht.«

»Und wie wollen die verhindern, dass etwas passiert? Mit Scharfschützen auf den Dächern?«

Tuana runzelte die Stirn.

»Das geht so«, erklärte ich ihr: »Das Scharfschütze, die Scharfschütza oder Scharfschützin, der Scharfschützo oder Scharfschützich, Plural Neutrum: die Scharfschützen.«

»Ah«, sagte sie. »Aber …«

»Wir machen die Regeln, Tuana. Bei Wörtern, die sich im weitesten Sinn auf Personen beziehen, heißt es die Gästin, der Gastich, die Anrufbeantworterin oder der Navigatorich, das Kontakt, die Kontaktin, der Kontaktich. Und wenn frau will, kann sie auch Gegenstände feminisieren, die Kaffea, die Tischa, die Büstenhalta. Das ist lustig.«

»Und es macht die Gender-Paranoikeriche wahnsinnig.« Manu lachte. »Die sind richtig durchgedreht kürzlich bei einer Podiumsdiskussion, drei Stadtratiche und ich die einzige Frau wieder mal. Der Menschenverstandlerich hat nur noch geschrien, mit Fistelstimme: ›Vergewaltigung der deutschen Sprache! Terror!‹«

Wir lachten.

»Ich habe denen das Vater-Rätsel gestellt. Und obwohl wir über nichts anderes geredet haben als übers Gendern, ist keiner drauf gekommen.«

»Welches Rätsel?«, fragte Tuana.

»Vater und Sohn haben einen Autounfall. Vater stirbt, Sohn wird mit schweren Kopfverletzungen in eine Klinik gebracht, wo der Chefarzt auf Kopfverletzungen spezialisiert ist. Chefarzt kommt, wird blass und sagt: ›Ich kann nicht operieren, das ist mein Sohn.‹ In welchem verwandtschaftlichen Verhältnis stehen die drei zueinander?«

Tuana runzelte die Stirn, höchst wachsam, doch eine Antwort wollte sie nicht wagen. Nur wenn man es wusste, war es leicht.

»Die Leute«, erklärte Manu, »sagen entweder, der eine ist der leibliche, der andere der juristische Vater, oder sie sagen, es handelt sich um ein schwules Ehepaar.«

»Ah!«, sagte Tuana.

»Es ist aber so: Der Chefarzt ist eine Ärztin und mithin die Mutter. Unser angeblich so bedeutungsloses grammatisches

Geschlecht bedeutet eben etwas. Es erzeugt Bilder im Kopf, und zwar Bilder von Männern.«

Tuana begriff etwas für ihr ganzes Leben.

»Jedenfalls«, nahm ich den Faden wieder auf, von dem ich noch nicht wusste, zu welchem Knäuel er führte. »Ich habe den Verdacht, dass die Drohungen aus Unfren-Kreisen kommen.«

Manu runzelte die Stirn. Ich erklärte es ihr.

Flo zog die Brauen hoch. »Und da sollen wir uns auskennen?«

»Bekommt ihr nie Drohungen?«

»Och, ständig.«

»Und was schreiben die so?«

»Das Übliche«, antwortete Manu. »›Du brauchst eine Bereicherung‹, so nennen die heute eine Vergewaltigung, ›macht euch mal locker, ihr Feminazis, hast wohl keinen abgekriegt bei deinem Fettwanst, geht doch in den Keller und zieht euch eine Burka über, wenn ihr euch belästigt fühlt.‹«

Unwillkürlich guckten wir Tuana an.

»Ich trage keine Burka«, sagte sie, »das ist ein Hidschab.« Keine hatte sie gefragt. Sie hatte angefangen.

»Und warum trägste so was?«, fragte Flo. »Und erklär mir nicht, es sei ein feministischer Akt gegen den lüsternen Blick der Männer. Ist es nämlich nicht. Je mehr Stoff um die Frauen, desto geiler die Männer. Gerade in den Ländern, wo sich Frauen wie irre verhüllen, werden sie besonders oft Opfer männlicher Gewalt. Hingegen, wo Frauen sich freizügig anziehen, können sie sich meist auch wehren.«

Tuana war nicht einzuschüchtern. »Das ist meine Religion. Nonnen und Mönche laufen auch in ihren Kutten herum. Die Leute tragen Kreuze. Da sagt auch niemand was dagegen.«

»Ich sag was«, antwortete Flo. »Sorry, ich mag das nicht, wenn mir Religion aufgedrängt wird. Christentum, Judentum und Islam, das sind lupenreine patriarchalische Machtsysteme.«

»Der Islam war nicht immer so. Er war geprägt von großer Ambiguitätstoleranz …«

»Was?« Das fuhr mir so heraus.

»Das ist, wenn man es ertragen kann, dass Situationen mehrdeutig sind oder widersprüchlich und dass es verschiedene Denkungsarten und Auffassungen gibt. Im Islam haben früher mehrere Ideen und Wahrheiten nebeneinander existiert, sogar unterschiedliche Kur'an-Deutungen. Sexualität war nicht verpönt, im Gegenteil. Es gab viele Gedichte und Ratgeber zur Sexualität, auch zur homoerotischen.«

»Merkt man heute aber gar nicht mehr«, bemerkte ich.

»Das ist so geworden, als die westlichen Kolonialherren kamen, im neunzehnten Jahrhundert, mit ihrem Christentum. Die haben den Kampf gegen die Sexualität ausgerufen. Sie haben unsere Tradition der Toleranz und Vielfalt vernichtet. Die Gesetze gegen Homosexualität stammen auch von ihnen.«

Wir Alten lächelten uns an angesichts der jugendlichen Erklärungsfertigkeit. Da konnten wir nicht mithalten. Jede mögliche Diskussion über ihren Hidschab und den Islam, den er verkörperte, hatte sie schon geführt. Da war sie firm. Im Gegensatz zu uns. Uns wurde nur mulmig bei dem Gedanken an eine Kennzeichnungspflicht für Frauen. Womöglich waren auch wir bald wieder dran mit besonderen Mützen oder Hüten für Lesben, Bisexuelle oder Transsexuelle und verloren unsere Freiheit, überall hinzugehen und mitzureden. Denn darauf lief es bei allem hinaus, was die autoritätsfixierten Empörungspolemiker von sich gaben, auf Markierung, Sortierung und Verdammung.

»Schon gut«, lenkte Flo mit halbem Lächeln ein. »Jede hat das Recht auf jugendliche Irrtümer. Mit siebzehn bin ich als Gothic rumgelaufen, mit weiß geschminktem Gesicht und schwarzem Lippenstift. Das hat auch niemand verstanden. Das war's, worauf es mir ankam: mich abgrenzen gegen den ganzen Sozialopportunismus um mich herum. Meinen Mitschülerinnen ging es nur darum, wie sie aussehen und reden mussten, damit sie einen Mann kriegen.«

Tuana schaute sie mit offenen Augen an, sagte aber nichts.

»Handtaschen und hochhackige Schuhe nehmen Frauen mehr Bewegungsfreiheit als der Hidschab«, behauptete Manu. »Ich glaube, es geht letztlich gar nicht um Herkunft. Kultur, das ist der neue Rassismus. Niemand darf anders aussehen, alle müssen Schweinefleisch essen, Bier trinken, aufs Volksfest gehen und Jeans tragen. Wer nicht mitmacht, wird gedisst. Gegen Mama-Taxis und Laubbläser oder das Grillen auf dem Balkon machen sie keine Gesetze, obwohl es alle belästigt, aber gegen Burkas, Burkinis und Kopftücher. Und die belästigen niemanden.«

»Menschen«, sagte Tuana, »die ausgegrenzt werden, entwickeln einen Gruppenstolz.«

»So wie die Unfreiwilligen«, haute ich dazwischen. »Gruppen- und Hassbildung geht immer. Womit ich darauf zurückkommen möchte, dass wir ursprünglich einen Massenmörder identifizieren wollten, bevor es Tote gibt.«

»Wie wollt ihr das denn anstellen?«, fragte Manu und nahm wieder das Messer, um mit dem Brötchenschmieren fortzufahren.

»Dürften wir mal die Compute in eurem Büro benutzen?«, fragte ich.

»Oder wir nehmen den hier, beziehungsweise …«, Tuana griff in ihre Schultasche und zog einen Laptop hervor, »… meine Laptopa.«

»Setzen wir uns rein ins Café«, schlug Flo vor.

»Habt ihr einen Make-up-Cleaner?«, fragte ich.

Manu und Flo schüttelten den Kopf. Sie sexelten sich nicht an.

»Aber Olivenöl habt ihr?«

11:26 Uhr

Mit meinem Becher Kaffee und der Flasche Olivenöl zog ich in die Toilette, träufelte Öl aufs Klopapier und wischte mir die Farbe aus dem Gesicht, goss den Kaffee in mich hinein und setzte mich noch schnell zum Strullen hin. Auf dem Weg ins Café wischte ich mit meinem Parka einen Stapel Flyer vom Tischchen neben der Garderobe. Sie luden zu einer Buchpräsentation ein. »Weg mit dem Paragraphen 219a. Information ist keine Überredung zum Schwangerschaftsabbruch.«

Im Café saß Tuana bereits an einem der quadratischen Tische. Sie hatte sich zu einem Tee überreden lassen und ihren Laptop ins WLAN des Sarah eingeloggt. Mein Handy war schon drin. Es kannte das WLAN von früheren Begegnungen. Flo hatte sich ebenfalls an den Tisch gesetzt. Beide schauten mich an.

»Wir müssen nicht das machen, was die Polizei schon macht«, verkündete ich.

»Und was macht die Polizei?«, fragte Flo.

»Telekommunikationsüberwachung, Funkzellenauswertung, Daten der sozialen Netzwerke durchforsten, Telefone lokalisieren und überwachen, Gespräche abhören, SMS mitlesen.«

»Könnten wir auch gar nicht.«

»Manches schon«, sagte Tuana. »Zum Beispiel die sozialen Netzwerke abschöpfen. Was wissen wir denn bereits?«

»Zwei Anrufe kamen von Handys mit Prepaid-SIM-Karten. Und Käufer von Prepaid-Karten müssen inzwischen ihre Personalien angeben.«

»Oder man kauft die SIM-Karte in den Niederlanden«, sagte Flo.

»Ah!«

Sie grinste. »Ich hatte mal einen Stalker, dem habe ich sein Handy so was von zugespammt. Aber ich wollte natürlich nicht, dass die Polizei mir einen Strick draus dreht.«

»Von einem Telefon hat die Polizei außerdem eine Gerätekennung, weil es ein Smartphone war. Ein Anruf kam von einem öffentlichen Telefon in Sindelfingen. Das war der bei Radio Victoria.«

Tuana tippte. »In Sindelfingen gibt es sieben öffentliche Telefone.«

Das waren nicht viele, aber solange wir nicht wussten, welches es gewesen war, nützte uns das nichts. Ohnehin suchte die Polizei dort schon nach Zeuginnen. Ich öffnete Facebook. »Vielleicht finden wir in den sozialen Netzwerken Leute, die was Verdächtiges kommentieren.«

Zuerst aber kam so was: »Die schlamp brauch einfach nur einen pimmel«, las ich unter einem Frauentagspost des *Stuttgarter Anzeigers* über eine Fußballmoderatorin. »Man sollte der Entarteten die Gebärmutter ziehen, Ausspülen und einem Flüchtling als Trinkschlauch auf die Reise in die wüste mitgeben.«

Alle Zeitungs-, Rundfunk- und Fernsehnachrichten-Seiten meldeten die Frauentagsdrohung und bemühten sich so zu tun, als wären sie an seriöser Berichterstattung interessiert. »Eine Twittermeldung über eine Tote in der Hauptstätter Straße hat sich als Falschmeldung erwiesen. Die Polizei ruft zur Zurückhaltung auf.« Ein Privatsender behauptete, das BKA sei hinzugezogen worden, die Bundesanwaltschaft habe die Ermittlungen übernommen, mit dem Zusatz, eine Bestätigung dafür gebe es noch nicht. Für 13:30 Uhr war eine Pressekonferenz von Polizei und Staatsanwaltschaft angesetzt.

Eine Landtagsabgeordnete forderte eine Absage der Frauentagsdemo zum Schutz der Frauen. Eine andere sagte: »Wir lassen uns keine Angst machen. Ich werde heute Abend auf die Frauentagsdemo gehen.« Unter der Veranstaltung »Frauenkampftag, 8. März, Demo Schlossplatz 18 Uhr« schlug eine Frau eine Ausgangssperre für Männer vor. Eine andere forderte Bürgerinnenwehren und das Recht, eine Waffe zu tragen, ausschließlich für Frauen. Darunter: »Du fette sau ich weiss was du brauchst«, »Häng dich auf bevor wir es tun«, »Wir stehen im Kulturkrieg Bürger an die Waffen«, »Ich werde dich zu Tode vergewaltigen«, »Du Kakerlakenfotze«. Dann der Konter: »Womit wieder einmal bewiesen wäre, von wem wirklich die Gefahr ausgeht«, »Den New York-Marathon können sie schützen, aber nicht uns?« Und zum Schluss: »Mimimi, ihr wolltet doch immer, dass man euch wie männer behandelt, es ist krieg.«

Ich seufzte tief.

»Das geht nur von einem Prozent der User aus«, sagte Tuana. »Die sind für ein Viertel der Hate Speech verantwortlich. Für tausend Dollar kannst du zwanzigtausend Bot-Identitäten samt Programmierung kaufen und einen Cyberkrieg führen. Bots, das sind …«

»Schon klar«, murmelte ich, nahm aber die Erklärung doch gerne mit.

»… künstliche Accounts, die so programmiert sind, dass sie wie echt aussehen und automatisch auf bestimmten Seiten oder zu bestimmten Stichworten posten und kommentieren.«

»Wahlkampagnen«, sagte Flo, »mit Social Bots und Fake News bringen Diktatoren an die Macht. Die zerstören dann ruckzuck Demokratie und Pressefreiheit.«

»Ja, das Astroturfing …«

»Bitte was?«, fragte ich dazwischen.

»Englisch, Astroturf, Kunstrasen. So nennt man eine falsche Graswurzelbewegung, eine von Bad Bots vorgetäuschte.«

»Ist das nicht bei uns verboten?«, fragte ich.

»Seit wann kümmert es die Herren, was verboten ist?«, sagte Flo.

»Alle machen das«, antwortete Tuana, »die Autolobby, Wirtschaftsverbände, die Pharmaindustrie, die Braunkohlewirtschaft und so. Verboten ist es nur, wenn Bots Daten ausspähen, E-Mail-Adressen oder Betriebsgeheimnisse.«

»Typisch. Sich selber schützen die Unternehmen per Gesetz«, bäffte Flo, »aber uns manipulieren sie damit. Und fällt dir was auf, Lisa?«

»Was soll mir auffallen?«

»Es sind nur die Bösen, die Bots benutzen, um uns mit ihren Lügen zu manipulieren, die Ausbeuter, Reaktionäre und Antidemokraten. Warum macht Greenpeace das nicht oder Ärzte ohne Grenzen oder Terre des Femmes? Kann man nicht auch mal mit Bots was Wahres verbreiten?«

Wir schauten uns an. Tuana suchte nach einer Antwort, aber für die war sie dann doch zu jung. Die Behelfsantwort fiel mir ein: »Vielleicht liegt es daran, dass die Wahrheit gefunden, nicht gesagt werden will. Sie ist zu komplex. Die Lüge aber ist ganz einfach. Die kannste einfach so rausballern.«

»Vielleicht.« Flo war nicht zufrieden. »Vielleicht sind wir nur zu anständig.«

Das Gegenteil von Anstand war das, was in den sozialen Netzwerken gerade massiv abging. Ein Prozent der User fluteten ein Viertel der Threads mit »Stoppt den feministischen Staatsterror«, »Fucking bitch«, »Der Rechtsstaat wird unterhöhlt von der Propaganda einer dekadenten Parteien- und Funktionärsdemokratie« oder »Ich weiß wo du wohnst«, »Ich wünsche dir, dass du von einem islamischen Mob vergewaltigt wirst«, »Mutti muss weg!«, »frau ersticht ehemann, polizei verhängt nachrichtensperre«, »Süstemhure«. Profile mit Deutschlandfahnen und Bierbäuchen, aber auch netten Brillengesichtern riefen: »Schützt unsere Frauen vor den Islamischen Vergewaltigerbanden!«

»Wer finanziert das eigentlich?« Ich suchte nach dem Bund zur Bewahrung der kulturellen Identität, Rechtsstaatlichkeit und bürgerlichen Freiheit und klickte mich von der Facebookseite weiter auf die Internetseite. Sie war schwarz-rot-gelb gestreift und rief zu Spenden auf. Darunter Links mit Überschriften wie »Die Diktatur der EU-Bürokraten entmachtet den Souverän, das deutsche Volk« oder »Die Lehrpläne zur sexuellen Vielfalt haben eine Pervertierung der Sexualität der Kinder und die Auflösung der Familie zum Ziel«. Im Impressum stand ein gewisser Paul Unfried mit einer Adresse im Stuttgarter Norden. Zu einem Anschlag auf die Frauentagsdemo rief niemand auf.

Ich ließ mich gegen die Lehne fallen. »Wo fängt man an in diesem Sumpf?«

»Wenn wir überlegen würden, was wir über die Männer wissen …«, schlug Tuana vor.

»Jung.«

Tuana machte ein Bildschirmfenster auf und tippte.

»Wieso jung?«, fragte Flo.

»Die Unfreiwilligen schwanken noch zwischen Hoffnung und Verzweiflung. Sie sind keine Hagestolze, die sich damit abgefunden haben, dass sie keine dauerhafte Frauenbeziehung hinkriegen.«

»Sind es eigentlich nun einer oder zwei oder drei?«, fragte Flo.

»Mindestens zwei. Der beim SWR ist einer, und der Anrufer bei Radio Victoria und der bei Newsmaker könnte derselbe sein, muss aber nicht.«

»Drei Drohanrufe an einem Tag. Und sie wurden geplant. SIM-Karten musst du dir erst besorgen. Ich würde sagen, die kennen sich.«

»Zumindest aus irgendeinem einschlägigen Internetforum.«

»Da kommen wir aber nicht hinein.«

»Wenn wir den Wortlaut der Anrufe hätten«, sagte Tuana, »dann hätten wir Texte, von denen wir ausgehen könnten.«

Ich überlegte, ob meine Erinnerung an Sallys Bericht reichte. Sie reichte nicht. Ich hätte nicht einmal das wiederholen können, was der Anrufer bei Radio Victoria gesagt hatte. Aber Stichworte fielen mir ein. »Der SWR-Anrufer hat die Wörter Ehrenmann benutzt und Schlampe, Fotze und töten. Er hat von einem Blutbad gesprochen, von vielen Leichen und von Wehklagen.«

»Der von Radio Victoria hat von Ungeziefer geredet«, sagte Tuana. »Er sei der … wie hat er gesagt … ›Wir sind die …‹?«

»Kammerjäger.«

»Genau.«

»Und der dritte Anruf?«, fragte Flo.

»Den kennen wir nicht. Ich weiß nur, dass er akustisch von extrem schlechter Qualität sein soll. So schlecht, dass die Polizei nicht sagen kann, ob es dieselbe Stimme ist wie beim Kammerjäger.«

»Was ich mich frage, wie will er es tun?«, sinnierte Flo. »Was plant er? Er würde doch wohl in kurzer Zeit möglichst viele Frauen erwischen wollen. Wie geht das?«

»Da gibt es reichlich Vorbilder: einen Lastwagen in die Menge lenken, mit einem Maschinengewehr von einem Dach ballern …«

»Ein Sprengstoffgürtel.«

»Das glaube ich nicht«, sagte Tuana und machte gleich darauf den Mund zu.

»Stimmt«, sprach ich für sie. »Mir ist in der christlich-abendländischen Kultur auch kein Beispiel für einen Selbstmordanschlag mit einem Sprengstoffgürtel bekannt.«

»Aber tot ist er hinterher auch«, sagte Flo. »Soviel ich weiß, erschießen Amokläufer sich selber oder sie provozieren, dass die Cops sie erschießen. Wenn er nicht sterben will, könnte er irgendwo Sprengstoff deponieren.«

»Genau das dürfte heute extrem schwierig werden«, sagte ich. »Wenn die Frauentagsdemo stattfindet, wird die Strecke sicher mit Sprengstoffhunden abgesucht. An den Zugängen machen sie Personenkontrollen. Wie beim Dirndlrummel auf dem Wasen.«

Flo lachte böse. »Ja, den heiligen Konsum, den schützen sie gut.«

»Gegen Lastwagen haben sie schon an allen Plätzen Betonbarrieren aufgestellt«, ergänzte Tuana.

»Also dann Schusswaffen, halbautomatische.« Flo lehnte sich zurück. »Von einem Hotelfenster aus.«

»Auch schwierig«, antwortete ich. »Wenn ein US-Präsident kommt, schaffen sie es, alle Fenster entlang der Strecke zu sichern.«

»Wir sind aber nicht der US-Präsident, wir sind nur Frauen.«

»Aber wir sind auch nicht in den USA. Selbst wenn er eine Schusswaffe illegal erwerben konnte, irgendwo muss er mit dem Ding üben. Im Wald rumballern geht nicht.«

»Und wenn er in einem Schützenverein ist …«

»Das gehört, hoffe ich, zu den Sachen, die die Polizei jetzt macht, die Männer mit Waffenbesitzkarten im Raum Stuttgart überprüfen.«

»Aber er könnte doch«, warf Tuana ein, »längere Zeit in den USA gelebt und dort mit Waffen umgehen gelernt haben.«

»Gute Idee!«

Sie freute sich und tippte irgendetwas in den Computer.

»Das bringt uns nicht wirklich weiter«, stellte Flo fest.

»Doch«, sagte ich. »Wir müssen nach einem suchen, der in den USA war, jung ist, sich als Ehrenmann bezeichnet, Frauen hasst und auf Unfren-Seiten kommentiert.«

Tuana tippte.

»Was schreibst du … schreiben Sie eigentlich?«

Flo zog die Braue hoch bei meinem Gestolper zwischen Du und Sie, sagte aber nichts.

»Im Chaos Computer Club haben wir einen Webcrawler entwickelt, einen Bot, mit dem kann man das Netz nach Stichwörtern durchsuchen, und die kann man dann Netzidentitäten zuordnen.«

»Also brauchen wir Stichwörter?« Ich klickte mich durch Links zum Thema. »Hier sagt einer: ›Eines Tages werden wir Unfrens begreifen, wie viele wir sind und welche Macht wir haben. Wir werden das unterdrückerische feministische System stürzen. Ich stelle mir eine Welt vor, in der Frauen mich fürchten.‹«

Flo schnaubte.

»Also: unterdrückerisch feministisch. Und mit System haben die es auch immer.«

Tuana tippte schon.

»Und hier: ›Meine Mutter hat mir beigebracht, Frauen zu respektieren. Sie hat gesagt, Frauen mögen draufgängerische Männer nicht. Ein Kübel Kacke war das. Was die Schlampen wirklich wollen, ist ein Muskelmann, der sie in den Arsch fickt, sie wollen keine Liebe mit einer echten Person.‹«

»Boa, widerlich!«, sagte Flo.

»Sie benutzen ständig die Wörter ›Schlampe‹ und ›Fotze‹«, stellte ich fest. »Und ›Muskelmann‹ und ›ficken‹.«

Tuanas Finger sausten.

»Der hier schreibt, dass er als Kind wegen seines Namens gehänselt wurde.«

Tuanas Finger ruhten. Daraus ließen sich keine Stichwörter filtern.

»Was haben Sie denn alles aufgeschrieben?«

Sie las mit ihrer Jungfrauenstimme vor: »Männlich, jung, ledig, unterdrückerisch, feministisch, System, Ehrenmann, Genormte, Schlampe, Fotze, töten, Blutbad, Kammerjäger ...«

Flo stand abrupt auf, öffnete ein Fenster und steckte sich eine Zigarette an. »Ich ertrag's gerade nicht mehr.«

Ich zündete mir sofort auch eine an.

»Jetzt beschäftigen wir uns schon wieder nur mit den Tätern«, fluchte sie dem Rauch hinterher. »Immer sind es die durchgeknallten Männer, die unsere Aufmerksamkeit kriegen. Die Opfer, die Frauen, für die interessiert sich niemand, die sind nur das Beiwerk, das den Mann so wahnsinnsinteressant macht. Über den verfasst man lange Artikel, die uns erklären, was für ein armes kleines Arschloch er ist. Und hach, wie gruselig böse so einer wird, weil er in der Grundschule nur von Frauen erzogen wurde. Scheiße ist das!«

Ich stand auf und ging zu ihr. Hinterm Fensterbrett, über das sie nach draußen aschte, befand sich der Abgrund einer asphaltierten Zufahrt mit Mülltonnen zwischen zwei Hauswänden aus roten Ziegeln.

»Ich bewundere dich«, sagte Flo, »dass du dich mit diesem Bullshit befassen kannst.« Ganz nah war mir ihr reifes Gesicht mit den klaren Augen, dem lebenshungrigen Blick und um den Mund herum den Zeichen der bitteren Erfahrungen, Enttäuschungen und Desillusionen. Ihr Atem roch nach Nikotin und Heidelbeeren. Den Arm um ihre Schultern zu legen traute ich mich nicht, aber die Hand auf ihren Arm legen, das ging. Er zitterte.

»Ich bin schon lange nicht mehr in Facebook«, sagte sie. »Ich ertrag's nicht, diese Ansammlung von niederen Beweggründen und Selbstmitleid, diese krawallige Missachtung der Wirklichkeit. Diese Lust auf Hass. Eine toxische Wirkung entfaltet sich auch in kleinen Dosen. Wir werden nach und nach vergiftet. Kommunikation gibt es gar nicht mehr. Wenn frau sich in einer Kneipe trifft, gucken alle auf ihre Smartphones und checken Facebook und Whatsapp.«

Ich schwieg mitfühlend.

»Sorry, Lisa.« Flo straffte sich. »Gab es eigentlich früher so etwas wie diese Unfrens? Wo haben die sich getroffen, früher? Wie haben die sich gefunden? Im Stuhlkreis in Männergruppen? Oder hat die erst das weltweite Netz hervorgebracht? Sind die so was wie die Mr. Hydes des Internets?«

Ich wandte mich an Tuana. »Dr. Jekyll und Mr. Hyde, das ist …«

»… eine Novelle von Stevenson. Hab ich mal gelesen. Ich fand die Idee cool, dass der Versuch, zwei Gegenpole zu trennen, das Gute und das Böse, dazu führt, dass das Böse die Macht übernimmt.«

Flo und ich starrten sie mit offenen Mäulern an.

»Ich denke mir«, fuhr Tuana im bläulichen Widerschein ihres Laptopdisplays fort, »das ist so, weil ein Mensch normalerweise seine Wut, zum Beispiel, kontrolliert. Das Böse, das ist bei Stevenson ja nur so etwas wie Rücksichtslosigkeit oder Egoismus und blinde Wut. Normalerweise halten wir solche Gefühle in Schach, durch unsere Erziehung, durch Sozialkontrolle. Sobald man aber die blinde Wut von sich abspaltet, hat man sie nicht mehr unter Kontrolle, sie kann ungehindert wüten und töten. Mir scheint, es ist ein Gleichnis für unsere Gesellschaft.«

»Es ist aber weit über hundert Jahre alt«, sagte Flo entrüstet.

»Offenbar ändert sich gar nicht so viel, wie wir immer meinen«, bemerkte ich. »Jedenfalls nichts Grundsätzliches.«

»Und immer wenn es Krieg gegeben hat«, sagte Tuana, »hat

vorher eine Gesellschaft das Böse aus sich selbst heraus abgespalten und die Kontrolle darüber verloren.«

»Na!«, machte Flo. »Wenn es so einfach wäre …«

»Aber ist es nicht so? Erst leben alle in einer friedlichen Gesellschaft, so wie in Deutschland. Es gibt zwar Verbrechen, aber die Täter werden geschnappt und bestraft. Die meisten glauben, dass es gut ist, Konflikte friedlich zu lösen. Sie ermahnen sich gegenseitig, ihren Egoismus, ihre Ängste und ihre Wut zu kontrollieren. So hält die Gesellschaft das Böse in sich selbst in Schach. Dann kommt einer, der spaltet das Böse ab. Er fängt an, auf … keine Ahnung … auf Ausländer zu schimpfen. Er sagt, die sind Abschaum, die sind Parasiten, die gehören nicht zu uns, die müssen weg, sie sollen krepieren. Das Böse wirkt wie ein Magnet. Immer mehr Leute fangen an, böse Sachen zu sagen und zu tun. So wird das Böse immer größer und mächtiger. Diejenigen, die sagen, so spricht man nicht über andere Menschen, verlieren ihren Einfluss, sie haben immer weniger Macht. Schließlich gerät das Böse außer Kontrolle. Hass, Wut, Feindschaft, Egoismus und Lüge dominieren die Gefühle in der Gesellschaft. Und dann …«

Flo stöhnte. »Wenn ich so jung wäre wie du … ich würde mir das Leben nehmen.«

»Zu diesem Entschluss würden dich die Leute vom Gesunden Menschenverstand beglückwünschen, Flo.« Ich warf die Kippe zum Fenster hinaus und kehrte an meinen Platz zurück. »Für die bist du eine daueruntreue Lustlesbe und das Sarah eine auf Kosten der Steuerzahler subventionierte Schmiede des Hasses auf Männer und normale Frauen mit dem Ziel, unsere christlich-abendländischen Werte, Ehe, Familie und Kreditwirtschaft zu untergraben.«

»Wir landen sowieso alle bald wieder im KZ. Du auch«, knurrte Flo, schloss das Fenster und ging hinter die Bar, um die kalte Kippe in den Mülleimer zu werfen.

»Ah!«, rief Tuana. Sie beugte sich zum Bildschirm vor. »Da sind sie.«

»Wie bitte?« Ich beugte mich über die Tischecke zu ihr hinüber, sah aber auf ihrem Bildschirm nur viel Text in Grüppchen geordnet. »Was ist das?«

»Das ist die Liste.« Tuana erklärte uns, dass ihr Bot das Internet nach unseren Stichwörtern durchsucht und sie in einem zweiten Schritt Profilen bei Facebook, Twitter oder von Blogs zugeordnet hatte. In einem dritten Suchlauf hatte das Programm dann weitere Einträge dieser Personen in Blogs, Foren, Kommentarfeldern und sozialen Netzwerken eingesammelt. Daraus war eine Liste von Namen mit vielen Links entstanden, die auf Textstellen und Fotos verwiesen und ein ziemlich vollständiges Bild der Netzidentität eines Mannes zeichneten, der Frauen hasste. Das Ergebnis konnte man noch nach Region und Alter weiter eingrenzen. Tuana definierte »Stuttgart mit Umkreis 50 km« und »zwischen 16 und 29 Jahre« alt.

Die Liste, die wir bekamen, war erschreckend lang. Ganz oben stand ein gewisser Daniel Jahrmarkt.

Flo lachte auf. »Bei dem Namen war der sicher Opfer von Hänseleien.«

»Er wohnt in Sindelfingen«, sagte Tuana, nachdem sie einen Link aufgemacht hatte.

Ich fasste es nicht. »Gleich ein Treffer?«

Sogar Straße und Hausnummer hatten wir. Daniel Jahrmarkt war Anfang zwanzig, studierte in Stuttgart Maschinenbau und war – sieh an! – bis vor einem Jahr im Landesvorstand der PGM gewesen. Die Datenschlinge hatte sich um seinen Hals gezogen, weil er an verschiedenen Stellen, darunter einigen Unfren-Threads, einschlägige Überzeugungen kundgetan hatte. »Wer kleinen Jungen von männlichen Privilegien und dem Patriarchat erzählt, der belügt sie und beraubt sie einer gesunden männlichen Identität. Und wem nützt das? Dem Feministischen Staatsterror.«

»Hallo, Logik?«, brummte Flo mit hochgezogenen Brauen.

Im vergangenen Jahr hatte er mit einer Rede auf einer Demo

in Sindelfingen einen lokalen Skandal ausgelöst, weil er sich über die Attraktivität des südländischen Typs auf deutsche Frauen beschwert und gefordert hatte, »unsere Frauen durch ein gesetzliches Annäherungs- und Kontaktverbot vor den muslimischen Kakerlaken zu schützen«. Baden-Württembergs PGM-Chef Volker Levin hatte sich sofort davon distanziert.

In einem Forum hatte Jahrmarkt sich außerdem sachkundig über halbautomatische Schusswaffen geäußert, auf einen USA-Aufenthalt verwiesen und das Freiheitsrecht der US-Bürger gefeiert, eine Waffe zu tragen.

»Das ist der Kammerjäger, jede Wette«, sagte ich.

Die Fotos zeigten einen jungen dicklichen Mann, meist schwarz gekleidet, mit kurzen Haaren. Auf seinen Selfies blickte er mit weit offenen grauen Augen hübsch in die Kamera. Auf Fotos, die ihn in Gruppen zeigten, schaute er niemanden an, auch den Fotografen nicht, und lächelte selbst dann nicht, wenn die anderen lachten.

»Du bist … äh, Sie sind toll, Tuana! Ich hätte nie gedacht, dass das so leicht geht …«

Sie lächelte bescheiden.

Ein Name fiel mir auf. »Jasper Schwuchti, ist das Ihr Ex-Schulkamerad?«

»Schwuchti?« Flo lachte schon wieder.

Tuana klickte auf einen der Links. »Ja, das ist ein Post aus seinem Blog Lastfight. Er hat ihn Anfang Februar geschrieben.« Sie las vor: »›Ich möchte mich nicht mehr von unerfüllten Gendermannsweibern und verstörten Mädchenmännchen regieren und diktieren lassen. Wir müssen die längst überfällige Revolution einleiten und der Diktatur der unterdrückerischen Fotze ein Ende machen. Wehret den männerfeindlichen Umtrieben, die am 8. März wieder mit Sonntagsreden der Politik begangen werden, die sich ihr eigenes Grab schaufelt. Ich bin vorbereitet.«

Ein kalter Schauer rutschte mir den Rücken runter. »Das ist er.« Fragt mich nicht, warum ich mir in diesem Augenblick so sicher war. Jaspers Geschwurbel klang vergleichsweise harmlos. Vielleicht war es das. »Wie sieht er aus?«

Tuana fand ein Foto: Jasper vor dem Holocaust-Denkmal in Berlin, das er Gedenktheater-Schandmal nannte, im Outfit eines Hipsters mit Vollbart, Undercut-Frisur und kariertem Flanellhemd.

»Wieso steht der nicht ganz oben in der Liste?«

»Die Rangfolge entsteht aus der Menge und der Enge.« Tuana lächelte in mein dummes Gesicht. »Das heißt, bewertet wird zunächst die absolute Zahl der Internetäußerungen. Weil die Leute aber auch über ihren Urlaub oder ihre Partys oder Autos posten, wird ausgezählt, wie viel Prozent der Posts den Selektoren entsprechen.«

»Das heißt, Daniel Jahrmarkt postet wenig über Essen oder Katzen und viel über diese Maskulinitätsthemen. Jasper hat dagegen noch andere Themen.«

»Genau.«

»Und welche?«

Tuana öffnete Links. »Mode. Nipster-Mode.«

»Was?«

Tuana zog die Brauen hoch. Aber sie erklärte es der alten Tante gern und geduldig: »Nipster, Nazi und Hipster. Er sagt, die Leute müssen ein besseres Auftreten bekommen. Er hat sogar einen eigenen Youtubekanal mit Videos über Frisuren, Kleidung, Schuhe und vegane Ernährung.«

»Wie creepy ist das denn? Frauen töten ist doch nicht vegan.«

In einem Youtubevideo war Jasper in einem T-Shirt mit Hitlerkopf zu sehen, darüber die Inschrift: »Ein Mensch ist illegal.« Mit etwas hoher Stimme empfahl er: »Achtet auf die Herkunft der Lebensmittel, kauft keine Israel-Wixxe.«

»Schick mir mal den Link auf Whatsapp«, sagte ich. »Oder hast du Signal? Das ist sicherer, heißt es immer.«

Tuana nickte.

»Und was fangen wir damit an?«, fragte Flo.

Ich hatte schon mein Handy in der Hand und den Signal-Chat mit Richard offen. »Ich informiere meinen Vertrauensmann bei der Staatsanwaltschaft.«

»Ist das denn erlaubt, was Tuana gemacht hat? Nicht dass sie Ärger kriegt.«

»Es ist legal«, antwortete Tuana. »Das Programm sammelt nur die öffentlich zugänglichen Informationen. Ich müsste die Liste aber noch ein bisschen aufbereiten, damit ich sie verschicken kann.«

»Dann machen Sie das.« Richard schickte ich die Nachricht: »Wir haben zwei Verdächtige: Jasper Schwuchti. Siehe Blog Lastfight. Und Daniel Jahrmarkt, Sindelfingen, PGM. Infos folgen.«

Keine dreißig Sekunden später klingelte mein Telefon. Ich lief hinaus aus dem Café, die Treppe hinunter und auf die Straße und nahm den Anruf an.

11:59 Uhr

»Wer ist wir?«, war Richards erste Frage.

»Tuana hat …« Ich unterbrach mich. »Du weißt, wer Tuana ist? Das ist die Tochter der Familie unter mir …«

»Das Kopftuchmädchen?«

»Richard! So was sagt man nicht!«

»Die geht doch noch zur Schule.«

»Heute nicht. Hat sie nicht nötig.«

»Und was hat sie mit dieser … dieser Angelegenheit zu schaffen?«

»Das ist eine lange Geschichte, Richard. Jedenfalls ist sie ein Nerd, oder vielmehr eine Nerda. Aber ohne soziale Defizite.«

Eine Kirche schlug zwölf Uhr.

Ich marschierte, während ich redete, vom Sarah weg auf der Suche nach einer Stelle zwischen geparkten Autos und Bäumen fern von lauschenden Fenstern oder Hauseingängen und erklärte Richard, was wir gemacht hatten. Allerdings ließ ich weg, wo und mit wem noch.

»Und an erster Stelle unserer Selektorenliste steht Daniel Jahrmarkt, ein Menschenverstandler aus Sindelfingen. Außerdem steht ein Jasper Schwuchti drauf. Ein Nipster, der mal in Tuanas Schule gegangen ist. So einer, der immer rot wird, wenn er mit Frauen reden muss. Er hat wohl auch mal Tuana nachgestellt.«

»Du willst mir jetzt aber nicht allen Ernstes weismachen, dass die Amokdrohungen im Zusammenhang mit einer Zurückweisung seitens Tuanas stehen.«

»Ich weiß, dass es ein extrem unwahrscheinlicher Zufall wäre, dass ich Tuana auf der Treppe treffe und sie mir von diesem ausgestoßenen Ex-Schulkameraden erzählt.« Meine Füße hatten neben einem Baumbeet zwei hochstehende Kopfsteine im welligen Pflaster gefunden, auf denen ich balancieren konnte.

»Und was hast du ihr vorher erzählt?«

»Richard, die Amokdrohungen sind überall im Netz. Und ja, ich habe mit ihr darüber gesprochen. Und ja, sie hatte die Idee, das Netz nach bestimmten Männern zu durchsuchen. Wenn du willst, schicke ich dir die Liste.«

»Lisa, du bringst mich in Teufels Küche mit deinen eigenmächtigen Recherchen.«

»Wenn ich jetzt nicht mehr als Journalistin recherchieren darf, nur weil ich deine Frau bin, dann …« Was dann?

Er schwieg.

»Richard, ich habe immer noch meine eigenen Quellen. Sally hat mich angerufen. Aufgrund eines Twittereintrags bin ich zu Radio Victoria gegangen.« Ich verschwieg ihm, dass die Polizei den Mitschnitt nicht vollständig gelöscht hatte. »Also komm mal runter! Wenn's dir peinlich ist, dann erzähl den Kollegen halt, ein Mitglied von irgendeinem Leaks-Verein hätte dir die Daten anonym zugespielt.«

»Es ist mir nicht peinlich. Es ist mir nur verboten, mit dir über eine Angelegenheit, allemal dieser Brisanz, zu reden. Ich muss mich auf deine Verschwiegenheit verlassen können.«

»Die müssen bei euch im Lagezentrum ja ganz schön in Panik sein. Zu viele goldene Sterne und zu viele Politiker, die da herumtanzen, was? Und sie haben alle Angst, dass sie morgen zurücktreten müssen.« Ich lachte.

Richard seufzte.

»Was werdet ihr sagen bei der Pressekonferenz?«

»Ich weiß es nicht.«

»Was mischst du da überhaupt mit? Du bist doch gar nicht zuständig.«

»Das werde ich dir nicht sagen, Lisa.«

Ich vermutete, dass er entweder bei fest verschlossener Tür von seinem Büro aus telefonierte oder, falls er noch im Präsidium war, auf die Straße hinausgegangen war, um eine zu rauchen. Wenn Dritte, wie die Juristen immer so schön sagten, hätten mithören können, hätte er mich nicht mit Namen angesprochen. Oder er saß im Auto. Nein, das tat er nicht, denn dann hätte er meine Nachricht nicht lesen können. Richard spielte beim Fahren nicht mit Handys.

»Also gut«, sagte ich. »Kannst du oder könnt ihr unsere Daten nun brauchen oder nicht?«

»Die Polizei hat ebenfalls wirkungsvolle Ermittlungsmethoden«, antwortete er. »Und ich möchte dich sehr ernsthaft bitten, nicht vorschnell zu agieren und willkürlich irgendwelche Namen ins Gespräch zu bringen.«

»Ich verstehe.« Das hieß, sie waren bereits dran an verdächtigen Personen. Aber sie hatten sie noch nicht.

»Volker Levin genießt als Landtagsabgeordneter allerdings parlamentarische Immunität«, sagte Richard unvermittelt. »Und damit ein Zeugnisverweigerungsrecht.«

»Ah!« Deutlicher konnte er mich kaum mit der Nase auf meinen nächsten Schritt stoßen. »Dann werden wir mal schauen, ob er mit der Presse redet. Ich melde mich.«

Kleine Stille. Eheliches Drucksen.

»Noch was, Richard?«

»Ich könnte gegen eins, halb zwei was kochen, was meinst du?« Er meinte in meiner Wohnung.

»Ich kann aber nicht garantieren, dass ich da bin.«

»Alles klar, wir telefonieren.«

Ich schickte Sally eine Nachricht mit dem Link zu Jaspers Youtubevideo und der Frage »War es diese Stimme?« und wanderte zum Sarah zurück.

Die Wolken zersetzten sich, blauer Himmel blinkte über den neugotischen Spitzen der Johanneskirche. Ein Sonnenstrahl ließ die Tropfen auf Zweigen und Knospen blitzen.

Im Café diskutierten Flo, Manu und Tuana mit Andrea und Katarzyna, die zum Helfen gekommen waren, darüber, was man mit den Daten und Namen anstellen konnte, die wir gesammelt hatten: einen #frauenfeinde einrichten und die Männer öffentlich mit ihren Linklisten anprangern, zum Beispiel. »Das ist auch politisch«, meinte Manu. »Das sind ebenfalls Gefährderiche, nur dass der Verfassungsschutz die niemals überwachen wird.«

Sie schauten mich erwartungsvoll an.

»Aus ermittlungstaktischen Gründen sollten wir derzeit keine Namen veröffentlichen.«

»Das ist wieder mal typisch!«, rief Andrea. Sie war eine magere Endfünfzigerin. »Sobald sich herausstellt, dass nur Frauen bedroht sind, schützt das Patriarchat die Täter. Ihr werdet sehen: Die sagen unsere Frauenkampftagsdemo ab. Ist immer das Gleiche. Zu unserem angeblichen Schutz wird uns verboten, auf die Straße zu gehen und uns zu versammeln. Statt dass sie gegen die vorgehen, die uns bedrohen.«

»Ich frage mich«, sagte Manu, »was wir tun könnten.«

»Wie wär's«, schlug ich vor, »wenn ihr all eure Kanäle nutzt und so viele Frauen wie möglich aktiviert für die Demo heute Abend. Flashmobmäßig. Egal, ob die Demo verboten wird oder nicht. Wir müssen viele sein. Ihr könntet euch auch an

Radio Victoria wenden, die würden sicher mitmachen bei den Aufrufen.«

»Und wenn dann einer auf uns schießt? Wenn es Tote gibt?«, fragte Katarzyna mit dunklen Kulleraugen unter nussbraunen Locken.

»Dich kann es sowieso jederzeit und überall erwischen, wenn es einem Typen gerade passt«, sagte Flo.

Die Frauen schauten sich an. Der Plan für heute war eigentlich ein anderer gewesen und es war ein Kraftakt, innerhalb von ein paar Stunden Tausende von Frauen auf die Straße zu bekommen. Andererseits, wann, wenn nicht jetzt? Seit vielen Jahren hatte der uralte Frauenstreiktag nicht mehr eine solche Bedeutung bekommen. Also los: »Hoffentlich regnet es nicht.« – »Regenwahrscheinlichkeit 70 Prozent, 1,2 mm.« – »Wir könnten Politikerinnen, die wir kennen, direkt anschreiben.« – »Meine Wetter-App sagt 45 Prozent.« – »Und wenn es regnet, wir sind keine Zuckerpüppchen.« – »Wir setzen ein Zeichen!« – »Übernimmst du Facebook, erstellst du eine Veranstaltung?« – »Ich könnte eine Anzeige entwerfen.« – »Und wenn die Frauen fragen, ob es gefährlich wird?« – »Wir sind doch immer auf eigenes Risiko unterwegs.« – »Nicht fragen, machen.« – »Venceremos!« – »Unsere Stuttgarter Frauentagsdemo kommt heute Abend in der *Tagesschau*. Ach was, in allen Nachrichten im In- und Ausland.« – »Das wird voll übel.«

Während sie sich, unterstützt von Tuanas Internetsouveränität, ans Werk machten, ging ich mit meinem Telefon durch die Küche auf den Raucherinnenbalkon. Auf der Landtagsseite befand sich zwar eine Telefonnummer von Volker Levins Büro, aber da ging niemand ran. Im öffentlichen Telefonbuch stand er nicht. Eine persönliche Internetseite hatte er nicht, und auf der Seite der PGM führte die Telefonnummer im Impressum zu einem Festnetzapparat, den auch niemand abnahm. Ich erinnerte mich, dass vor einiger Zeit im *Stuttgarter Anzeiger* ein Bericht über Morddrohungen, Schmierereien an seinem Haus und Kratzer an seinem Auto gestanden hatte. Den Artikel fand ich sofort. Ein über »solch abgrundtiefen Hass« bis ins Mark erschütterter Volker Levin offenbarte eine erstaunlich jämmerliche Angst. »Wer mit der PGM demonstriert, riskiert Beruf, Existenz und soziale Anerkennung«, hieß es in einem Leserkommentar, »wer gegen die PGM demonstriert, wird gefeiert, kann sich in legalem Hass austoben und einige können sogar vom PGM-Hassen leben.«

Ich rief in der Redaktion Landespolitik des *Stuttgarter Anzeigers* an. Eine junge Reporterin, die ich nicht kannte, nahm ab. Viele der Älteren aus meiner Zeit waren nicht mehr da. Seit man die Sonntagsbeilage aus Kostengründen eingestellt hatte, war auch ich als Freelancerin unterbeschäftigt. Der Verlag tauschte nicht nur Junge gegen Alte aus, sondern auch Festangestellte gegen Freie und altgediente teure Freie gegen junge und billige Freie. Einen Fachmann für die PGM wollte die junge Journalistin nicht kennen, aber sie stellte mich zu Florian durch, dem neuen jungen Chef der Landespolitik. Der war zu meiner Zeit Volontär gewesen.

»Wie geht es dir?«, fragte er mit Hallo in der Stimme, ohne es wissen zu wollen.

»Super«, antwortete ich. »Weswegen ich anrufe. Ich müsste zeitnah mit Volker Levin sprechen. Habt ihr eine Handynummer von ihm?«

»Ich weiß nicht, ob ich die weitergeben darf. Worum geht es denn? Ich könnte ihn anrufen und vorfühlen.«

»Das wiederum kann ich dir nicht sagen.«

»Aber irgendwas muss ich ihm sagen. Er ist ein gebranntes Kind, wie du dir denken kannst. Es gab Anfeindungen, aggressive Interviews, er wurde hereingelegt, falsch zitiert …«

»Wer austeilt, muss auch einstecken können.«

»Jetzt mal unter uns«, Florian senkte die Stimme, »an was für einer Sache bist du denn dran? Hat es mit der Frauentagsdrohung zu tun? Das wäre eventuell auch was für uns.«

»Sage ich dir nicht. Ist noch nicht hart.«

»Aber wenn ich dir helfen soll …«

»Tut mir leid, Florian.«

»Na dann viel Glück.« Ich dachte schon, er werde grußlos auflegen, aber dann holte er noch mal Luft: »Kleiner Tipp unter alten Freunden, Lisa. Die PGM hat heute Fraktionssitzung, 13 Uhr 30, glaube ich.«

Ich bedankte mich. Auf dem Weg durch die Küche, wo sich geschmierte Brötchen häuften, zurück ins Café fiel mir ein, dass ich Deppa mir nicht hatte sagen lassen, wo die Fraktionssitzung stattfand. Alle landespolitischen Journalisten wussten das, nur ich nicht.

Inzwischen saßen im Café an den Tischen noch einmal drei Frauen mehr. Alle waren auf ihre Handys konzentriert. Nur Flo stand hinter der Bar und gab Kaffee und Tee aus. »Das wird«, sagte sie zu mir. »So einen Frauentag hat die Welt noch nicht gesehen.«

Ich hob den Daumen und wandte mich Tuana zu, die in Violett und Rosé gehüllt kerzengerade an ihrer Compute saß wie eine Orchidee im Gebinde robuster Feldblumen, Frauen mittleren und fortgeschrittenen Alters, die sich seit Jahren oder Jahrzehnten im Sarah engagierten. Sie hatten schon fast alles durch. Aus dem diffusen Unbehagen ihrer Kindheiten waren sie in den achtziger Jahren im Feminismus aufgewacht. Die großen Schlachten der Siebziger waren bereits geschlagen: Abtreibungsparagraf, Frauenhäuser, Frauenbuchverlage, das Deutsche als Männersprache … Richter urteilten Vergewaltigungen auch schon mal ab, statt sie wie ein Kavaliersdelikt zu behandeln. Ich fing an, für die *Amazone* zu schreiben. Wir spotteten schon über den Lila-Latzhosen-Feminismus, Teekränzchen beim Licht der Mondin, das gemeinsame Menstruieren und die Selbstbesichtigung von Klitoris, Scheide und Muttermund mit dem Spiegel. Wir hatten neue Aufgaben. Wir reihten uns zu Friedensketten gegen die atomaren Waffenarsenale der alten Männer, wir prangerten das Patriarchat als Dauerkrieg gegen Frau, Mensch und Natur an. Nur der Feminismus konnte die Erde noch retten.

Dann fiel die Mauer. Wir bestaunten die DDR-Frauen mit ihren zweischneidigen Karrieren in einer steinernen Gleichheitswelt, wo es kein Recht, sondern die Pflicht zur Arbeit gab, zwar mit Chance auf Leitungsposten, aber bei voller Hausfrauenlast. Der Feminismus marschierte von uns weg als Gleichstellungsfeminismus durch die Institutionen: Frauenbeauftragte, Quotenregelungen, Frauenförderprogramme an den Unis, Gender Studies und die jährliche Statistik über Teilhabe und Integration. Das ging alles seinen feministischen Gang, was willste noch? Der Kampf um Leib und Eigensinn fand dort statt, wo Mädchen an Genitalverstümmelungen starben. Der schwarze Feminismus stieß unsere weißen Nasen auf die globale Struktur von gender, race und class. Woanders wurden Frauen gesteinigt, entführt, vergewaltigt und getötet. Dagegen war unsere Forderung nach Lohngerechtigkeit Luxus. Ich verließ die *Amazone* und fing beim *Stuttgarter Anzeiger* an, und der Feminismus schrumpfte zum uncoolsten Wort der Jahrtausendwende.

Aber was hatte sich eigentlich über die Jahre geändert? Die Elternzeit wurde bezahlt. Aber noch immer bedrohten alte Männer unsere Welt mit ihrem Kriegsdurst. Noch immer gehörten hauptsächlich Männern die Weltkonzerne und Frauen saßen an der Kasse bei Aldi, in den Vorzimmern oder in den Nähstuben Osteuropas und Asiens. Von den knapp zweihundert Staaten wurden gerade mal ein Dutzend von Frauen mitregiert. Bräsig murksten wir in unseren saturierten Industriestaaten mit einem Drittel Frauenanteil in den Parlamenten herum. Die finsteren Strukturen patriarchaler Herrschaft hatten den Feminismus völlig unbeschadet überstanden, waren fester gefügt denn je, erneuerten sich sogar und benutzten dazu willige Frauen. Die hetzten gegen »frustrierte Jungfern in Sackkleidern« und eine »gefühlige Nabelschau«, die es gar nicht gab.

Ich bedeutete Tuana aufzustehen und ging mit ihr vor die Tür ins Treppenhaus. »Also, ich muss jetzt weiter. Sie sind den Frauen hier sicher eine große Hilfe und …«

»Kann ich nicht mitkommen?«

»Das wird kein Spaziergang. Ich will mit Volker Levin sprechen.«

»Schießen wird er ja nicht gleich. Das überlässt er anderen.«

»Hoi, Tuana, das sollten Sie niemals öffentlich sagen! Sie sollten es nicht einmal denken, bevor es nicht bewiesen worden ist.«

»Weswegen wollen Sie ihn denn sonst sprechen?« Tuana lächelte. »Ich hole nur schnell meine Sachen.«

12:13 Uhr

Die Sonne hatte die Straße getrocknet. Zwischen den Autos roch es nach altem Winter, unter den Bäumen nach jungem Frühling. In den Zweigen über uns zwitscherten Kohlmeisen. Ein Mann in Lederjacke ging die Straße hinunter. Er redete … »Nachnan machduruhu« … auf ein Smartphone ein, das er vor sich her trug. »Na'am.« Eine Frau in Regenjacke mit Rucksack stapfte bergauf und warf Tuana einen müden Blick zu.

»Und wie hat Ihnen das Sarah gefallen?«

»Ich habe mir über Feminismus bisher noch nicht so viele Gedanken gemacht«, gestand Tuana. »Bei uns in Deutschland können Frauen doch alles erreichen, wenn sie es wirklich wollen.«

»Das habe ich meiner Englischlehrerin auch erklärt, als wir Women's Lib behandelten. Die hat zwar eigenes Geld verdient, aber immer noch den Haushalt für Mann und Kind geschmissen. Bei meiner Ausbildung zur Fremdsprachensekretärin habe ich dann gemerkt, dass ich in dieser Lebensordnung nichts Schickes werde.«

»Aber Sie sind doch …« Tuana lachte verlegen. »Ich dachte immer, Sie sind Journalistin.«

»Erst einmal war ich verheiratet. Die Ehe endete mit dem Auto an einem Birnbaum, mein Mann starb, ich bekam meine Narben ins Gesicht, zog nach Stuttgart, geriet ins Sarah und fing an, für die *Amazone* zu schreiben. Eine feministische Zeitung war das, ein reines Weiberteam. Da bin ich allerdings auch nicht mehr geworden als eine Außenseiterin. Ein paar Ereignisse haben mich dann in den *Stuttgarter Anzeiger* gespült. Da bin ich auch nichts geworden. Das könnte jetzt daran liegen, dass ich keine normkompatible Identität habe oder, wie man heute sagt, keine eindeutige Genderidentität, oder es könnte daran liegen, dass ich physisch erkennbar als Frau herumlaufe, aber nicht mit denen flirte oder poppe, die über Beförderungen entscheiden. Oder es liegt nur daran, dass ich halt ein bisschen doof bin.«

»Sie sind nicht doof!« Das kam sehr inbrünstig heraus.

»Ihr persönlicher Eindruck ist da weniger aussagekräftig als die Statistik. Überall dort, wo richtig Geld verdient wird und sich Macht sammelt, tummeln sich die Männer und ein paar blonde Frauen. Und neuerdings heißt es ja wieder, Frauen haben das kleinere Gehirn und Gleichheit macht sie unglücklich.«

»Männer und Frauen sind doch eigentlich auch gar nicht gleich.«

»Wir beide sind auch nicht gleich. Und es geht gar nicht darum, dass alle das Gleiche wollen und tun sollen, sondern dass alle die gleiche Chance haben, das zu tun, was sie tun wollen. Was wollen Sie denn mal werden?«

»Eigentlich wollte ich Ärztin werden. Aber inzwischen denke ich, Mathematik oder Informatik würden mich auch interessieren.«

»Dann müssen Sie sich jetzt nur noch entscheiden, ob Sie sich ihr Leben lang mit den Sorgen und Nöten kranker Menschen beschäftigen wollen oder ob sie am Computer unter Menschen Ihrer Intelligenz glücklicher sind. Sie könnten natürlich auch in die medizinische Forschung gehen.«

Tuana schwieg, wie Jugend schwieg, wenn das Alter schon alles fertig gedacht präsentierte, ohne dass es richtig passte.

»Mögen Sie Menschen?«, fragte ich. Das war für eine Siebzehnjährige die bessere Frage. In diesem Alter ging es um nichts anderes, als sich selbst abzugrenzen und einzugrenzen.

Tuanas Antwort kam nicht schnell. »Ja, schon. Aber ich denke oft, ich bin anders.«

»Das sind wir alle.«

»Ich bin ... ich weiß nicht ... Ich finde vieles unwichtig, was die anderen total wichtig finden, ich langweile mich oft, wenn sie so reden.«

»Oje! Und was genau langweilt Sie?«

»Die Probleme, so ob eine Jeans ihnen steht, was die oder der so denkt über sie, das ganze Mal-so-mal-so und Sich-nicht-Festlegen. Ich mag Sosan, ehrlich, aber nie kommt sie auf den Punkt. Wenn ich sie auf dem Punkt habe, dann sagt sie ›aber‹, und alles beginnt von vorn. Es gibt so viele Menschen, die haben einen Korken im Kopf.«

Ich lachte. »Wie muss ich mir das vorstellen?«

»Wie eine Flasche Sekt. Schüttelt man sie, wirbelt alles durcheinander, Kohlensäure steigt auf, entfernt man das Metall, knallt der Korken, alles schäumt raus, und dann kriegt man nichts hinein.«

»Ohnehin ist der Flaschenhals ja auch sehr eng.«

Tuana schien beflügelt. »Sosan zum Beispiel labert dauernd, dass sie heiraten und Kinder kriegen will, dann wieder will sie studieren und eine große Firma leiten. Aber eigentlich chillt sie den ganzen Tag und hört Musik, wenn sie nicht im Haushalt helfen muss. Sie sagt, die Deutschen sind alle Rassisten, sie will in der Türkei leben. Dabei ist sie viel deutscher als ich. Sie nimmt den Hidschab ab, sobald sie in der Schule ist, sie hält den Ramadan nicht ein. Aber davon dürfen ihre Eltern nichts wissen. Ständig belügt sie ihre Eltern. Und wenn ich sage, du belügst dich selber, ist sie sauer.«

»Und ihr Freund, was ist das für einer?«

»Den kenne ich nicht.«

»Ach! Stellen Freundinnen einander nicht ihren Freund vor?«

»Es hat halt noch nicht geklappt.«

»Und wie und wo trifft sie sich mit ihm?«

Tuana zuckte mit den Achseln. »Keine Ahnung.«

»Hat sie nie was erzählt?«

»Ich habe sie nicht gefragt.«

Oh, hörte ich da Missbilligung? »Ist sie in irgendeinem Verein? Hat sie Nachhilfe? Wo geht sie alleine hin?«

»Nirgendwo. Sie ist noch nie mit auf Klassenfahrt gewesen, ihre Eltern haben sie immer krankgemeldet. Sie ist nicht in der Tanzschule, sie geht in keine AG. Ins Kino geht sie nur, wenn ihr Bruder dabei ist.«

»Und du ... äh, Sie behaupten, Sosan sei viel deutscher als Sie.«

»Es ist ihre Familie. Sie sagt nicht klar, was sie will. Sie kämpft nicht. Vielleicht ist es ihr aber auch ganz recht so. Dann hat sie keine Verantwortung für sich selbst.«

»Aber wie trifft sie ihren Freund dann?«

»Sie schreiben sich über Whatsapp, wenn ihr Bruder nicht zu Hause ist. Sie löscht den Chat sofort wieder. Sie sagt, wenn ihr Bruder das sehen würde, bringt er sie um.«

Kinderdrama oder echte Gefahr? Ich konnte es nicht entscheiden. »Und was wollen Sie jetzt tun?«

»Ich muss mit ihr reden, das ist klar. Um drei geht ihre Mutter zum Yoga. Wir haben ausgemacht, dass ich Sosan auf dem Handy der Mutter anrufe, wenn ihres bis dahin nicht wieder geht. Ihre Mutter nimmt es nicht mit zum Yoga, weil der Yogalehrer das nicht mag.«

»Mein Vorschlag von heute früh steht noch, Tuana. Holen Sie sie aus dieser Wohnung raus, treffen wir uns mit ihr in einem Café. Wenn der Bruder mitkommt, übernehme ich ihn. Und wenn ihre Eltern sie nicht gehen lassen, dann alarmieren wir die Polizei.«

»Ich versuch's.«

Wir bogen in die Sackgasse ein, die Feuerseeplatz hieß. Die Mittagstischmigration hatte begonnen. Aus den umliegenden Firmen und Versicherungen kam das Bürovolk. Vor der Roten Kapelle am Ende der Sackgasse beim U-Bahn-Abgang entfernte ein Kellner die Sicherungskabel von den Tischen und Stühlen und verteilte Kissen und Decken. Die Ersten setzten sich schon. Tapas gab es hier und zuckersüßen Mandelkuchen. Hunger meldete sich in meinem Magen.

»Scheiße!« Die beiden Räder, die wir vorhin abgestellt hatten, waren weg. Alle Pfosten waren leer. Ich zog mein Handy, um herauszufinden, wo die nächste Radstation war.

Unten auf der Freitreppe am See saß eine Frau, absorbiert von ihrem Telefon mit einer Kinderjacke auf dem Schoß. Das Kind wedelte mit einem Stock in Richtung zweier Schwäne, die sich brothungrig mit energischen Stößen über den giftgrünen Wasserspiegel Richtung Ufertreppe schoben. Das Kind schwang den Stock, rannte an die Wasserkante vor, stoppte im letzten Moment und hüpfte zurück. Es bewegte sich wie ein Junge, trug aber einen rosafarbenen Pullover.

»Zu Fuß oder U-Bahn oder Bus?«, fragte ich.

Drei Männer und eine Frau kamen die Uferpromenade entlang, in Bürokleidung mit offenen Mänteln und der Blässe des Winters in den Gesichtern. Die Frau ging einen halben Schritt hinter den Männern und kramte in der Handtasche. Der dritte Mann balancierte an der Uferkante entlang. Gleich würde ihm das Kind stockschwingend vor den Bauch springen. Es sprang. Er blieb stehen und fing den Stock ab. Das Kind wackelte und wankte.

Alarmstress flutete mich: Nein!

Da machte mein Handy Pling, das Newsfenster ging auf.

An den Tischen der Roten Kapelle zuckten einige und griffen nach ihren Telefonen. Eine Frau zeigte das Display dem Mann neben sich.

Der SWR meldete: »Nach Anschlagsdrohung auf Frauentagsdemo Polizeiaktion und Festnahme in Sindelfingen bei Stuttgart.«

In zwei Stunden, hatte Richard vor drei Stunden gesagt, sei der Spuk vorbei. Auch das Kind war nicht ins Wasser gefallen. Die Mutter rief: »Komm her! Was habe ich dir gesagt?« Im Augenwinkel sah ich, wie das Kind zur Mutter lief und die vier Büroleute die Stufen zu uns heraufkamen.

Wohin jetzt mit dem Alarmadrenalin im Blut? Alles sinnlos, alles unnötig, meine ganze Rettungsbereitschaft. Die Welt brauchte mich nicht.

Tuana blickte mich fragend an. »Die haben Daniel Jahrmarkt verhaftet, oder?«

»Festgenommen. Es heißt festgenommen. Verhaften kann nur ein Richter. So ist nun mal unser Rechtsstaat.«

»Okay.« Tuana fand das Detail weniger wichtig als ich. Wichtiger für sie war ihr eigener Anteil am Geschehen. »Das ging jetzt aber schnell.«

»Sie haben ihn nicht aufgrund unserer Liste festgenommen, Tuana. Sie hatten ihn bereits im Fokus.«

»Ach so?« Ein Hauch Enttäuschung schwebte in ihrer Stimme.

Richard dürfte bei unserem letzten Telefonat bereits gewusst haben, dass Daniel Jahrmarkt festgenommen worden war. Ich war mir sicher, dass es Jahrmarkt war, sonst hätte Richard mich nicht mit der Nase auf Volker Levins parlamentarische Immunität gestoßen. Ihm stellte sich die Frage, ob die Idee, die Frauentagsdemo zu bedrohen, an den Stammtischen der gesunden Menschenverstandler geboren und organisiert worden war. Und ob Landeschef Volker Levin davon gewusst hatte. Das sollte ihn den Kopf kosten.

Es war die Zeit, als wir glaubten, dass unsere alten Regeln noch galten. Wir dachten, so einer würde zurücktreten müssen, wenn ihm nachgewiesen werden konnte, dass er zu offener Gewalt gegen Frauen aufgerufen hatte. Wir hatten noch nicht begriffen, dass die Hydes unsere Spielregeln längst außer Kraft gesetzt hatten und mit glänzenden Rotzbengelaugen alles sagen durften: »Scheiße« oder »Pupskopf«, »Ökonazi« oder »Kopftuchschlampe«, »Fikilant« und »Feminazi, ich vergewaltige dich, bis du tot bist«. Sie lachten, wenn wir »Benimm dich!« sagten, und jodelten »Meinungsfreiheit«. Der Couchbürger vernahm es mit klammheimlicher Freude. Er schüttelte die ermüdende politische Korrektheit ab, setzte sich aufrecht und rief »Genau!«, wenn von »fetten und versoffenen Koksnasen in den Parlamenten« die Rede war. »Endlich sagt es mal einer.«

Sagt uns nicht der gesunde Menschenverstand, Demokratie muss den Bürger über sich selbst bestimmen lassen? Und ist es nicht in der Tat inakzeptabel, dass zwei Millionen Kinder in Deutschland in Armut leben? Sollte man nicht auch endlich was dagegen unternehmen, dass jede Nacht Türken und Araber ihr fehlendes Selbstwertgefühl mit aufgespoilerten Autos und hochtourigem Motorgeheul auf unseren Straßen kompensieren und der arbeitenden Bevölkerung den Nachtschlaf rauben? Muss man es hinnehmen, dass Jugendliche der Generation Spaßkultur und Verantwortungslosigkeit jedes Wochenende unsere Plätze und Parks mit Müll überdecken? Und wann werden endlich die Zeitumstellungen zweimal im Jahr abgeschafft, die alle nerven und ungesund sind? Und schikanöse Tempoblitzer, die nur der Abzocke von Autofahrern dienen, gleich mit.

Tuana steckte ihr Handy weg. »Am besten, wir gehen zu Fuß Richtung Rotebühlplatz. Das ist nicht weit.«

12:26 Uhr

Ihre Abaya wallte den Gehweg entlang, ich hastete einen halben Schritt hinter ihr her und wunderte mich über mich selbst. Normalerweise schaute ich Passanten nicht in die Augen, ich nahm nicht an, dass sie mich bemerkten und dabei irgendeinen

Gedanken hatten. Aber im Gefolge Tuanas musterte ich Gesichter. Das Grinsen in einem Männergesicht, das Lächeln in einem Frauengesicht würde nicht gleich umschlagen in Hass. Aber ein junger Mann guckte länger als erlaubt. Seine Erscheinung ließ sich am leichtesten als türkisch zusammenfassen, auch wenn das eine Entgleisung in Vorurteilsmuster war. Missbilligte er die Verbindung, die er sah? Und würde er Tuana bestrafen wollen oder mich? Den Bierdicken hatte ich wiederum nicht im Auge gehabt – weiß, schwäbisch –, der sich von einem Schaufenster umdrehte und mir ins Ohr schnappte: »Na, vögelt sie besser als eine deutsche Frau?«

Keine Zeit für eine handfeste Erwiderung. Wir hatten ein Ziel.

Falsch! Ich blieb stehen, drehte mich um. So viel Zeit muss sein! Ich machte drei Schritte zu ihm zurück. »Was hast du gesagt?«

Aus dem Sabbergesicht wurde ein Arme-Sau-Gesicht. »Nichts, ich hab nichts gesagt.«

»Ah, und ein Lügner bist du auch noch.«

Das überforderte seine Kommunikationsfähigkeit. Er drehte sich wortlos um und flüchtete auf Wackelbeinen. Auch gut. Beim nächsten Mal würde er sich überlegen, ob er was sagte.

»Was wollte der?«, fragte Tuana, die auf mich wartete.

»Sich mit mir anlegen, hat es sich aber anders überlegt.«

Tuana begriff, dass ich nicht ins Detail gehen wollte. Oder sie wollte es nicht hören, weil sie sich denken konnte, auf welche Leibeshöhe sein Angriff gezielt hatte. Als ich in ihrem Alter war, hatten mich sexuelle Überdeutlichkeiten eher verschreckt, aber ich vermutete, dass sie bereits alles gehört hatte, was weiße Männer übers Ficken mit ihr dachten.

Wir passierten die Kaserne des Finanzamts. Wie immer zuckte mein kleines Gewissen: Die Steuererklärung muss ich noch machen. Vor dem Treffpunkt Rotebühlplatz stachelte die rote Stahlträgerplastik gegen die verglasten Etagen des Hauses, das gebaut worden war für Kommunikation und Lehre: Volkshochschule, zweiter Bildungsweg, Deutschkurse, Hort der Fremdsprachen und der Rettung der Ü65-Jährigen vor Einsamkeit. Von der Shoppingcity trennte uns nur noch die große Kreuzung der Verkehrsströme zwischen Norden, Westen und Süden, von und zu den Autobahnen nach Heilbronn, München und Karlsruhe. An den Fußgängerampeln sammelten sich schweigende Menschen, warteten, liefen los, stockten, zweigten ab. Ich sah sie, sie sahen mich nicht.

Die Zeit der Kinderwagenmütter war fast vorüber. Zwischen den Alten und Berufslosen, die immer unterwegs waren, mehrten sich die Frauen im Businessdress und die Anzugträger. Sie nutzten die Mittagspause für Versorgung und Besorgungen. Die ersten Schülerinnen in Jeans und Jacken spülte es in die einschlägigen Imbissgassen.

Drüben konnten wir wieder zwei Fahrräder besteigen. Wir rollten am Rand der großen Fußgängerzone zum Tagblattturm hinunter, dem schlichtschönen grauen Block aus der Zeit des Neuen Bauens und ersten Stahlbetonhochhaus Deutschlands, was ich wusste, weil dort in den zwanziger bis vierziger Jahren der *Stuttgarter Anzeiger* untergebracht gewesen war. Jetzt steckte der Bau voller Theaterkultur: tri-bühne und Fitz, das Figurentheater. Zwischen Bussen und Autos fädelten wir uns in die Eberhardstraße.

»Im Hegelhaus«, bemerkte Tuana, »da waren wir kürzlich mit der Schule drin.« Es stand wie ein x-beliebiges schwäbisches Häuschen schmucklos und vergessen an der Ecke. »Ich frage mich, wie so einer zum wichtigsten Philosophen der Welt werden konnte …«

Wir bremsten an einem Zebrastreifen, den eine Mutter mit Kind auf einem Laufrad überqueren wollte. Dem Kind war der kürbisgroße Fahrradhelm über die Augen gerutscht.

»… obgleich er so ein Gerümpel über Frauen geschrieben hat. Wenn der bei denen so danebengegriffen hat, wie kann man davon ausgehen, dass er überhaupt irgendetwas Wahres gesagt hat?«

Ich lachte. »Was sagt Hegel denn über Frauen?«

»Sie vegetieren, während Männer höher stehen, wie Tiere über den Pflanzen. Und wenn Frauen regieren, dann ist der Staat in Gefahr, denn sie können nicht für die Allgemeinheit denken, nur an sich.«

»Und die Männer denken bekanntlich nur an das eine: Macht und Machterhalt.«

Tuana deutete ein jugendweises Lächeln an. »Aber das würden sie nie zugeben.«

»Wer die andern definiert, regiert. Wie nennt man das?« Ich kramte hastig in den Gehirnschubladen mit altem feministischem Krempel. »Genau: die phallologische Arroganz. Solange Frauen, Kinder und Tiere in Literatur und Leben nur obskures Gewusel sind, kann sich die phallologische Zivilisation über sie erheben. Solange es heißt, Mann versus Natur, kann die Mannschaft all die Nichtmänner ausschließen, die die Regeln nicht lernen wollen und stattdessen kreischend, schnatternd und bellend ums Spielfeld toben.«

»Cool. Von wem ist das?«

Wieso konnte das nicht von mir sein? Aber gut. »Weiß ich gerade nicht, fällt mir aber sicher gleich ein.«

Wir ließen die Eberhardstraße mit Fair-Trade, Kunsthandwerk, Übergrößen, Bäcker Hafendörfer, Hörgeräten, Dirndlladen, Huthandlung, Kaffeebar und Standesamt hinter uns und bogen nach rechts in die Marktstraße ein, die zur Stadtautobahn führte. Ein Radweg leitete uns an den neuen Konsumpalästen des Dorotheenviertels entlang.

»Le Guin, Ursula K. Le Guin, so hieß die. Berühmte Fantasy-Autorin.«

Kannte Tuana nicht. »Muss ich mal lesen.«

Ein Mann verteilte Rosen mit Schleife und Karte an Frauen. Sein Auto mit dem Aufdruck »Schönheitsstudio Jungferlife« hatte er auf den Gehweg gestellt. Er sprang auch uns in den Weg mit seiner Rose in der Hand und einem braungebrannten Grinselächeln im Gesicht. »Darf ich Sie einladen, heute Abend …«

Tuana umrundete ihn mit einem Schlenker.

»Müssen Sie Ihr Auto auf dem Gehweg abstellen?«, blaffte ich ihn an.

»Ich bin gleich weg«, antwortete er im Konzilianzmodus. Es fuchste ihn jedoch, und diesen Ärger hatte er zwei Sekunden später in Worte gefasst: »Es gibt offenbar immer noch Frauen mit Haaren auf den Zähnen!«, rief er mir hinterher.

Ich bremste, drehte mich um. »Und es gibt immer noch Männer, die Frauen was Verächtliches hinterherrufen, wenn sie sich anders verhalten als erwartet.«

Er drehte sich hastig weg und überfiel mit seiner Rose die nächste Frau, eine ältere Dame, die sich unbändig freute.

Ich holte Tuana ein.

»Antworten Sie denen immer?«, fragte sie. »Das bringt doch nichts.«

»Doch. Eine kleine Störung ihres Sicherheitsgefühls.« Und dafür hassten sie uns. Verlust von Sicherheit ist ein Tritt in die Eier. Deshalb eiferten sie nach Restauration der Männlichkeit. Darum stimmten sie den Zukunftsängstlichen, den Femihassern und Multikultipanikern zu und wählten die Partei des gesunden Menschenverstands. Damit alles wieder so wurde wie früher, wo man als Mann unangefochten Frauen Unverschämtheiten nachrufen und ihnen auf den Po klapsen durfte. Daran war jetzt ich auch noch schuld.

Wie und wo wollte ich Volker Lewin eigentlich stellen, fragte ich mich, als wir uns am Charlottenplatz an der Fußgängerampel beim Alten Waisenhaus aufstellten, in dem das Institut für Auslandsbeziehungen mit Weltladen und Weltcafé untergebracht war. Wo traf sich die Fraktion?

Tuanas Handy gab ein Flöten von sich, das ich bisher noch nicht gehört hatte. Sie zuckte zusammen, griff aber nicht nach dem Telefon.

»Nicht wichtig?«, fragte ich.

»Namaz, Gebetszeit.«

Klar, natürlich hatten die ihre Reminder auf den Handys. Schließlich hingen die fünf Gebetszeiten vom Sonnenstand ab. »Und nun? Müssen wir irgendwohin, wo Sie beten können?«

Tuana schüttelte den Kopf. »Ich … ich muss nicht. Ich habe meine Tage.«

»Ah, wie praktisch.«

Sie deutete ein Lächeln an. »Wohin jetzt?«

Unermüdlich wickelte die strudelige Kreuzung des Charlottenplatzes den Verkehr ab. Mitten in den Fluten stand auf einer Insel ein riesiger Mast mit einer mächtigen achteckigen Leuchte. In den Neunzigern war ich hier noch diagonal drübermarschiert, mit Zwischenstopp auf der Insel, denn die Fußgängerüberwege gab es damals noch nicht. Sie hatten uns unten durch den U-Bahnhof geschickt. Der Strudel trennte auch heute noch alle vier Ecken weit voneinander. Sieben Spuren Autobahn lagen zwischen uns und dem Landtag, der sich als dunkler Glasquader hinterm Neuen Schloss in den Akademiegarten duckte, wo einst Schiller kaserniert gewesen war: Unterricht in Uniform, Drill, keine Freizeit, Gedichte nur heimlich, wie U-Haft eigentlich. Ein unterirdischer Gang unterquerte acht Asphaltspuren, die den Landtag wiederum vom Haus der Abgeordneten abschnitten. Da konnte die Politik hin und her schleichen, ohne je eine Bürgerin oder einen Bürger zu Gesicht zu bekommen.

Landtag oder Abgeordnetenhaus? Ich entschied mich fürs Abgeordnetenhaus als wahrscheinlichsten Ort für eine Fraktionssitzung. Um dorthin zu gelangen, mussten wir mit Hilfe vieler Ampeln den halben Strudel umrunden und sechzehn Fahrspuren überqueren. Tuana kannte sich aus. An der Landesbibliothek konnten wir unsere Leihräder wieder einstöpseln. Von hier waren es nur ein paar Schritte.

12:42 Uhr

Eine Rampe führte zu der Terrasse hinauf, welche die Vorhöfe und Eingänge des Abgeordnetenhauses und der Hochschule für Musik mit dem Haus der Geschichte und der Neuen Staatsgalerie verband.

»Da drüben geht es hinein«, sagte Tuana. »Wir waren da mal mit der Schule. Wir mussten an der Pforte die Ausweise zeigen. Jemand kam herunter und hat uns abgeholt.«

Volker Levin würde uns mit Sicherheit nicht abholen lassen, wenn die Pforte meldete, dass ihn zwei nicht genormte Gestalten mit extravaganten Kopfbedeckungen zu sprechen verlangten. Vor allem, wenn der Pförtner uns vorher konspirativ hatte herumstehen und beraten sehen. »Wir tun jetzt erst einmal so, als wären wir Touristen.«

»Und wie tun Touristen?«

»Sie gucken die Wände hoch. Hübsch, der gelbe Sandstein. Schauen Sie, das ist der Turm der Musikhochschule. Was hat sich Stuttgart damals, Anfang der Achtziger war das, glaube ich, über den Sterling-Bau aufgeregt.«

»Stirling«, sagte Tuana. »James Stirling. Der hat die Neue Staatsgalerie und die Musikhochschule gebaut.«

»Sag ich doch.«

»Den Turm hat Stirling einen aus der Flache gezogenen Korken genannt. Er passt vom Umfang genau in die offene Rotunde in der Neuen Staatsgalerie.«

»Ah, sieht man so direkt jetzt aber nicht.«

Der Sockel des Turms spielte mit viel Wand den Wehrturm.

Nach oben hin wurde er löchriger und leichter. Neben ihm schwang sich eine Rampe empor zur Urbanstraße. Eine Frau kam den Halbkreis herab. Sie trug eine Tasche in der einen Hand und das Handy in der anderen und steuerte auf den Eingang des Abgeordnetenhauses zu. Ich hätte die Landtagsabgeordneten und Ministerinnen kennen müssen, dann hätte ich sie vielleicht erkannt.

»Wer hat euch denn damals eingeladen?« Vielleicht konnte man diese Person dazu bewegen, uns Einlass zu verschaffen.

»Irgendein Politiker, ich weiß nicht mehr, wie der hieß.« Stirling merkte sie sich und woher der Name der Silberburgstraße kam, aber für aktuelles Zeitgeschehen hatte sie noch keinen Sinn entwickelt.

Ich nahm mein Telefon und suchte mit verschiedenen Begriffen nach Leuten, Parteien, Gremien und Büros. »Ich glaube, wir müssen doch zum Landtag. Da finden die Fraktionssitzungen statt.«

Wie ging das jetzt am schnellsten? Mussten wir wirklich den ganzen Weg zurück zum Charlottenplatz?

»Schauen Sie mal!«, rief Tuana beim Blick über die Terrassenbrüstung hinunter auf die Stadtautobahn zwischen uns und dem Landtag. »Da ist ja ein Fußgängerüberweg. Ist der neu? Den habe ich da noch nie gesehen.«

»Wahrscheinlich ein temporäres Wunder für Menschen mit Mission. Morgen ist er wieder weg.«

Auch der Landtag hatte eine Pforte. Zwei Polizeiwagen standen auf der Freifläche davor. Ich begann mich für meine Planlosigkeit vor Tuana zu schämen. Rückzug auf ein Mäuerchen am Parkplatz. Ich zündete mir eine Zigarette an und fand endlich im Internet den Sitzungskalender. Die großen Parteien hatten ihre Fraktionssitzungen tatsächlich in schicken Sälen des Landtags, die kleinen Parteien mussten außerhalb tagen. Der PGM hatte man ein E12 zugeteilt.

»E12, wo ist das denn?«

»Eugenstraße 12«, antwortete Tuana munter, »das haben die uns bei unserem Klassenbesuch erzählt, dass sie da tagen.«

»Wie bitte, euch hat die PGM eingeladen?«

»Keine Ahnung, das war vor zwei Jahren.«

Da war sie fünfzehn Jahre alt gewesen und hatte sich vermutlich ausschließlich für ihre religiöse Innerlichkeit und ihr islamisches Coming-out interessiert.

13:03 Uhr

Wir liefen über die neue Wunderfurt zurück und eilten zwischen Musikturm und Abgeordnetenhaus die Rampe hoch zur Urbanstraße, die beherrscht wurde von der langen gelben Sandsteinrückseite des Stirling-Baus. Zwei Zacken Glasdach auf einem Stahlträger ragten über den Eingang der Musikhochschule. Der zweite Herrscher der Straße war auf der anderen Seite ein langgestreckter grauer Bürobau. Auf dessen Glastür prangte das Staatswappen Baden-Württembergs mit den drei Pfälzer Löwen zwischen dem württembergischen Hirsch und dem badischen Greif. Doch nicht einmal darin hatte die PGM ihre Räume. Wir tappten bis ans Ende des Baus, wo wir um die Ecke hinter einer Kneipe in der Eugenstraße den Eingang zu einem weiteren Staatsgebäude entdeckten. Ein Pförtner war nicht zu sehen, aber eine Kamera.

»Wir warten besser drüben vor der Musikhochschule, bis er kommt«, entschied ich.

Klavieretüden schwebten in der Luft. Junge Menschen trugen Kontrabässe den Gehweg entlang. Im Schaukasten am Eingang warb ein Plakat für die Uraufführung einer Kantate für Soli, Chor und Orchester des Komponisten Stefan Heucke mit dem Titel »Friede den Menschen, die bösen Willens sind«.

Ein Denkautomat in meinem Hinterkopf suchte nach dem Sinn im Widerspruch. Es dauerte eine Weile, bis der Gedanke nach vorn auf meine Lippen kam. »Heißt das, wir haben Frieden, wenn die Bösen ihn haben, oder wie?«

»Das stammt aus einem Gedicht aus dem Frauen-KZ Ravensbrück.«

»Ach so.« Ich wollte staunen, aber Tuana deutete auf das Plakat. »Da steht's.« Sie hatte das Gedicht auch gleich im Internet gefunden. »Friede den Menschen, die bösen Willens sind, und ein Ende sei gesetzt aller Rache.« Während Tuana vorlas, »›Darum, o Gott, wäge nicht mit der Waage der Gerechtigkeit ihre Leiden …‹«

… schaute mein inneres Auge auf den Haufen …

»… ›dass du sie nicht den Henkern zurechnest und von ihnen grauenvolle Rechenschaft forderst …‹«

… von bis auf die Gerippe abgemagerten weißen Körpern, zum Berg übereinandergeworfen.

»›Schreibe vielmehr allen Henkern und Angebern und Verrätern und allen schlechten Menschen zu und rechne ihnen an: All den Mut und die Seelenkraft der andern …‹« Tuana las leise, aber mit fester Stimme. »›… das tapfere Lächeln, all die durchpflügten, gequälten Herzen, die dennoch stark und vertrauensvoll blieben angesichts des Todes und im Tode.‹«

Mir lief es klebrig kalt den Rücken runter.

»›Das Gute soll zählen, nicht das Böse. Und für die Erinnerung unserer Feinde sollen wir nicht mehr ihre Opfer sein, nicht mehr ihr Alpdruck und Gespensterschreck, vielmehr ihre Hilfe, dass sie von der Raserei ablassen.‹«

Den Bösen unsere Güte schenken, um das Fegefeuer zu mildern? Nur damit sie jetzt aufhörten mit Folter und Mord? Eher stürbe ich.

»›… und dass wir, wenn alles vorbei ist, wieder als Menschen unter Menschen leben dürfen und wieder Friede werde auf dieser armen Erde über den Menschen guten Willens, und dass der Friede auch über die andern komme. Amen.‹«

Sie blickte auf. Wir schauten uns an, ich in ihre traumdunklen Augen, sie in meine betongrauen, aus unseren zwei Welten heraus, meine mit kurzer Zukunft, ihre mit kurzer Erinnerung, in unseren Grenzen, ich unter meinem Hut hervor, sie aus dem Oval des Hidschabs. Eine Albernheit war beides, eine künstlich aufgeregte Demonstration von Dazugehören und Nicht-Dazugehören, von Mut oder Frust in der Oase des Friedens, in der wir beide lebten.

Ich senkte meinen Blick zuerst. »Hat Dr. Jekyll an innerem Unfrieden gelitten und darum den Hyde rausgelassen? Ist das so?«

»Ich glaube schon, er war getrieben von medizinischem Ehrgeiz und Ruhmsucht.«

Und wenn ich weiter so unzufrieden war mit meiner Performance als Jagdhündchen, dann massakrierte ich heute Abend einen.

13:08 Uhr

Ein älterer Mann mit Mantel, Anzug und Krawatte kam die Rampe am Turm der Musikhochschule herauf und bog auf den Gehweg ein. Er trug eine altmodische Aktentasche unterm Arm.

»Das ist er.«

Fernsehgestalten wirkten in Fleisch und Blut kleiner, blasser und schrumpeliger. Und der besonders, denn er ließ sein Gesicht auf den Flyern in Richtung Kennedy photoshoppen.

»Und jetzt?«, wisperte Tuana mit Herzklopfenstimme. »Was machen wir jetzt?«

Er schaute uns an. Er konnte nicht anders, denn wir standen dort, wo seine Schritte hinzielten. Er hatte ein mitteleuropäisches Gesicht, vom Alter leicht verschoben, mit grauen Schläfen und bläulichen Augen. Sein Blick suchte und erwiderte unseren wie der eines Menschen, der erwartet, erkannt zu werden. Ein bisschen Unsicherheit flackerte mit. Gestalten wie wir gehörten sicher nicht zu denen, die ihn üblicherweise ansprachen, um ihm zu versichern, wie sehr sie seine Sendungen geliebt hatten und wie gut sie sein Engagement für Recht und Ordnung fanden. Zudem konnte er keine vernünftige Beziehung zwischen Tuana und mir herstellen. Ein Kopftuchmädchen cruiste nicht mit einem alten Clown mit Akubra-Hut durch die Stadt.

Ich schaute zurück und zog ein Kontaktlächeln auf. Er war verwirrt, und Verwirrung machte Menschen offen.

»Grüß Gott«, sagte ich.

»Grüß Gott«, antwortete er mit einer in den Kehlkopf gedrückten Stimme. Sein Blick hüpfte von mir zu Tuana.

Sie besaß eine Eigenschaft, die ich nicht hatte. Ich reagierte, wenn mich jemand anschaute, mein Minenspiel setzte sich sofort in Gang. Ihres jedoch nicht. Sie besaß die mir rätselhafte Begabung, ihre Gesichtszüge glatt zu halten und andere Menschen anzuschauen, ohne dass ihre Mimik irgendeinen Kommentar abgab. Vielleicht war es die Übung im Ignorieren des Vorbehalts, mit dem viele auf sie reagierten, gepaart mit der Erwartung, dass man sie bestenfalls höflich, aber nicht freundlich behandeln würde. Das verlieh ihr den Heiligenschein unantastbarer Schönheit.

Ich baute mein Lächeln zu einem Grinsen aus. »Ist etwas?«

»Entschuldigen Sie«, antwortete Volker Levin stolperig, »wenn ich das so sage. Aber ich dachte gerade …«, er blickte Tuana an, »… Sie machen es eigentlich völlig richtig.«

»Ja?« Wir guckten wie zwei Käuze.

»Wenn ich mir die heutigen jungen Frauen so anschaue, wie sie sich auf der Straße zeigen, so freizügig und aufreizend, als wollten sie es direkt herausfordern, dass man sie als Freiwild behandelt. Und hinterher ist das Geschrei groß und ein Mann kommt vor Gericht. Eine dezentere Kleidung würde viel zur Entspannung beitragen. Das macht ihr Moslems genau richtig.«

Tuana schluckte.

»Und der weiblichen Attraktivität tut das ja auch gar keinen Abbruch, wenn ich das mal so sagen darf.« Er lachte genitalorientiert. »Wenn das Auge nicht gleich alles sieht, ist die Phantasie gefragt und das Interesse geweckt.«

Solange Tuanas vom Hidschab entblößtes Gesicht jung war, hatte sie keine Chance, der ewigen Schuld zu entkommen, den Mann verführt zu haben, egal, was sie anhatte. Diese Erkenntnis führte direkt zum Ganzkörperüberwurf.

»Man muss es ja nicht gleich so übertreiben wie ihr. Obschon …« Er lachte wieder. »Bei alten Vetteln würde mich die Burka nicht stören, im Gegenteil. Sehen Sie, wir liegen doch gar nicht so weit auseinander.« Sein Blick hatte sich an Tuana festgesogen. »Wir könnten sogar voneinander lernen. In Wirtschaft und Technologie sind wir besser …«

Wenn er sich da mal nicht irrte!

»… im Einhalten der sittlich-moralischen Übereinkünfte seid ihr es. Nach einer Phase der Hinwendung zur westlichen Dekadenz und bunten Beliebigkeit habt ihr euch wieder besonnen auf die traditionellen Werte und Ordnungen. Dahin müssen auch wir wieder kommen. Man wirft euch immer vor, ihr würdet die Frauen diskriminieren. Aber Sie sehen mir nicht diskriminiert aus, nicht wahr? Die Geschlechter haben nun einmal ihrer Natur gemäß unterschiedliche Rechte und Pflichten. Wir Männer können nicht gebären. Hierzulande werden wir dafür inzwischen regelrecht diskriminiert. Dabei ist es doch so, während die Frauen heutzutage ihre Kinder in der Kita abliefern und mit ihren Freundinnen Latte macchiato trinken gehen dürfen, sitzt der Mann im Büro, hält Wirtschaft und Politik am Laufen und zieht, wenn nötig, in den Krieg, um Heimat und Familie zu verteidigen.«

Wie auf die Schnelle das Ideen-Charivari sortieren? Ich war zu langsam, zu perplex.

Sein Rädchen wiederum war gerade gut geölt in Schwung: »Ich sage Ihnen, die gewaltsame Gleichmacherei und Entgeschlechtlichung der Geschlechter ist der größte Irrtum, nein, die größte Katastrophe dieses Jahrhunderts. Mit millionenschweren Programmen zwingen wir Männer dazu, Kinder zu hüten, und Frauen zur Erwerbstätigkeit. Und was ist die Folge? Selbstzweifel, Schuldgefühle, Depressionen, Burnout. Die Geburten gehen zurück, die Fachkräfte fehlen, Wohlstand und Wirtschaft gehen den Bach runter. So zeigt der Feminismus sein wahres frauenfeindliches Gesicht. Von ein paar kranken Lesben abgesehen wollen Frauen wie Frauen leben. In der Wirtschaft und Politik haben Gefühle nichts verloren, in der Familie sind Mitgefühl und Verständnis unverzichtbar. Das wusste bereits unser großer Philosoph, Friedrich Hegel. ›Stehen Frauen an der Spitze der Regierung, so ist der Staat in Gefahr, denn sie handeln nicht nach den Anforderungen der Allgemeinheit, sondern nach zufälliger Neigung und Meinung.‹ Wohin der unselige Sentimentalismus der Kanzlerin uns geführt hat, sehen wir Tag für Tag. Recht und Verfassung sind außer Kraft gesetzt, Deutschland steht am Rande des Abgrunds, auf den Straßen herrscht der blanke islamistische Hass auf Frauen.«

Was Tuana jetzt wohl dachte.

»Aber es gibt Frauen«, wandte ich brav ein, »die wollen … was weiß ich … Mathematik studieren.«

»Dann sollen sie. Und sie können ja auch. Wo ist in Deutschland die strukturelle Diskriminierung der Frauen? Ich sehe sie nicht. Zeigen Sie sie mir. Dieser sogenannte internationale Frauentag, den wir heute begehen, hat sicherlich einmal seine historische Berechtigung gehabt, als es um das Frauenwahlrecht ging. Aber inzwischen ist er verkommen zu einem links-feministischen Spektakel frustrierter Kampflesben und institutionalisiertem Transgenderwahn.«

Wahrscheinlich guckten wir ihn so ungläubig an, dass es schon wieder bewundernd wirkte.

»Falls Sie wirklich etwas für die Frauen tun wollen, die unsere Gesellschaft tragen …« Er griff in die Aktentasche und zog einen Flyer mit dem zur Faust geballten Gehirn heraus. Dabei flatterte ein gefaltetes weißes Blatt zu Boden und blieb hinter seinem Absatz liegen. »… dann lade ich Sie ein: Kommen Sie heute Abend zu unserem Frauenmarsch gegen sexuelle Gewalt. Back to the roots gewissermaßen, das ist ja auch unter jungen Leuten wieder in, zurück zum eigentlichen Sinn des Ehrentages für unsere Frauen.«

Tuana griff wie eine Automatin nach dem Flyer.

»Wenn die Gerichte das rechtswidrige Demonstrationsverbot der Stadt aufheben«, sagte er, »was sie mit Sicherheit tun werden, dann treffen wir uns um siebzehn Uhr auf dem Marienplatz. Und bei uns, das garantiere ich, sind Sie sicher vor Terror und Mordanschlägen.«

Jetzt hast du dich verraten! Ich holte Luft.

Aber er hatte die Augen in die Stirn gedreht und Spucke in den Mundwinkeln. »Während auf den Straßen Mannweiber und Asylanten ihr Unwesen treiben, haben die Realitätsverweigerer in den Gendersternchenparteien nichts Besseres zu tun, als den institutionalisierten Frauenhass den freien Bürgern aufzuzwingen. Es ist aber die Zeit gekommen, wo wir uns von den Parasiten befreien und den Kammerjäger …«

»Dann stecken Sie also hinter der Anschlagsdrohung«, schrie ich dazwischen.

»… damit … Wie bitte?« Seine Augen waren wieder da.

»Es war einer von Ihnen, von Ihren Leuten.«

»Das ist eine böswillige Unterstellung.«

»Die Polizei hat Daniel Jahrmarkt festgenommen.«

Volker Levin erstarrte. Nur seine Augen zuckten noch auf der Suche nach einem klaren Gedanken hin und her. Konnte es sein, dass er von der Festnahme noch nichts wusste?

»Den kennen Sie doch.«

»Ich kann unmöglich alle …« Er brach ab. Nein, er konnte nicht behaupten, dass er ein ehemaliges Mitglied des Vorstands nicht kannte. »Was wollen Sie überhaupt von mir? Wer sind Sie?«

Ich zog den Hut. »Lisa Nerz, Feindin aller Männer, die Frauen hassen.«

»Ich hasse die Frauen nicht, ganz im Gegenteil«, ein Lächeln schmierte sich in seinen Mund, »ich liebe die Frauen! Ich liebe und verehre sie.«

»Ich verbitte es mir, von Ihnen geliebt und verehrt zu werden. Das betrachte ich als Verbalübergriffigkeit. Ich bin eine von denen, die heute Abend abgeschlachtet werden sollen.«

Er senkte bullig den Kopf. »Wir lehnen Gewalt ab. Ich weiß nicht, was Sie umtreibt, aber dieser Mann, den Sie erwähnt haben, wobei ich mir nicht erklären kann, woher Sie seinen Namen haben, hat ohne meine Kenntnis und Billigung gehandelt, falls er den Anruf überhaupt getätigt hat, was ich bezweifle. Wahrscheinlich handelt es sich um einen Justizirrtum, das kennt man ja. Und jetzt …« Er flüchtete sich in einen Blick auf die Armbanduhr. »… entschuldigen Sie mich, ich muss.« Damit macht er eine halbe Drehung auf dem Absatz und enteilte uns über die Straße.

Ich grabschte das gefaltete Blatt Papier vom Boden, steckte es in die Innentasche meines Parkas und bog ab in den Durchgang zur Rampe nach unten. Tuana folgte mir.

»Nicht, dass der uns noch den Sicherheitsdienst auf den Hals hetzt.«

»Aber wieso? Wir haben doch nichts gemacht.«

»Egal, nichts wie weg.«

Die Baustelle für die Erweiterung der Landesbibliothek versperrte uns den direkten Weg zum Charlottenplatz. Wir mussten hinterm Abgeordnetenhaus die Straße wieder hinauf zur Urbanstraße laufen, aus der wir gerade geflohen waren, dann an der Landesbibliothek entlang, deren brutalistische Betonfüßchen unter dem tief heruntergezogenen Kupferhut immer in den besonderen Geruch gehüllt waren, den die Bücherkeller ausatmeten. Wir passierten die Fußgängerzone zwischen Landgericht und Anwaltskanzlei. Im Vorgarten des Stadtpalais stand eine Frau aus Kunststoff, die ein Gebäude über Kopf hielt. »Frau Architekt«, hieß die Ausstellung des Stadtmuseums. Kleine Plastikfrauen kletterten die Fassade hoch und spannten zwischen sich Transparente mit Frauennamen und Gebäudefotos. Eine Grit Bauer-Revellio hatte Anfang der Fünfziger für den Künstlerinnenverein GEDOK das Wohn- und Atelierhaus gebaut.

Ich drehte mich doch noch mal um. Und wirklich: Ein Auto kam in Schrittgeschwindigkeit die Urbanstraße herab und bremste am Übergang in die Fußgängerzone.

»Das sind sie.«

In diesem Moment gab der Wagen Gas.

»Los!«

Die Fußgängerfläche endete an Pollern, die nur uns durchließen, aber kein Auto. Wir bogen in den Fußweg zum Charlottenplatz ein. Ich sah noch, wie der Wagen an den Pollern hielt und zwei Herren mit Muskeln und Quadratköpfen ausstiegen, dann waren wir aus ihrem Blickfeld rausgelaufen.

Tuanas Mantel und Abaya flatterten vor mir. Menschen sprangen beiseite. »He!« Ein Mann stellte sich ihr in den Weg. Sie schlug einen Haken. Er packte mich. Ich schubste ihn weg. Ein Eingang zur U-Bahn sperrte das Maul auf. »Da lang!« Ich riss Tuana mit mir runter in den Bauch des unterirdischen Stadtbahnhofs.

Treppen und Ecken, Treppen und Gänge und noch mal Treppen, wieder um eine Ecke, dann hinunter in einen nach Pisse stinkenden graugelben Tunnel mit Neonleuchten. Leute kamen im Pulk den Stufenschacht von einem Bahnsteig herab und hasteten an den ockergelben Kacheln der Tunnelwand entlang zum nächsten Aufgang, gemeinschaftlich verbunden im Ziel, aber einander unbekannt und konkurrent. Eine Frau rannte hemmungslos mit flatterndem Mantel, ein Herr schritt langbeinig aus, ein anderer trabte sportlich locker, die Tasche an den Körper drückend, eine ältere Frau gab auf halbem Weg auf und humpelte, zwei Schülerinnen rannten sie fast über den Haufen. Sie alle waren blicklos aufs Ziel getunnelt, die Münder offen oder zum Strich geschlossen im Ringen um Würde in unwürdiger

Hast, zu der die Organisation der Fahrpläne und das Hinunter und Hinauf aus Stufen, Rolltreppen, Rampen und Quergängen sie zwang.

Die Rolltreppe am Ende des Tunnels schaffte Tuana und mich hoch auf die nächste Ebene. Es roch nach Eisen und warmer Radschmiere aus den dunklen Tunnelmündern heraus, aus denen die Bahnen kamen und in die sie verschwanden. Nur wer hier täglich umstieg, kannte wenigstens einen Teil der Wege durch das vierstöckige Labyrinth unter der dünnen Decke des Charlottenplatzes. Seit den Sechzigern kreuzten sich hier auf zwei Ebenen mehr als ein Dutzend Stadtbahnlinien in alle Richtungen Stuttgarts mit einer für uns unzugänglichen Ebene für den Autoverkehr, immer warm im ständigen Atem der Tunnel, täglicher Zwangsaufenthalt für Durchreisende und Stundenobdach für Wohnsitzlose und Verlorene, mit denen man zu später Stunde auf eine Bahn wartend ins Gespräch kam.

Die beiden Herren mit den Quadratschädeln hatten die falsche Treppe erwischt. Sie liefen auf der anderen Seite den Bahnsteig entlang. Pech für sie, denn kein Bahnsteig war von gegenüber direkt erreichbar. Ein Zaun zwischen den Gleisen verhinderte waghalsige Sprints, immer musste man die Treppe runter oder rauf zum Verbindungsgang finden. Allerdings offenbarte sich unserem nach Tageslicht suchenden Blick auch nicht der Ausgang nach oben in die Welt. Da mussten wir uns, bitte sehr, gefälligst an Texten und Pfeilen orientieren: Akademiegarten, Planie, Holzstraße … »Da, nein, dort lang.«

In grünlicher Finsternis saßen Männer auf Barhockern in der Bierstube Wikinger, daneben der Bäcker, dann der Kiosk mit Presse, Zeitschriften, Tabak und Getränken und endlich die Schalterhalle des SSB-Zentrums. »Hier geht's rauf.« Seit jeher markierte der Passbildautomat mit Vorhang und rundem Plastikhocker die Ecke, wo es zum Alten Waisenhaus ans Licht ging.

13:26 Uhr

In der Eberhardstraße machten wir beim Bäcker Hafendörfer mit dem Café Chamäleon halt und suchten uns süße Stücke aus. Ich dazu einen Kaffee, Tuana einen Tee, dann raus an einen der drei hohen Tische neben der Tür mit den Barhockern und Aschenbechern.

»Puh!«, machte Tuana. Sie kaute an einem Riesenhappen von der Apfeltasche.

»Sag'sch an Gruß dahoim!«, rief eine Frau in der Eingangstür einem älteren Mann nach. Der darauf routiniert: »Wenn i z'Wort komm.« Sie lachte komplizinnenhaft.

Ich faltete das Blatt Papier aus Levins Aktentasche auseinander. Es war die Rechnung eines Böblinger Unternehmens mit dem Namen Print & Deliver über den Druck und die Verteilung von 500 000 Broschüren in Höhe von 68 000 Euro. Sie war auf den Namen Volker Levin, Eugenstraße 12, ausgestellt. An den oberen Rand hatte jemand – vermutlich Levin – mit Kugelschreiber in knubbelig steifer Schrift notiert: »Neu an AYou. Paul soll das machen.«

Damit konnte ich nun gar nichts anfangen. Ich steckte die Rechnung wieder ein, biss in meine Makrone und schickte Richard die Nachricht: »Levin bestreitet Kenntnis und Billigung. Hat uns aber Schlägertypen hinterhergeschickt.«

Dabei sah ich, dass Sally auf meine Nachricht mit Jaspers Video mit »Nein« geantwortet hatte. Es war also nicht Jasper gewesen, der heute früh beim SWR angerufen hatte.

Inzwischen hatte Tuana den zweiten oder dritten Bissen heruntergeschluckt. »Was ich nicht verstehe …« Sie biss wieder ab.

»Ja?« Der Kaffee war heiß und bitter. Am Nachbartisch glotzte ein Alter mit einer Latte macchiato vor sich und Zigarette zwischen den Fingern Tuana hinterrücks auf Rücken und Po.

»In welcher Welt lebt der denn? Der war doch mal Journalist. Der weiß doch, dass es keinen feministischen Staatsterror gibt.«

»Du weißt das.« Ich gab es auf, zum Sie umzuschwenken. »Und ich. Und alle, die nicht die Cyan-Pille genommen haben. Die verwandelt die Realität in eine Welt, in der üble Mächte die Kontrolle über ihr Leben übernehmen und ihnen Erfolg und Anerkennung verwehren.«

»Aber der war doch mal ein angesehener Showmaster.«

»Er hat halt einen Korken im Kopf. In dem wirbelt nur der eine Fall herum, wo ein Mann seinen Posten wegen einer Frau nicht bekommen hat. Ein Fallanalytiker hat mir mal erklärt, wir haben alle eine Theorie von der Welt und suchen nur für sie Belege. Alles andere blenden wir aus. Das nennt man narrative Verzerrung.«

»Aber warum hat der gerade diese Theorie von der Welt? Wie kommt so was? Er hat beruflich alles erreicht, was will er denn noch?«

Ich spülte die Makronenkrümel aus meinen Zähnen und zündete mir eine Zigarette an. »Manchen reicht es nie. Und inzwischen ist er pensioniert. Er ist gar nichts mehr. Nur als Anführer von Krawallmachern kann er noch mal die Rolle seines Lebens spielen. Was braucht der Wahrhaftigkeit? Populismuspunkte macht er besser mit Feminaziverschwörungen und Hegel-Thesen.«

»Sie meinen, er lügt, weil er dadurch wichtig ist und Anerkennung bekommt?«

»Ist ja auch viel weniger anstrengend, wenn man nicht mehr gerecht und objektiv sein muss, so im Alter. Er braucht nur noch seine gefühlten Wahrheiten rauszublubbern. Widerspruchsfreiheit, das ist die neue Religion. Natürlich auch wieder von Männern gemacht. Es sind immer die Männer, die unsere Spielregeln machen.«

»Aber das bestreitet er ja gerade.«

Ich jaulte Roger Ciceros »Frau'n regier'n die Welt«.

»Ich habe einen Onkel, der sagt auch immer: Die Frauen herrschen in Haus und Bett. Deshalb beherrschen sie die Männer.

Denn Haus und Familie sind die Basis für den Mann, für die Frauen tut er alles.«

»Klar, es sind die jahrtausendealten geheimen Matriarchate, die die Männer gnadenlos in Kriege schicken und zwingen, Diktator zu werden und Frauen zu schlagen, zu vergewaltigen und zu töten.«

»Und wenn es so wäre?«

»Wie bitte?«

»Wenn Sosans Bruder sie umbringen würde, würde er sagen, sie war schuld, sie hat ihn dazu gebracht. Hätte sie sich anders verhalten, hätte er es nicht tun müssen.«

»Ah! Blame the victim! Ein beliebtes Stilmittel der Herrschenden.«

»Und wenn wir Frauen es selber so haben wollen? Auf der Welt leben genauso viele Frauen wie Männer …«

»In Asien fehlen jetzt schon zweihundert Millionen Frauen, weil die Mütter nur Söhne austragen dürfen. Da organisieren junge Männer schon Frauenraubzüge in Nachbarländer.«

»Ja, aber warum haben wir das Patriarchat nicht schon längst entmachtet?«

Die große Scheiterfrage des Feminismus.

»Ich habe einen Film über die Beschneidung von Mädchen in Afrika gesehen, da hieß es, die Mütter seien die treibende Kraft. Sie wollen, dass ihre Töchter genauso leiden wie sie selber.«

Da musste ich unbedingt ernsthaft widersprechen, auch wenn mein Telefon klingelte.

»Tuana, wir Feministinnen sagen, Frauen machen sich oft zu Helferinnen der Männerherrschaft. Das Stockholm-Syndrom.« Sally flammte auf meinem Bildschirm und verlangte Aufmerksamkeit. »Die Geisel verliebt sich in den Geiselnehmer und macht seine Sache zu ihrer. Das tut sie, weil sie den Peiniger damit milde stimmen kann. So gewinnt sie wenigstens ein klein wenig Kontrolle über ihre Situation in der Gefangenschaft. Manche solidarisieren sich so sehr mit ihrem Geiselnehmer, dass sie am Ende mit ihm gegen die Polizisten kämpfen, die gekommen sind, um sie zu befreien. Das ist Sally, ich muss rangehen.«

Tuana machte eine zustimmende Handbewegung.

Sally war gerade nach Hause gekommen und musste mir erzählen, wie ihre Vernehmung auf dem Polizeipräsidium gelaufen war.

»So lange ging das?«

Tuana holte ihren Laptop aus der Tasche, stellte Teller und Tassen zusammen, klappte ihn auf und verband ihr Handy mit ihm.

»Die haben sich echt Zeit genommen«, sprudelte Sally. »Sie haben mir zwei weitere Drohanrufe vorgeführt. Aber die Stimme hat nicht gepasst. Die, die du mir geschickt hast, auch nicht. Wie kommst du auf den? Ist ja unfassbar gruselig, der Typ.«

»Erzähle ich dir später. Habt ihr was rausgekriegt?«

Zu dem Alten am Nebentisch gesellte sich eine alte Frau mit Einkaufstüten. »Ein Schnäppchen«, hörte ich sie sagen. Der Alte rutschte von seinem hohen Hocker herunter.

»Wir haben sozusagen ein Phantombild der Stimme angefertigt. Toll, was die können. Die haben forensische Sprachanalytiker, wusstest du das? Die können aus Sprechweise und Wortwahl auf bestimmte Persönlichkeitsmerkmale schließen, Erziehung, Schuldbildung, Beruf und so. Ich habe natürlich gefragt, was sie heraushören. Aber die sind ja so was von zugeknöpft, kann ich dir sagen. Die lassen gar nichts raus. Du musst Richard nachher mal fragen … Es würde mich echt interessieren …«

Der Alte vom Nebentisch blieb neben mir stehen. »Haben Sie Ihr Handy selbst bezahlt?«

Seine Frau war ein paar Schritte weitergelaufen und drehte sich um. »Hannes, nu lass doch!«

»Moment, Sally«, unterbrach ich. »Was?«

»Ihr Handy, haben Sie das selbst bezahlt?«

»Äh, ja?«

»Das ist der Unterschied zwischen Ihnen und den Asylbewerbern. Die kriegen ihre Handys geschenkt.« Er schaute Tuana mit nassen Augen ins Gesicht.

»Was ist los, was sagt der?«, drängelte Sally in meinem Ohr.

Mein Herz pumpte Wut. Aber außer »Arschloch!« fiel mir nichts ein. Und das wollte ich nicht sagen, es passte auf einmal nicht mehr. In den neuen Zeiten vulgärer Provokationsrhetorik war das Nerz'sche Konzept der Verblüffung durch ebendiese sinnlos geworden.

»Hannes, jetzt komm«, sagte seine Frau und griff ihm unter den Arm, »sonst kriegst du dein Mittagessen nicht rechtzeitig und dann sagst du wieder, die Asylanten sind schuld.«

Ich konnte es nicht verhindern, ich musste lachen. Kirre ließ sich der Mann von seiner Frau wegführen.

»He, was ist da los?«

»Nichts, Sally. Wo waren wir?«

»Bei den Drohanrufen. Stell dir vor: Bei dem einen Anruf, da habe ich was gehört. Ich, die kleine Rundfunksekretärin, habe etwas gehört, was die mit ihren Spezialisten noch nicht gehört hatten. Er war aber auch echt mies in der Aufnahmequalität, absolut unsendbar.«

»Was hast du gehört?«

Tuana schloss ein Kopfhörerkabel an ihren Laptop an und steckte sich einen Stöpsel ins rechte Ohr.

»So ein langgezogenes Üüp-Üüp. Ganz leise, aber ich habe halt gute Ohren«, fuhr Sally in meinem linken Ohr fort. »Das höre ich nämlich auch, wenn ich in der Frühe mit den Hunden im Wald bei den Bärenseen spazieren gehe. Erinnerst du dich?«

»Der Sperlingskauz?«

»Genau. Und weil der so selten ist, dass man dachte, den gibt es in unseren Wäldern nicht mehr, habe ich damals den Nabu angerufen. Die sind mit ihren Aufnahmegeräten losgezogen und haben es bestätigt.«

»Ich erinnere mich.«

»Wenn der Kauz so selten ist, dann muss der Typ an den Bärenseen gewesen sein, als er anrief. Vielleicht kenne ich ihn sogar, vielleicht geht er da mit seinem Hund spazieren. Stell dir das mal vor! Vielleicht habe ich mich mit ihm schon unterhalten.«

»Oder er hat auf einem der Parkplätze gestanden und im Auto telefoniert. Vielleicht weil es sein täglicher Weg zur Arbeit ist. Oder zur Uni.«

Genau: Das bedeutete, es war Jahrmarkt gewesen. »Sag mal, Sally, klangen die beiden Drohanrufe eigentlich ähnlich? Kann es sein, dass sie von demselben Mann waren?«

»Kann gut sein, würde ich sagen. Wie gesagt, der eine war sehr schlecht zu verstehen, irgendwie verzerrt, zu viele Obertöne. Aber von dem her, was er gesagt hat, waren sie ähnlich. So: Ungeziefer und sie seien die Kammerjäger.«

»Dann haben sie den bereits festgenommen.«

»Ach ja? Schade. Und ich dachte, ich hätte denen entscheidend weitergeholfen.«

Ja, schade, dachte auch ich. Wenn Jahrmarkt zwei Mal telefoniert hatte, dann würde es schwierig werden, der PGM die Aktion zuzuordnen. Dann blieb es eine Einzeltat. Wahrscheinlich hatte Jahrmarkt es das erste Mal so geil gefunden, dass er es noch einmal machen musste. Und weil er dabei sein Smartphone, wenn auch mit Prepaid-Karte, benutzt hatte, war die Polizei ihm auf die Spur gekommen.

»Und über deinen Anrufer, habt ihr da was herausfinden können?«

»Sie haben gesagt, das mit dem ti-ta-töten und der Fi-Fa-Fotze, das sei kein Stottern. Das hätte er bewusst gemacht.«

»Warum? So was Auffälliges. Direkt unheimlich.«

»Genau«, sagte Sally. »Unheimlich! Wir haben immer wieder Irre, die mit Attentaten drohen, aber bei dem war es anders, eben unheimlich.«

»Weil er es ernst meint. Das hast du der Stimme angehört.«

»Könnte sein. Die Polizisten wollten wissen, wie ich mich hinterher gefühlt hätte, erschöpft, gestresst oder so. Das überträgt sich nämlich vom Anrufer. Ich habe gesagt, ich hätte mich klein gefühlt, wie ein kleines Kind, vielleicht weil er so eine Kindersprache verwendet hat zwischendurch. Das war wohl der Zweck. Hinterher hatte ich total Herzklopfen.«

Warum hat er überhaupt angerufen?, fragte ich mich. Warum hatte er nicht still und heimlich einen gigantischen Anschlag geplant, ohne die Polizei unnötig zu alarmieren?

»Und dann haben sie noch gefragt, ob es sich nach Innenraum angehört hätte, ob andere Geräusche zu hören waren, ein Glockenschlag zum Beispiel. Kurz vor acht hört man keinen Glockenschlag. Das habe ich denen auch gesagt. Und bei dem Krach in der Regie versteht man die Anrufer kaum. Die Werbung lief, der Nachrichtensprecher kam gerade rein, sie hatten es von einem Fußballergebnis.«

Dabei stand an den Studiotüren immer »Bitte Ruhe! Sendung«.

Eine Taube wagte sich bis zu meinem Stuhlbein vor und pickte hastig nach Krümeln. Langsam wurde mir kalt. Aber im Café Chamäleon waren die Tische alle belegt. Lasagneteller, Salate und Torten wurden zwischen ihnen herumgetragen. Aufgekratzt, wie Sally war, erzählte sie fast alles noch einmal. Schließlich hatte sie sich so weit auserzählt, dass sie bettreif war. Immerhin hatte sie einen Frühdienst in den Knochen und morgen wieder einen vor sich.

»Und heute Abend sehen wir uns auf der Frauendemo, gell?«

»Klar! Schlaf gut.«

13:39 Uhr

»Die wollen die Frauentagsdemo nicht absagen«, meldete Tuana, als ich wieder aufblickte in die noble Konsumwelt der Eberhardstraße. »Die Pressekonferenz läuft noch. Der SWR bringt es im Live-Stream.«

Ich rückte mit meinem Barhocker um den Tisch herum und setzte mich Schulter an Schulter zu Tuana, damit ich auf den Bildschirm gucken konnte. Sie gab mir den zweiten Ohrstöpsel.

Man sah einen langgestreckten Konferenztisch mit vielen Leuten, Getränkeflaschen, Kameras und Mikrofonen. An der kurzen Seite saßen eine Frau und ein Mann in blauschwarzen Uniformen mit Gold auf den Schulterklappen neben zwei Zivilisten. Der Polizist sprach gerade. In der Großaufnahme konnte ich die drei goldnen Sterne in Eichenlaub auf seiner Schulter erkennen. »Das ist der Inspekteur der Polizei, der ranghöchste Polizeivollzugsbeamte des Landes.« So was wusste ich halt. »Und die Frau, das ist unsere neue Polizeipräsidentin Dr. Elvira Ernst.«

Der Inspekteur sprach mit der pausierend leisen Stimme der Mächtigen: »Ein terroristischer Hintergrund ist stets anzunehmen, insoweit eine Person oder ein Personenkreis etwas unternimmt mit dem erklärten Ziel, andere Personen oder Mitglieder einer Gruppe in Angst und Schrecken zu versetzen.«

In der anschließenden Stille hörte man einen Journalisten ganz weit weg von den Mikrofonen etwas fragen. Ich verstand nur Bruchstücke wie »Flüchtlinge«, »Scharia«, »archaische Vorstellungen … Rolle der Frau« und »Ehrentag«.

»Was redet der?«

Tuana winkte ab. »Das Übliche.«

»Na, hoffentlich nicht.«

»Zum einen«, antwortete der Inspekteur, »muss ich Sie korrigieren. Der Internationale Frauentag wird, wie der Name schon sagt, weltweit begangen und ist kein Ehrentag, sondern ein Protesttag, weshalb er in bestimmten feministisch zu nennenden Kreisen auch als Frauenkampftag bezeichnet wird. Und wie ich eben schon ausgeführt habe, bezüglich der Bedrohungslage können wir derzeit keinerlei Hinweise auf eine Beteiligung von Personen erkennen, die einer anderen Muttersprache als der deutschen mit schwäbischem Einschlag zuzuordnen wären. Auf gut Deutsch gesagt, Akteure mit Migrationshintergrund sind nicht zu identifizieren.«

»Das vorher war interessanter«, sagte Tuana. »Sie haben gesagt, dass sie eine Person festgenommen haben. Einen Namen haben sie nicht genannt.«

»Die nennen nie Namen.«

»Ihm seien zwei Drohanrufe zuzuordnen. Zu den Tatvorwürfen habe er sich bislang nicht geäußert. Aber es sei davon auszugehen, dass er ein Trittbrettfahrer sei. Er habe sich wohl von der bedauerlicherweise sehr schnell in den sozialen Netzwerken geteilten Nachricht über einen Drohanruf beim SWR inspirieren lassen.«

»Glaube ich nicht. Er war auf Anrufe vorbereitet, er besaß eine Prepaid-Karte.«

»Vielleicht macht er so was öfter, ich meine, anonym anrufen und texten.«

»Na gut. Haben sie auch was zu dem SWR-Anrufer gesagt?«

»Sie fahnden nach ihm. Die Bedrohungslage bestehe weiter, man nehme das sehr ernst. Der, der ganz rechts sitzt …«

»Der Innenminister.«

»Der hat gesagt, man habe erwogen, die Frauentagsdemo abzusagen. Aber da in einigen Medien und im Netz massiv dazu aufgerufen werde, heute Abend auf die Straße zu gehen, halte man es für besser, wenn der Zug in geordneten Bahnen und unter Polizeischutz auf einer abgesicherten Strecke abgewickelt werde, als wenn die Frauen in wilden Gruppen, so hat er das ausgedrückt, herumlaufen würden.«

Ich lachte, sie auch. Schon lange hatte ich es nicht mehr gehört, das hexische Gelächter unter Frauen, die für ein paar Sekunden spürten, welche Macht sie haben könnten, wenn sie sich verbünden und die gesellschaftlichen Normen setzen würden.

»Und dann hat er noch gesagt, er würde es nicht empfehlen, heute Abend zu demonstrieren, seiner Tochter werde er es nicht erlauben, seiner Frau könne er es leider nicht verbieten, die Polizei werde selbstverständlich alles ihr Mögliche tun, um den Zug zu sichern. Eine Garantie, dass nichts passiert, könne und werde er aber nicht abgeben.«

Auf dem Bildschirm sah man alle aufstehen, das Bild wechselte, ein Reporter erschien, der sich an ein Mikro klammerte. Tuana beendete den Stream. Ein gelb-blau-silberner Streifenwagen rollte langsam an uns vorbei die Eberhardstraße entlang.

»Wir müssen diesen Tatütata finden«, sagte ich. »Bisher haben wir uns mit Peanuts beschäftigt.«

»Und wie machen wir das?«

»Kann ich noch mal unsere Liste sehen?«

Während sich die Namen und Links aufbauten, rief Richard an. »Wo bist du?«

»Bei Hafendörfer in der Eberhardstraße«, antwortete ich.

»Ich bin in zehn Minuten da.«

Und schon war er wieder weg. Tuana bemühte sich, ihre Neugierde zu verbergen, und ich beschloss, sie nicht mit der nahen Ankunft des Staatsanwalts zu beunruhigen. »Ob man die wohl noch weiter eingrenzen könnte?«, fragte ich.

»Die Selektoren verändern, meinst du?«

Ha, zum ersten Mal hatte sie mich jetzt geduzt! Ich tat so, als hätte ich es nicht bemerkt. »Ja.«

Sie rief die Selektorenliste auf, die wir vorhin im Sarah aufgestellt hatten: unterdrückerisch, feministisch, System, Ehrenmann, Schlampe, Fotze, töten, Blutbad, Genormte, Unfren, Genderwahn, Identität, USA, Schusswaffe und so weiter.

»Wie könnte man nach tödlichem Hass auf Frauen suchen? Der, den wir suchen, denkt vielleicht auch über feministischen Staatsterror nach, aber eigentlich sinnt er auf Rache an Frauen, die er nicht haben kann. Wenn wir nur nach jungen Männern im Umkreis Stuttgart suchen und uns auf die Begriffe ›Schlampe‹, ›Ehrenmann‹ und auf Texte mit ›Rache‹, ›töten‹ oder ›Strafe‹ beschränken?«

»Das wäre eine ganz neue Suchanfrage«, erklärte sie mir und tippte eine Weile. »So.«

»Huch! Das sind ja noch mehr Namen als vorher!«

»Wenn man den Filter verkleinert, werden es mehr.«

»Ach?«

Sie unterdrückte ein amüsiertes Lächeln. »Wenn du in einem Online-Shop eine Hose Größe 38, gelb, mit Knöpfen suchst …«

»Göttin bewahre!«

»… dann kriegst du weniger angeboten, als wenn du nur Hosen eingibst.«

Tja, die Logik. Meine Augen glitten ratlos über ein halbes Hundert Namen von Hans bis Hassan, die Frauen Tod und Verderben wünschten, und blieben an einem hängen, der an fünfter Stelle stand. Es handelte sich um einen Avatar. Sein Name lautete Yeti oder Ye Ti. »Deutsche und Juden, Männer und Schlampen verhalten sich zueinander wie Verstand und Unverstand, wie Anstand und Unzucht, wie Sittlichkeit und Unmoral, wie Heiligkeit und Hurerei, wie Gott und Geschlecht. Der Mann besitzt einen Penis, die Frau wird von der Fotze besessen. Frauen, Juden, tötet sie!«

Ich seufzte. Es war doch kein Tümpel flach genug, als dass nicht noch eine alte Leiche aus dem Schlamm geholt werden konnte. »Der hat sich schon mal gut maskiert. Der hat was vor.«

»Aber seine Adresse haben wir trotzdem«, sagte Tuana.

»Was?«

Es war eine Straße im Nordbahnhofsviertel. »Er hat sich zwar bei Facebook als Avatar angemeldet, aber eine Adresse muss er angeben, und er hat vergessen, sie zu verbergen.«

»Und wenn es eine falsche ist?«

»Facebook überprüft, ob es die richtige ist.«

Sein Gesicht verbarg Yeti hinter einer cyanfarbenen Maske, das Haar unter einer grünen Kappe. Auf einem Foto war ein etwas schmächtiger Oberkörper in Military-Hemd zu sehen. Er spielte gern mit Drohnen und Laserpointern, postete Bilder von

Kampfflugzeugen und war der Ansicht, dass Juden die Anschläge des 11. Septembers verübt hatten. »Einzig der Mossad hatte das Know-how für die Anschläge. Warum sind 5000 Juden an diesem Tag nicht zur Arbeit im WTC erschienen? Cui bono? Wem nützt es? Nicht der al-Kaida, die gibt es nicht mehr, sondern Israel, wenn die islamistische Welt und der Westen sich gegenseitig mit Krieg und Terroranschlägen überziehen.«

Der Einzige, den ich bisher »Cui bono« hatte sagen hören, war Richard. Außerdem fehlte mir ein Unheimlichkeitssignal.

»Guck mal, dein Jasper Schwuchti ist auch wieder dabei. Wo wohnt der?«

»Früher hat er in Heslach gewohnt.« Auf seinem Blog hatte er im Impressum eine Adresse in Stuttgart-Feuerbach angegeben. »Genau«, sagte Tuana, »der ist dann auf eine Berufsschule gewechselt.«

»Nachdem ich Richard seinen Namen vorhin gesimst habe, dürfte die Polizei ihn inzwischen überprüft haben.«

Wir klickten ziellos herum. Ein Manfred Vielfraß schrieb auf einer scheinwissenschaftlichen Seite: »Die kürzere Lebenserwartung von Männern beweist, dass sie benachteiligt werden. Die Klosterstudie hat ergeben, dass Nonnen und Mönche gleich lang leben. Bei uns liegt die Lebenserwartung von Männern sechs Jahre unter der von Frauen. Jungen brechen häufiger die Schule ab und bekommen schlechtere Bewertungen für gleiche Leistungen. Die Mehrheit der Arbeitslosen sind Männer, sie leiden öfter an Burnout und wegen Berufsrisiken sind sie öfter arbeitsunfähig.«

»So viel zur Beweiskraft von Statistik«, sagte ich. »Im wahren Leben fressen, saufen und rauchen Männer halt mehr.« Widersprechen schien mir wichtig, damit die toxischen Gespinste sich nicht in Tuanas Denken ausbreiteten. »Fakt ist auch, die Medizin ist auf Männer ausgerichtet. Die Dosen von Medikamenten zum Beispiel. Und Frauen bekommen Schmerzmittel später und davon auch noch weniger als Männer.«

»Ich weiß nicht, mein Vater …«

»Frag ihn mal! Die meisten Ärztinnen und Ärzte glauben, Frauen könnten Schmerzen besser ertragen als Männer, weil sie gebären.«

»Das sagt meine Mutter immer, wenn mein Vater sich anstellt wegen einer Erkältung oder Kopfschmerzen. Wenn du geboren hättest, wüsstest du, was Schmerzen sind.«

»Stimmt aber nicht. Ist Käse. Ist Sexismus. Frauen sollen leiden, sagt die Bibel. Zum Beispiel Menstruationsschmerzen, die werden nie ernst genommen. Man tut sie als psychosomatisch ab.«

Tuana sah nicht überzeugt aus. Da fehlte ihr offenbar die eigene leidvolle Erfahrung.

»Wieso sind das eigentlich so viele? Jaja, ich habe schon kapiert, der Filter, aber nie und nimmer haben wir Hunderte erklärte Unfrens in Stuttgart und Umgebung.«

Tuana zog die Brauen zusammen, kurz verunsichert. »Es ist eine Oder-Suche. Es sind nur Teilübereinstimmungen. Manche sind keine Unfrens, aber es gibt Übereinstimmungen mit ›Ehrenmann‹ oder ›töten‹.«

»Der Vielfraß ist jedenfalls kein Unfren. Kann man in deinem Programm nicht auch Muss-Kriterien festlegen? Muss was mit den Unfrens zu tun haben und muss im Großraum Stuttgart wohnen.«

»Aber vielleicht ist er gar kein Unfren.«

»Trotzdem, sei so gut.«

Tuana begann herumzutippen.

Eine dunkler Mercedes rollte vom Hegelhaus heran und hielt genau hinter den Fahrrädern in der Ausleihstation. Typisch, nur mal schnell beim Bäcker halten!

»Jetzt sind es nur noch vier«, sagte Tuana.

Yeti war noch dabei, Jasper auch, Vielfraß nicht mehr. Die anderen Namen lauteten Ludwig Himmelreich und Wilhelm Kakak.

»Namen sind das!«, sagte ich.

Ludwig Himmelreich, wohnhaft in Weilimdorf bei Stuttgart, hatte in einem ungeschützten Forumsbeitrag geschrieben: »Ich habs wahr gemacht, hab mir ne Waffe geholt. Ich hab mich im Zimmer eingeschlossen, hab das Licht angemacht, hab meine Hose mit dem Tarnmuster angezogen. Hatte da schon gleich einen steifen. Hab dann mit der Waffe auf mein Spiegelbild gezielt, das sah aus, als würd ich auf Jemanden schießen. Ich hab mehrmals durchgeladen, hab mich auch von der Seite betrachtet und hab dabei gewichst.«

Das war mir jetzt peinlich vor Tuana. So was musste sie nicht lesen mit ihren siebzehn Jahren und all der Hoffnung auf einen zivilisierten Mann. Aber sie schaute gerade woandershin mit einer Mischung aus Erkennen und Unbehagen in der Mimik.

Hinter der Fensterscheibe der Beifahrertür des unschön abgestellten Mercedes war das Schlappohrgesicht eines Dackels aufgetaucht, und ein Mann in cognacfarbenem Dreiteiler umrundete den Kühler. Sein asymmetrischer Blick meinte eindeutig uns.

»Richard!« Den hatte ich schon wieder ganz vergessen gehabt.

Meinen Akubra-Hut quittierte er mit einem Zucken der linken Augenbraue und richtete den Blick schnell auf die blutjunge Frau an meiner Seite. Dabei ließ sein beherrschtes Machtgesicht keinerlei Vorbehalte durchblicken. Er schenkte ihr sogar ein ungewöhnlich freigiebiges Lächeln.

»Ihr kennt euch ja?«, sagte ich. »Das ist Tuana und das ist Richard.«

Er streckte die Hand aus. »Guten Tag, Frau Güngür.« Was wunderte ich mich, dass er ihren Nachnamen kannte? Er schaute, wenn er in meinem Haus ein und aus ging, anders als ich, auf die Namen an den Klingeln. Sie hatten in den letzten Jahren schnell zu wechseln begonnen. Die Matuscheks aus dem Erdgeschoss waren nicht mehr da. Die Leute über mir sowieso nicht, weggemordet, weggesperrt, abgebrannt. Tuanas Eltern waren vor gut einem Jahr unter mir eingezogen. Für einen Arzt und eine Geschäftsfrau war die Neckarstraße eigentlich keine Wohngegend, aber sie hatten schnell eine Wohnung gebraucht. So viel wusste ich immerhin, weil Oma Scheible es mir erzählt hatte.

»Guten Tag, Herr Dr. Weber«, erwiderte Tuana leise mit gesenktem Blick. Das zarte Du zwischen uns flüchtete vor dem Respekt, den der stattliche Staatsanwalt auslöste. Sie war ihm im Treppenhaus sicher schon begegnet, wenn er zu mir in den dritten Stock emporstieg.

»Ich muss dann auch mal los«, flüsterte sie und machte Anstalten, den Laptop herunterzufahren.

»Moment noch, Tuana! Richard, schau mal. Wir haben mit Hilfe des Algorithmus von Tuana im Netz die Namen einschlägiger Frauenhasser noch mal eingegrenzt. Der hier, Ludwig Himmelreich, der hat sich eine Waffe besorgt, damit zielt er auf sein Spiegelbild wie auf eine andere Person und geilt sich daran auf. Yeti kann Frauen und Juden nicht ausstehen …«

»Und das habt ihr hier besprochen?« Er schaute sich um. »In aller Öffentlichkeit?«

Tuana blickte sich ebenfalls um.

Unsere Öffentlichkeit bestand gerade aus zwei Frauen, die am Nebentisch Kaffee tranken, rauchten und auf ihre Handys blickten, einer Frau, die ihren Kinderwagen in den Bäcker hineinschob, und einem jungen Mann, der den Gehweg entlanggging und in sein Handy sprach, das er wie einen Spucknapf unter dem Kinn trug.

»Mach halblang, Richard! Du überschätzt das Interesse, das Menschen in der Stadt einander entgegenbringen.«

Zu spät. Tuana klappte ihren Laptop zu und steckte ihn in ihre Umhängetasche. »Ich muss wirklich«, sagte sie und schaute auf die Uhr. »Meine Mutter wartet.«

Auch Richard schaute auf seine Armbanduhr. »Stimmt, Sie haben seit knapp einer Stunde Schulschluss.«

Leichte Sorge trat in Tuanas Blick. Aber sie war zu stolz oder zu wenig vertrauensselig, ihn zu bitten, ihrer Mutter gegenüber nicht zu erwähnen, dass sie diesen Vormittag mit mir verbracht hatte. Dabei konnte sie sicher sein, dass Richard niemals so indiskret war, Dritten gegenüber auszuplaudern, was zwischen ihm und ihr gesprochen worden war. Aber das wusste sie nicht.

»Sollen wir Sie mitnehmen?«, bot er an.

Tuana blickte zu mir. Ich grinste. »Liegt auf unserem Weg.«

Bezahlt hatten wir schon, als wir uns Kaffee, Tee und Kuchen an der Theke holten. Wir waren also jederzeit bereit zur Flucht. Diesmal im Auto.

13:48 Uhr

Ich schubste Cipión in den Fußraum und setzte mich auf den Beifahrerinnensitz. Tuana rutschte auf die Rückbank hinter Richard und zog sofort ihr Handy. Richard bremste nach wenigen Metern. Ein Postbote querte die Straße, er hatte die Arme bis über Augenhöhe zugestapelt mit Paketen.

»Volker Levin war übrigens durchaus überrascht von der Festnahme«, brach ich das Schweigen. »Aber das Wort Kammerjäger kommt auch ihm leicht von den Lippen.«

Richard warf einen Blick in den Rückspiegel.

»Tuana war dabei. Wir können reden«, sagte ich.

Er verkniff sich den Tadel. »Und was ist das für eine Räuberpistole mit den Schlägertypen?«

»Zwei Männer, die bis in die Fußgängerzone am Stadtmuseum reingefahren und dann ausgestiegen sind. Wir haben sie im Labyrinth unterm Charlottenplatz abgehängt. Vielleicht hatten sie auch gar nichts mit uns zu tun.«

»Hm.« Richard trat aufs Gaspedal und umrundete das Postauto. »Und was genau hat Levin gesagt?«

»Was die Leute neuerdings so sagen. Erlösung durch Haushalt und Kindbett. Er hat uns zum Frauenmarsch eingeladen.«

»Der ist nicht genehmigt.«

»Mit welcher Begründung genau?«

»Wegen polizeilichen Notstands.«

»Levin meint, das Verbot werde vor Gericht keinen Bestand haben.«

»Ich hoffe, dem Verwaltungsgericht wird einleuchten, dass die Sicherung der regulären Frauentagsdemonstration heute alle verfügbaren Polizeikräfte bindet.«

»Levin meinte, auf seinem Frauenmarsch seien wir garantiert sicher vor Terror- und Mordanschlägen.«

»Wenn das kein Eingeständnis ist …«

»Dachte ich auch erst, aber ich glaube, er hat irgendwas anderes damit gemeint, so was wie geborgen in uralthergebrachten Rollenmustern.«

»Was die immer haben. So uralt sind die gar nicht.«

»Nee?«

»Im Mittelalter sahen die männlichen Tugenden noch ganz anders aus: Demut, Würde, Güte, Treue, Sittsamkeit, Höflichkeit, Freigiebigkeit, Mäßigung und eine positive seelische Grundstimmung. Geändert hat sich das erst im 18. Jahrhundert mit dem Schulwesen und der Militarisierung. Auf einmal hockten die Männer in Kasernen aufeinander, in reinen Männerräumen. Man bedurfte neuer Ideale, die zum regelmäßigen Gewalttraining passten: keine Schmerzen zeigen, Gefühle ignorieren, Kadavergehorsam, Mitgefühl unterdrücken. Für die alten Männertugenden – Keuschheit, Minne und Poesie – sind seitdem die Frauen zuständig, durchweg in allen Gesellschaftsschichten.«

Ein Zebrastreifen zwang Richard erneut zu bremsen. Zwei sehr betagte Eheleute querten. Dann konnte er nach rechts in die Marktstraße einbiegen, die entlang der Einkaufsfestung von Breuninger zur Stadtautobahn führte.

»Und was ist mit den Hexenverbrennungen? Das Mittelalter hasste doch durchaus seine Frauen.«

»Nein, Lisa, das war frühe Neuzeit. Massenhafte Hexenverfolgung gab es erst ab Mitte des 15. Jahrhunderts bis weit ins 18. Jahrhundert hinein. Nicht einmal die Inquisition im 13. Jahrhundert war so wüst wie später die europäischen Gesellschaften mit ihren Kleinstaaten im Umbruch zwischen die Erde ist eine Scheibe und die Erde ist eine Kugel, zwischen Analphabetismus und Buchdruck, zwischen Katholizismus und Protestantismus. Eine Klimaabkühlung, Hunger, Kriege und Seuchen erschütterten die alten Gewissheiten, die Suche nach Sündenböcken erzeugte Massenhysterien.«

Und heute hatten wir eine Menschheit im dritten Weltkrieg zwischen abschmelzenden Polen, Unwettern, Hunger, Wirtschaftskrisen und Überbevölkerungsangst.

»Aber noch mal zurück zu Volker Levin …«

»Was hast du denn erwartet, Richard? Dass er mir gegenüber zugibt, Jahrmarkt dazu angestiftet zu haben?«

»Hm.« Richard fuhr den Mercedes frei und beschleunigte. »Wahrscheinlich hat er tatsächlich nichts davon gewusst.«

»Dann war das also nur Beschäftigungstherapie, dass du mich zu ihm geschickt hast. Oder ein Ablenkungsmanöver oder was?«

»Tut mir leid, Lisa. Aber wir hätten nicht die Möglichkeit gehabt, mit ihm zu sprechen.«

Ich lehnte mich zurück. So eine Fahrt in einer Kabine mit getönten Scheiben und Musik der Achtziger im Autoradio hielt die Welt auf Abstand. Gebäude, Fußgängerinnen und Fußgänger gastierten nur kurz in meinen Augen. Ampeln organisierten das Miteinander. Alte Gewissheiten galten wieder. Eine durch und durch geregelte Welt, in der sich Einzelne an einer Ampel, auf einer Abbiegespur oder an einem Parkverbotsschild mal kurz über die Regeln hinwegsetzten, wenn es ihnen nötig erschien, aber niemand das Ganze infrage stellte. Keine surreale Weltanschauung ballerte uns an, keine abschätzigen Blicke attackierten Tuana, niemand konnte mir Rosen aufdrängen. Man hätte meinen können, alles sei wie immer, wie früher. Unsere aus unserem Leben mitgebrachten Erkenntnisse und Überzeugungen wären noch gültig, unsere Ziele – der globale Frieden, die Rettung unserer Lebenswelt vor Zerstörung und Überhitzung und die Beseitigung von Hunger, Gewalt und Armut – seien Allgemeingut und unser Kampf gegen die Gewaltasymmetrie der Geschlechter gehe weiter, so lange, bis Parität hergestellt war.

»Ich finde«, sagte im Radio ein Mann von der Straße, »die Frauen haben alles erreicht, viele wollen doch überhaupt nicht Karriere machen.« Eine weibliche Stimme erklärte: »Vielleicht sollten sich auch mal die Männer emanzipieren.« Ein Dritter meinte: »Heutzutage, das mit dem Gendern, mit dem Sternchen, die haben es einfach übertrieben.« Dann war die Studiostimme des Moderators zu hören. »Am Telefon zugeschaltet ist uns jetzt der Pädagoge …« Der Name ging unter, denn ein Krankenwagen bahnte sich mit jodelndem Martinshorn und Blaulicht den Weg durch die Autoreihen.

»Sie sagen, das Gendern, also das Nennen beider Geschlechter mit Schrägstrich oder Sternchen, basiert auf einem linguistischen Grundirrtum. Was meinen Sie damit?«

Der Pädagoge, hörbar ein Schweizer, antwortete: »Eine Gleichsetzung des biologischen und grammatischen Geschlechts ist allein deswegen unstatthaft, weil die Natur nur zwei, unsere Grammatik aber drei Geschlechter kennt. Niemand wird dem Mädchen die biologische Weiblichkeit absprechen, nur weil es grammatisch sächlich ist.«

»Doch, du Arsch, du selber tust es!«, schrie ich. »Das Mädchen ist in deinen Augen noch keine Frau, das Weib ist keine mehr. Darum Neutrum. Während ihr Buben von Geburt bis ins Greisenalter Männer seid. Und wenn ihr euch an einem Mädchen vergeht, war's keine Frau, sondern nur ein junges Ding.«

»Lisa!«

Ich stellte das Radio ab. »Sorry, aber mir reicht's vollauf, wenn ich jeden lieben Tag von vorn anfangen muss, alle paar Stunden wird mir das echt zu viel.«

Fünf Gruppenkraftwagen der Bereitschaftspolizei rasten mit

stillem Blaulicht im Tunnel unter dem Charlottenplatz an uns vorbei. Ein blau-gelb-silberner Streifenwagen folgte. Und bildete ich mir das nur ein, oder hörte ich bereits einen Hubschrauber knattern?

»Großlage, hm?«

Richard machte eine weite Handbewegung. »SEK, MEK, Einsatzabteilungen der BePo aus Bruchsal und Göppingen und so weiter.«

»Dann kann ja nichts mehr schiefgehen.«

»Es darf nichts schiefgehen.« Er bremste abrupt. Die Ampel am Wunderübergang zwischen Abgeordnetenhaus und Landtag war auf Rot gesprungen. Ein Trupp japanisch wirkender Frauen und Männer marschierte los.

»Wo kommt der eigentlich auf einmal her?«, fragte ich.

»Wer?«

»Dieser Übergang. Ist der dir schon mal aufgefallen?«

»Was ist daran so auffällig?«

»Autobahnen sind normalerweise kreuzungsfrei.«

Er zuckte mit den Achseln. »Die Zeiten ändern sich.«

»Und genau dafür hassen sie uns. Womit rechnet ihr? Sprengstoff, Schusswaffen, ein Lkw?«

»Die Einsatzkräfte sind auf alles vorbereitet.« Er startete wieder. Auf dem Parkplatz am Landtag standen in dunkler Reihe Dutzende Fahrzeuge der Alarmhundertschaften.

»Wie würdest du es machen?«

»Gar nicht.« Richard lehnte das Töten als Mittel der Auseinandersetzung ab. Das war vielleicht nicht verwunderlich bei einem Mann, dem keiner etwas konnte, mächtig und körperlich fit, wie er war. Aber in seinem Seelenleben rumorte durchaus Vergangenheit, auch er war Opfer sexueller Gewalt geworden und hatte sich selbst mit Alkohol fertiggemacht. Allerdings hatte er sein soziales Gewand danach komplett gewechselt. Er gehörte nicht mehr zu den Opfern. Er fürchtete nichts und niemanden, er hasste nicht, er neidete nicht. Er gehörte zu den wenigen

Menschen, die nicht nickten, wenn wieder einmal irgendwer behauptete, jeder Mensch stelle sich gelegentlich vor, einen anderen umzubringen, tue es nur nicht. Er stellte es sich nicht vor, wenngleich er es tatsächlich einmal getan hatte.

»Was käme denn noch infrage?«, fragte ich gegen die Windschutzscheibe. »Mit einem Messer kommt man überall rein. Aber man schafft nur ein paar Leute, es ist ineffizient.«

Richard schwieg hartnäckig. Sein Blick hüpfte blitzkurz zu Tuana in den Rückspiegel.

»Mehr fällt mir nicht ein«, plapperte ich. »Außer natürlich Nervenkampfstoffe. Aber an die muss man erst mal herankommen so als Normal-Irrer.«

Ich spürte Richards Anspannung. Den Atem hatte niemand unter Kontrolle, auch er nicht.

»Gab es da nicht mal in Japan so einen Anschlag irgendeiner Sekte?«

»Im März 1995 durch die sogenannte Aum-Sekte in der Tokioter U-Bahn mit Sarin. Sie haben es in Tüten deponiert und die Tüten durchlöchert, bevor sie ausstiegen. Dreizehn Menschen starben sofort, neun später, es gab tausende Verletzte.«

»Und wie sind die an Sarin gekommen?«

»Sie haben es selbst hergestellt. Das soll nicht sonderlich schwierig sein.«

Vermutlich gab es im Internet Anleitungen dafür. Aber im Zweifelsfall war man als junger Hauschemiker schnell selber tot.

Wie heute Morgen bog Richard am Neckartor von der vielspurigen Stadtautobahn in die Neckarstraße ab. Stadtwege waren eigentlich immer dieselben drei.

»Funktioniert Sarin auch an der frischen Luft?«, überlegte ich.

»Muss es denn draußen sein?«

»Aber er hat doch …«

»Nein, Lisa. Er hat, wenn wir Sallys Mitschrift des Anrufs vertrauen, mit keinem Wort konkret die Frauentagsdemo erwähnt. Du hast es nur gleich darauf bezogen.«

»Ach, wirklich? Ihr doch auch!«

Er schwieg demonstrativ aus ermittlungstaktischen Gründen.

»Verstehe«, sagte ich. Deshalb hatten sie die Frauentagsdemo nicht abgesagt. Womöglich auch aus taktischen Gründen, um den Täter in Sicherheit zu wiegen, was seine eigentlichen Pläne betraf: die Polizei auf die Demo konzentrieren und woanders zuschlagen. Vermutlich durchstreiften Beamte gerade mit Hunden und Sensoren das Gerber, die Galerie Königsbau, Breuninger und das Milaneo, wo sich täglich tausende Frauen der Suche nach coolen Schuhen, knackigen Jeans und neckischen Tops widmeten, die der Unfren so hasste, weil sie ihm, üppig angerichtet, die Leckerbissen präsentierten, in die er niemals seine Zähne schlagen durfte. Da lobte ich mir doch den miefigen Ladenhandel mit seinen am dreckigen Bürgersteig aufgereihten Schaufenstern und Türen in meiner Neckarstraße, die sich zu einer Tempo-30-Spur zwischen Hochbahnsteig und Parkplätzen verengte. Biomarkt, Selbstbedienungsbäcker, Goldankauf, Handys. Und weil vor meiner Haustür gerade einer ausparkte, nahm Richard diesen Platz, statt uns nur aussteigen zu lassen und den Wagen in den Hinterhof der Staatsanwaltschaft gegenüber zu fahren. Cipión stürzte sich an der Leine auf den Gehweg und orientierte sich schnell. Drei junge Männer schlängelten sich an ihm vorbei. Einer schrie: »Shut up! Ich fick dich, fiiiiesch, Alta!« Die beiden andern reagierten nicht. War wohl deren Normalkommunikation.

Während Richard am Parkautomaten einen Schein löste, wisperte Tuana mir zu: »Sosans Handy funktioniert wieder. Sie sagt mir Bescheid, wenn sie aus dem Haus kann.«

»Sehr gut.«

Richard hatte den Hausschlüssel schon in der Hand, aber ich hatte meinen zuerst im Schloss. So weit kam es noch, dass er meine Haus- und Wohnungstüren aufschloss, wenn ich dabei war.

»Wir sehen uns«, sagte ich zu Tuana, bevor wir sie im Treppenhaus an ihre elterliche Wohnung verloren. »Komm doch nachher herauf, wenn du willst. Und schick mir die Selektorenlisten, ja?«

14:04 Uhr

Cipión wanderte in der Gewissheit, dass heute ein Tag war wie jeder andere, in die Küche, kontrollierte den Napf und schlappte Wasser. Richard hatte, wie ich sah, eingekauft – Tomaten, Zwiebeln, Petersilie, Käse, Salzstangen und irgendwelche Döschen – und die Sachen in die Küche gelegt. Er hatte kochen wollen, erinnerte ich mich. Und als ich nicht kam, hatte er mich angerufen und geholt.

»In zwölf Minuten gibt es essen«, sagte er, stellte eine Pfanne und einen Topf mit Wasser auf den Herd und begann die Zwiebeln zu schneiden.

Ich machte den Fernseher an, setzte mich an den Kneipentisch, von dem aus ich in die Küche gucken konnte, öffnete den Klappcomputer und rief mein soziales Leben auf.

Im Fernsehen liefen noch Nachrichten: Bundestag, Frauentagsrede, eine wirr-irre Frau, die sagte: »Frauenhäuser zerstören die Familien.« Entrüstetes Gejohle.

»Jetzt mal Tacheles, Richard. Was ist eigentlich los?«

»Es gibt eine ernstzunehmende Anschlagsdrohung zum Frauentag«, antwortete er. »Das ist los.«

»Witzbold! Wieso haben die dich heute früh dazugerufen? Du bist Staatsanwalt für Wirtschaftsstrafsachen und interne Ermittlungen, nicht für terroristische Bedrohungslagen.«

Er strich die Zwiebeln in die Pfanne, zog meine Schublade für schwer verderbliche Lebensmittel auf und holte eine Packung Spaghetti heraus. Richard wusste besser über meine Vorräte Bescheid als ich, denn er war der Einzige in meiner Wohnung, der was Sinnvolles damit machte. Im Augenwinkel sah ich auf dem Fernsehbildschirm den Stuttgarter Fernsehturm auftauchen. »… überschattet von einer Terrordrohung …« Als ich hinschaute, waren sie schon bei einem Schwenk über den Schlossplatz. Wenige Leute waren auf den breiten Wegen zwischen Neuem Schloss und Königsbau mit der Jubiläumssäule in der Mitte unterwegs. Wolken hingen tief.

»Wir sind im Fernsehen.«

Richard erschien in der Küchentür.

Jetzt war eine Moderatorin zu sehen. »Über die sozialen Medien wird massenhaft zur Teilnahme aufgerufen. Wie gefährlich ist es wirklich? Das fragen wir unseren Terrorexperten.«

Richard kehrte in die Küche zurück. Die Zwiebeln brutzelten.

Der Terrorexperte war ein junger Mann. »Gewalt gehört konstitutiv zum frauenfeindlichen Weltbild.«

Eine Signal-Nachricht von Tuana kam. Sie enthielt im Anhang unsere Listen. Braves Kind. Ich lud sie auf meinen Laptop herunter und guckte dann in Twitter spazieren. Unter #MenAreTrash hatte eine Journalistin geschrieben: »Es ist ein strukturelles Problem, dass Männer Arschlöcher sind.« Eine Sozialwissenschaftlerin kommentierte: »Solche Thesen führen in die antiemanzipatorische Sackgasse.« Antwort: »Du positionierst dich da, wo die Macht steht.«

»Die Zahlen zeigen auf«, sagte der Terrorexperte im Fernsehen, »dass sich eine lange und kontinuierliche Geschichte männlicher Gewalt gegen Frauen wie ein roter Faden durch …«

»Und wieso hast du jetzt auf einmal frei?«, rief ich in die Küche. »Oder sollst du mich in Schach halten. Interne eheliche Ermittlungen, gewissermaßen.«

Richard kam, zog das Jackett aus und hängte es über eine Stuhllehne. Dabei schaute er mit gerunzelter Stirn auf den Fernseher.

»Wir haben es mit einer gefährlichen Form von Gewalt zu tun«, sagte der Experte. »Gefährlich, weil sie scheinbar unpolitisch daherkommt und juristisch nicht als organisiertes Verbrechen wahrgenommen wird. Wenn wir von Terrorismus reden, haben wir eine hierarchisch strukturierte Gruppe im Kopf, die sich sorgfältig auf Anschläge vorbereitet. Hier hingegen haben wir es mit vielen Einzelnen zu tun, die ein ähnliches Weltbild eint. Jeder sieht sich in seinem Hass im Kriegszustand, umgeben von Feinden, Feindinnen in diesem Fall. Diese Menschen neigen zu spontanen Gewaltakten. Auch das macht es juristisch schwer, es als Terrorismus einzuordnen.«

Theoriepanik stand der Moderatorin in den Augen. »Kommen wir noch mal zurück auf die konkrete Bedrohung. Sie würden also sagen …«

Ich kapierte plötzlich: »Ihr sucht nach einem Polizisten, stimmt's?«

Richard ging in die Küche zurück.

»Ist es ein Ableger dieser Frankfurter Polizisten, die eine türkischstämmige Juristin bedroht und sich auf Whatsapp an Hakenkreuzen delektiert haben?«

»Davon gehen wir derzeit nicht aus.« Richard fächerte die Spaghetti in den Wassertopf. »Aber vor einiger Zeit ist man polizeiintern auf eine Gruppe von Kollegen aufmerksam geworden, die sich gegenseitig, sagen wir mal, in dem Gefühl bestärken, dass Frauen im Polizeidienst nichts zu suchen hätten.«

»Quasi eine Terrorzelle einzelner Frauenhasser.«

»Es gibt eine einschlägige Internetseite.« Ich hörte Richard die Tomaten schnippeln und in die Pfanne geben und tippte in meiner Suchmaschine »Frauen bei der Polizei« ein.

»Ich spreche nur mit einem Mann – Frauen bei der Polizei«, lautete eine Überschrift. »Sätze wie ›Fick dich, du Fotze!‹ hören wir öfter, erklärt die 50-jährige Beamtin. Vor allem Flüchtlinge …«

Ich klickte nur zwei Links weiter. »Ist es die hier? ›Die Propaganda behauptet, Frauen sind gut in Prävention und Jugendarbeit, und so bleibt auf der Straße die gefährliche Arbeit den Männern. Der Kollege im Ordnungsdienst ist mehr damit beschäftigt, die Kollegin zu schützen, als mit der Lage auf der Straße. Braucht er selber Schutz, steht er im Regen.‹ Seinen Namen nennt der Schreiber nicht. Darunter hat noch so ein Namenloser kommentiert: ›Frauen taugen nicht für Einen Job, wo man innerlich Autorität, Aggression und Gewaltausübung abrufen Muss. Sie haben es schwer ihre Tötehemmung zu überwinden. Der aus dem Orientalischen Kulturkreis stammende Mann lacht sich

Schlapp darüber wenn er sich wegen seinem Delikt vor einer Beamtin rechtfertigen soll. Dass es dabei nicht öfters Knallt liegt an der im Sinne des Zeitgeists ausgeübten Tacktik bei dieser Klientel wegzuschauen.‹ Jaja, dein Freund und Helfer. Wir hatten ja immer schon den Verdacht, dass Polizisten gerne schießen.«

»Der Kommentator ist kein Polizist«, sagte Richard. »Die falsche Sprache.«

»Aber der Artikelschreiber ist einer. Ist es der, den ihr im Verdacht hattet?«

Richard schwieg und rührte. Also ja. Aber egal, denn den hatten sie sicher überprüft, und der Anfangsverdacht hatte sich nicht bestätigt. Ich kopierte den Link, wechselte zu Tuanas Longlist und setzte ihn ins Suchfeld ein. Und in der Tat: »Da ist er. Er nennt sich Yeti und wohnt im Nordbahnhofsviertel. Das ist euer Polizist. Mir ist vorhin schon aufgefallen, dass er ›cui bono‹ benutzt, ›wem nützt es‹.«

Ich sah Richard von der dampfenden Pfanne zu mir herüberblicken. Er konnte seine Überraschung nicht vollständig verbergen.

Das war mir Bestätigung genug. »Frauenfeindlichkeit erfüllt ja leider nicht den Tatbestand der Volksverhetzung. Aber wenn ihr euren internen Frauenhasser loswerden wollt, könnt ihr gegen ihn wegen Antisemitismus ermitteln. Ich kann dir die einschlägigen Textstellen liefern.«

»So?«

Der Duft von Tomatensoße drang in mein Hungerzentrum. »Übrigens, Sally hat erzählt, dass forensische Linguisten die Drohanrufe bearbeitet haben. Was ist denn dabei herausgekommen? Vor allem bei dem SWR-Anrufer.«

»Solche Analysen macht man nicht eben mal so hopplahopp, Lisa. Das dauert seine Zeit.«

»Die Zeit haben wir nicht. Nun komm schon! Irgendwas werden die gesagt haben. So wie du über den Polizisten, den man an der Sprache erkennt.«

Richard ließ Soße und Spaghetti köcheln und erschien in der Küchentür. »Einer ersten groben Einschätzung zufolge hat er eine Mischung aus Verlegenheitsfloskeln wie ›Hallo‹ oder ›Folgendes‹ und vorher aufgeschriebenen Sätzen verwendet. Kein Mann, der es gewohnt ist, frei längere Reden zu halten. Aber das ist auch schon alles. Die Formulierung ›Andernfalls wird das Geschrei und Wehklagen groß sein‹ klingt biblisch, ist es aber nicht. Der Rückgriff auf einen prophetischen Gestus war gewollt. Mit dem ›Wir‹ versteckt er sich wieder. Die entscheidenden Drohungen spricht er dann in der ersten Person Singular. Das ist interessant, aber es sind noch keine unverwechselbaren Kennzeichen. Aussagekräftiger im Hinblick auf eine Persönlichkeitsstruktur sind die unwillkürlichen Elemente, Wörter, über die man nicht nachdenkt. Etwa, ob man ›darum‹ sagt oder ›deshalb‹. Das heißt Auszählen, aber für belastbare Aussagen ist der Text, den Sally aufgeschrieben hat, zu kurz. Und wer weiß, ob sie wirklich alles so genau erfasst hat.«

»Und dieses Ti-Ta-Töten, was soll das?«

»Das ist Kindersprache oder Böse-Onkel-Sprache, so eine Art Infantilisierung der Grausamkeit. Er zeigt damit, dass er glaubt, die Kontrolle zu haben.«

Mich grauste kurz. »Sally sagt, sie hätten ein Stimmprofil erstellt.«

»Sie haben nach Stimmen und Tonlagen gesucht, die Sally ähnlich vorkommen. Demnach ist er jung, seine Stimme ist relativ rein und hat eine schwäbische Färbung. Sally ist nämlich kein Dialekt aufgefallen, aber es wäre ihr aufgefallen, wenn die Stimme einen hochdeutschen Klang gehabt hätte.«

»Das hilft uns also nicht wirklich weiter.«

»Nein, gar nicht.« Er ging zurück in die Küche.

Meine Augen kehrten zum Computerbildschirm zurück. Auch bei der Feuerwehr rumorten die Männer. »Während früher ein Bewerber eine 100 kg schwere Leiter ausfahren können musste, genügt es heute, ein Gewicht von 30 kg zu stemmen. Damit sind

Frauen bestenfalls zur Kinderrettung geeignet. Und das, obgleich sowieso kaum eine Frau die Prüfung besteht.« Ein Kilian Feinschmitt hatte daruntergeschrieben: »In Zukunft sollte man sich darauf einstellen, sich selbst zu retten und den Brand selber zu löschen. Wie viel Menschenleben haben Frauen im Feuerwehrdienst wohl schon gekostet, das verschweigt die Propaganda.« Niklas Trulla hatte daruntergeschrieben: »Setz eine Schlampe ans Steuer eines Feuerwehrautos und lass sie rückwärts einparken, das gibt Tote.« Ich kopierte die beiden Namen und setzte sie ins Suchfeld von Tuanas Longlist. Ein Niklas Trulla fand sich ziemlich weit hinten. In einem Facebookpost kurz nach der Kölner Silvesternacht am Bahnhof hatte er geschrieben: »Schlussendlich kriegen die Femifotzen zu spüren wenn sich Männer nehmen, was ihnen gebürt. Semitische Männer lernen uns, dass wir Deutsche dressiert sind von jahrzehnte langer Unterdrückung durch Femiterror.« Diese Äußerung lag mehr als zwei Jahre zurück. Danach war er verstummt. Auch ein guter Kandidat. Kilian Feinschmitt tauchte nicht in Tuanas Listen auf.

Ich kehrte zur Polizeiseite zurück. Sie war Teil einer größeren Testosteronplattform, die Links mit Schlagworten anbot wie ›Babycaust‹, ›Enthauptung der Familie‹, ›Zahlesel‹ und ›Selbstverwirklichungsscheidungen‹.

In cyanfarbenen Lettern stand auf der Startseite: »Der Feminismus basiert auf der Verschwörungstheorie, das Patriarchat sei ein Instrument, die Frau durch Ehe und Familie zu unterdrücken.«

In mir knackste was. »Die nehmen uns alles weg!«

»Was meinst du?« Richard kam mit Gabeln und legte sie auf den Tisch.

»Guck doch! Jetzt sind wir die Verschwörungstheoretikerinnen. Das Patriarchat ist ein Chemtrail am Himmel. Das sagt einem ja der gesunde Menschenverstand.«

»Nur weil das da steht, heißt das doch nicht, dass alle …«

»Aber siehst du das nicht, Richard?« Vielleicht hatte ich heute schon zu viel giftiges Cyan-Gas inhaliert. »Die enteignen uns. Sie nehmen unsere Wörter und drehen sie um. Deine auch, Richard. Der Rechtsstaat, das ist nicht mehr deiner, der jedem Unschuld unterstellt, solange er nicht verurteilt wurde, und der jedem Killer eine anständige Verteidigung garantiert, sondern irgendwas, das vor Migranten schützt und Selbstjustiz erlaubt ...«

In meinem Kopf blitzte etwas weiß auf, aber ich konnte es gerade nicht fassen. Denn jetzt hatte ich meinen Lauf.

»Ein Tabubruch, das ist kein Wagnis der Vernunft mehr, sondern die Selbstermächtigung zur Verleumdung und zum Gebrauch der Naziwörter. Und die Freiheit, die haben sie auch gekapert. Freiheit ist nicht mehr die Freiheit Andersdenkender. Freiheit ist, wenn man die Grenzen dicht macht, Frauen aus den Parlamenten buht und die Medien als Lügenpresse und Staatsfunk abtut. Freiheit ist, wenn man ›me first‹ schreit, Verträge bricht und sich an keine sozialen Vereinbarungen mehr hält.«

»Das ist doch nichts Neues, Lisa. Begriffe wie Freiheit verwendet jeder für seine Zwecke. Deshalb hat der französische Psychoanalytiker Jacques Lacan sie leere Signifikanten genannt. Große Worte sind im Grunde wie Mülltonnen.«

»Aber man kann doch nicht einfach mit guten Worten das Böse sagen. Das geht doch nicht.«

»Wie du siehst, geht es wunderbar.«

»Aber die machen uns damit kaputt. Populismus ist neuerdings kein dummdreistes Stammtischgeschwätz mehr, sondern ein Heldentum. Hörst du nicht die dröhnenden Verbalfurze im Bundestag? Und die Medien schmunzeln darüber mit laschem Du-Du-Zeigefinger. So lustig sind die, dass man sie tagelang auf allen Kanälen wiederholt. Holla, die trauen sich was! Information und Relevanz sind out. Sie feiern den Populismus, denn er verschafft ihnen Quoten. Man dürfe nichts verschweigen, nichts unterdrücken, man müsse die Wahrheit berichten, sagen sie. Von diesen Wahrheiten können sie gar nicht genug kriegen, sie sammeln sie unermüdlich auf der Straße ein, das Hassgebell und Angstgeheul. Die Wahrheit wird als Lüge, die Lüge als Wahrheit präsentiert. Neutrale Berichterstattung, so nennt man heute die Unterlassung des Versuchs, die Lüge durch Fakten zu widerlegen.«

»Ich würde es eher Sparmaßnahme nennen«, sagte Richard.

»Aber wenn die Medien jetzt versagen, dann triumphiert die Zerstörungswut. Aus einer Krawalllaune heraus haben die Briten mal kurz die EU verspielt. Vernunft heißt der Feind. Widerstand ist kein Heldentum für Menschlichkeit mehr, bei dem man sein Leben riskiert. Widerstand heißt, dass Mächte behaupten, sie würden unterdrückt. Politische Korrektheit steht nicht mehr für Sensibilität und Respekt, sondern für Zensur. Einen Unrechtsstaat, so nennt man heute einen Staat, der Frauen fördert und die Menschenwürde schützt. Demokratie bedeutet die Parlamente verspotten. Erneuerung der Demokratie meint eine Diktatur der alten Männer. Und wehrhafte Demokratie, das heißt Frauen an den Herd und Flüchtlinge ins Lager. Ich weiß schon gar nicht mehr, was eine wehrhafte Demokratie eigentlich mal war.«

»Die wehrhafte Demokratie«, antwortete Richard geduldig, »ist eine Verfassung, die sich selbst gegen ihre Feinde wehren kann.«

»Ich sehe ganz deutlich, wie wir uns wehren.«

»Es geht nicht um uns, es geht um unsere demokratische Verfassung, Lisa. Die Idee einer streitbaren Demokratie hat sich während der Nazidiktatur im Exil entwickelt. Man fragte sich, wieso der Widerstand in der Weimarer Republik gegen den Aufstieg der Nazis so gering und so erfolglos war, und wie eine Demokratie beschaffen sein müsste, damit sie sich gegen politische Extreme zur Wehr setzen kann.«

»Und wie muss sie beschaffen sein?«

»Massen lassen sich leicht manipulieren, so die Erkenntnis. Aber eine Elitedemokratie, also eine der gebildeten und zur Verantwortung bereiten Schichten, widerspricht eben auch unserer Idee von Demokratie. Also muss die Verfassung so beschaffen sein, dass unsere Freiheit von Extremisten auch mit demokratischen Mitteln nicht beseitigt werden kann.«

»Aber Freiheit und Demokratie gehören uns doch gar nicht mehr. Wir sind die Terroristinnen. Wir sind die Feindinnen von Freiheit, Vaterland und Demokratie. Die Vernunft wurde vergiftet, Richard.«

»Das wird ihnen nichts nützen, Lisa. Der Witz einer wehrhaften Demokratie ist, dass die Demokratie und ihre wichtigsten Elemente selbst niemals zur Disposition stehen. Keine noch so große Mehrheit, geschweige denn eine laute Minderheit, kann sie aufheben. Zu diesen Grundelementen gehören die Menschenrechte, das Recht jedes Einzelnen auf Leben und Entfaltung, die Gewaltenteilung, die Unabhängigkeit der Gerichte, die Chancengleichheit für alle politischen Parteien, das Recht auf Ausübung der Opposition.«

»Haha! Gestatte, dass ich lache, Richard. Das geht blitzschnell, wie wir in anderen Ländern sehen. Die Verfassungsrichter werden ausgetauscht. Die Vernünftigen sitzen im Gefängnis. Die öffentlich-rechtlichen Medien werden abgeschafft, die Privatsender aufgekauft und gleichgeschaltet.«

»Nein, so einfach geht es eben nicht, Lisa. Wir haben sechzehn Verfassungsrichterinnen und -richter. Die eine Hälfte wird vom Bundesrat gewählt, die andere vom Bundestag. Und zwar für zwölf Jahre und nie alle gleichzeitig. Niemand kann sie schnell mal austauschen.«

So etwas wie Beruhigung wollte den Mantel um mich legen, warm und schwer. Aber ich schüttelte ihn ab.

»Spürst du das nicht auch? Sie kapern unsere Köpfe. Sie hämmern uns ›Genderwahn‹, ›Asyltourismus‹ und ›falsch verstandene Barmherzigkeit‹ ein. Sie sind kreativ, sie sind lustig, sie erfinden Wörter wie ›Fikilant‹, ›Rapfugee‹ oder ›Antiabschiebeindustrie‹. Die poltern durch unsere politischen Debatten.

Gleichzeitig machen sie unsere eigenen Wörter zu Schimpfwörtern. Wie sollen wir ihnen widersprechen, wenn wir keine eigenen Wörter mehr haben? Mit anderen Wörtern vielleicht? Nee! Denn die Wörter, die sie uns nicht wegnehmen können, die merzen sie durch Shitstorms aus. Wer traut sich heute noch, von Willkommenskultur zu sprechen, wer benutzt noch Multikulti oder Interkulturalität? Wer wagt es noch, in ein politisches Programm zu schreiben, wir seien ein weltoffenes Land? Heute kommen wir gerade mal noch verkniffen unseren rechtlichen und humanitären Verpflichtungen nach. Öffnung der Gesellschaft, Bereicherung und Vielfalt sind gestrichen aus den politischen Reden. Und mit den Wörtern verschwinden die Gedanken. Unsere Gefühle von Großmut und Freundschaft verlieren ihr Fundament. Da nützt dir auch dein Grundgesetz nichts mehr.«

»Was ist denn los mit dir, Lisa?«

Ich atmete aus. »Und mit dir? Wie kannst du so ruhig bleiben?«

»Ich sehe durchaus mit Besorgnis, an welchem Scheideweg unsere zivilisierten Gesellschaften stehen.«

»Und was tun wir?«

»Besonnen bleiben, widersprechen, argumentieren. Wir sind die Mehrheit, Lisa. Und solange der Rechtsstaat das Gewaltmonopol nicht an die Straße abgibt ...«

»Aber in Rumänien oder Polen ...«

»Da ist es allerdings umgekehrt.«

»Und wie lange können wir uns halten, wenn das so weitergeht mit der Vergiftung unserer Köpfe? Sie drucken Broschüren, sie verteilen Gratiszeitungen, sie bestimmen, was gedacht wird.« Wieder flatterte kurz ein weißer Zettel durch meinen Hinterkopf. »Sie bezahlen Büros, die Bots wie Heuschrecken durch die sozialen Netzwerke jagen, wo sie jede Knospe der Menschlichkeit wegfressen. Sie müllen uns zu mit ihren Bildern und Parolen. Sie verscheuchen uns von unseren Plätzen mit ihren Aufmärschen.«

»Wir dürfen eben nicht zulassen, dass sie die öffentliche Meinung beeinflussen.« Das klang so vernünftig und zahnlos wie die Ermahnung, die Umwelt zu schützen oder mehr Sport zu treiben.

»Unsere Bequemlichkeit wird siegen, Richard. Vernünftig und gerecht zu sein ist zu anstrengend. Es ist, als hätte die Wissenschaft festgestellt, dass Fast Food und Zucker gesund sind, und sofort ersetzen alle Gemüse und Vollkorn durch Hamburger, Schokoriegel und Limonaden, und dann sitzen sie da und streicheln sich grunzend den Bauch.«

Richard brachte die Teller mit Spaghetti, Tomatensoße, Petersilie und Parmesan. Ich schob meinen Computer beiseite, damit er einen vor mich hinstellen konnte.

Er setzte sich. »'n guten.«

»Hm! Lecker.«

»Trägheit des Herzens«, sinnierte er, Spaghetti aufrollend, »so hat Erich Kästner das Phänomen genannt, 1931 in seinem Roman *Fabian*. ›Wir gehen an der Trägheit unseres Herzens zugrunde.‹«

»Hm-hm-hm.« Ich kaute schon.

»Der Roman beschreibt eine weltpolitische Katastrophenstimmung. Sie spiegelt sich in einer Selbstentehrung der Gesellschaft, in einer um sich greifenden Schäbigkeit. Der Satz fällt, nachdem ein politischer Redakteur eine erfundene Nachricht von vierzehn Toten bei Straßenkämpfen in Kalkutta in eine Lücke auf die Titelseite setzt und sich Fabian darüber aufregt. Denn, so der Redakteur: ›Meldungen, deren Unwahrheit nicht oder erst nach Wochen festgestellt werden kann, sind wahr‹.«

»Wie wahr! Sehr poetisch, die Trägheit des Herzens.«

»Das hat Kästner nicht erfunden. Es war ein gängiger Ausdruck. In den zwanziger Jahren hatte Jakob Wassermann den Bestseller *Caspar Hauser oder Die Trägheit des Herzens* geschrieben. Darin ging es um die Lieblosigkeit und den Egoismus der Menschen im Umgang mit einem schutzbedürftigen Fremdling.«

»Scheint eine Menschheitskonstante zu sein.«

»Aber Kästners Vermutung, dass wir an Lieblosigkeit zugrunde gehen, hat sich als Irrtum erwiesen. Es sind immer die anderen, die zugrunde gehen, die Fremden, die Schwachen, die Heimatlosen, die Kinder und Frauen, die Sündenböcke. Wir, ihre Mörder, überleben.«

Ups. »Wer ist wir, Richard?«

»Die Überlebenden.« Richard war im Grunde seines Herzens ein Pessimist. Als Pietist durchwanderte er ein weltliches Jammertal, in dem auch er nicht anders konnte als schuldig werden. Im Gegensatz zu ihm rannte ich mit einer rosaroten Brille durch die Welt.

»Aber wir … na gut, wir leben, und im Mittelmeer ertrinken sie. Und sie sterben in den Koltan-Minen für unsere Handys und so weiter. Wer gut lebt, lebt immer nur gut auf Kosten anderer. Klar.«

Er lächelte verquer. »Und wenn aus offenen Gesellschaften autoritäre Gesellschaften werden, die sich abschotten wollen, dann ist es für jeden Einzelnen entscheidend, zu wem er gehört, zu den Dominierenden oder zu den Unterlegenen. Die Unterlegenen werden drangsaliert, ausgegrenzt und vernichtet. Die meisten Menschen gehören lieber zu denen, die die Oberhand haben. Also fangen sie beizeiten an, sich die Ansichten der künftigen Sieger anzueignen und zu vertreten. Es ist ein sich selbst verstärkender Prozess.«

»Du meinst, die größte Gefahr steckt in unserem Wir-Gefühl?«

»So könnte man es auch ausdrücken. Wenn sich Brutalität etabliert, verbale und tatsächliche, dann setzt eine Fluchtbewegung ins Wir-Gefühl ein.«

»Und wir, die künftigen Opfer, wir müssen in den Widerstand gehen.«

»Das ist ziemlich unbequem im Alltag. Man verliert alles.«

Machte er sich etwa Sorgen um seinen Posten? Spürte er im Justizapparat bereits die Wirkungen des gesunden Menschenverstands? Oder lag es daran, dass im Erinnerungsapparat seiner Generation das Entsetzen darüber nachwirkte, wie ein freies und offenes Hochkulturvolk vollständig Führern hatte verfallen können, die Ausgrenzung und Massenmord zur industriellen Perfektion getrieben hatten? Egal jetzt. »Wir müssen heute nur einen einzigen Massenmörder finden, bevor es Tote gibt. Jahrmarkt sitzt in Polizeigewahrsam. Der ist es doch, den ihr festgenommen habt?«

Richard nickte.

»Was wird aus ihm?«

»Gegen ihn wird Anklage erhoben wegen Störung des öffentlichen Friedens. Vermutlich wird er noch heute wieder auf freien Fuß gesetzt. Bei der Hausdurchsuchung wurde nichts gefunden, was darauf hindeutet, dass er einen Anschlag hätte durchführen können oder auch nur geplant hat.«

»Und was ist mit Jasper Schwuchti?«

»Wurde nicht zu Hause angetroffen. Er soll am Wochenende in eine Auseinandersetzung in Schwäbisch Gmünd mit Syrern und Irakern verwickelt gewesen sein und mit lebensbedrohlichen Verletzungen durch Messerstiche im Krankenhaus liegen. Wir prüfen das gerade.«

»Und von dem SWR-Anrufer habt ihr keine Spur, wirklich keine? Unfrens gibt es doch nicht so viele, und wenn Tuana Internetdaten auswerten kann, könnt ihr das doch auch.«

»Was glaubst du, was wir den ganzen Tag machen? Mittlerweile dürften allein aufgrund von Internetauswertungen an die dreihundert Personen überprüft worden sein. Vielleicht ist es auch einer, der sich gar nicht im Internet herumtreibt.«

Ich seufzte und nudelte die Nudeln. »Dann haben wir keine Chance.«

Im Netz konnte man jeden treffen, sobald man nach ihm suchte. Es war dazu gemacht, Menschen und Aufenthaltsorte zu bündeln und mit Zielen zu verbinden. Und bei jedem Weg durchs Netz gab man Vibrationen überallhin weiter. Jeder konnte jeden verfolgen, man konnte ihn dabei sogar lenken. Die Straße aber vibrierte nicht, sie gab keine Signale weiter, der

Asphalt konservierte auch keine Spuren. Wer ein Attentat plante, sollte das Netz meiden. Aber ging das überhaupt noch?

»Wo hat man sich früher eigentlich eine Waffe besorgt, als es noch kein Darknet gab?«

»Man ist ins Rotlichtmilieu gegangen.«

»Und wie hat die Polizei das gemacht, als es noch kein Internet gab?«

»So wie heute immer noch. Verbrecherkarteien durchsuchen, V-Männer in einschlägigen Milieus fragen … Und nicht zu vergessen die Hinweise aus der Bevölkerung. Wir gehen unzähligen nach.«

»Ach, die gibt es auch?«

»Du glaubst gar nicht, wie sehr die Leute ihren Nachbarn misstrauen.«

»Stimmt, es ist immer der nette Nachbarssohn, von dem man es nie gedacht hätte, weil er bei der freiwilligen Feuerwehr ist und eine reizende Freundin hat.« Wie konnte man so einen aufspüren? Ich wusste, ich fühlte es körperlich, er befand sich irgendwo im Kessel, er traf letzte Vorbereitungen, ging irgendein Treppenhaus hinunter, trat auf die Straße. Aber wie auf ihn stoßen in dieser Stadt, die so groß gar nicht war, aber viel zu groß, wenn man einen unter tausenden Männern treffen musste, die auf den Straßen unterwegs waren in Autos, zu Fuß, auf Fahrrädern, in Straßenbahnen? Und wie ihn erkennen? An schwarzer Kleidung, an einem Rucksack? An seinem ausweichenden Blick, an einer Mikromimik des Bösen, dem kurzen Abwärtszucken eines Mundwinkels?

»Die Frauentagsdemo ist geschützt«, überlegte ich. »Er hat selber dafür gesorgt. Also muss er woanders hingehen, wo viele Frauen sind, aber keine Polizei.«

Dem widersprach Richard nicht.

»Wo sind nur Frauen, aber nie Polizisten?« Ich fand gleich die Antwort: »Im Sarah zum Beispiel.«

»Aber kennt so einer sich in der feministischen Subkultur aus?«

»Subkultur? Werdet ihr das irgendwann lernen? Wir sind keine Subkultur, wir sind die zweite Welt. Wir sind der Kulturkampf, in dem sich Wohl und Wehe der Welt entscheiden.«

Richard blinzelte um meinen Angriff herum. Er wusste, dass ich dazu neigte, zu kreischen, wenn er meine Kampfemanzensicht auf seine Welt infrage stellte.

»Das Sarah ist klein«, gab er zu bedenken. »Er würde dort nur wenige Opfer finden. Zumal ja sicher alle draußen bei der Demo sein werden.«

»Auch wieder wahr.«

So kamen wir nicht weiter. Schluss mit der Schreibtischarbeit! Ich stand auf und ging in die Küche, stellte einen Becher in den Kaffeeautomaten und drückte auf den Knopf. Das Gerät heizte auf.

Vom Küchenfenster aus konnte ich auf die Stadtbahnhaltestelle schauen. Auf dem Hochbahnsteig warteten nicht viele, aber die Stadtbahn, die von Cannstatt her kam, war fast so voll wie zu Volksfestzeiten oder zum Frühlingsfest. Hauptsächlich Frauen. Sie trugen keine Dirndl, aber eine hatte, wie ich zu erkennen meinte, ein zusammengerolltes Transparent dabei. Jetzt schon? Bis zur Demo waren es doch noch gut drei Stunden.

»Mist!«, hörte ich Richard hinter mir sagen. Er hatte sein Telefon in der Hand. »Das Verwaltungsgericht hat das Verbot des Frauenmarschs der PGM aufgehoben.«

»Tja, Demonstrationsfreiheit ist halt ein hohes Gut.«

»Hoffentlich revidiert das OVG die Entscheidung.« Er holte die Teller, trug sie in die Küche, stellte sie in die Spüle, ging wieder hinaus und zog sich das Jackett an. »Ich muss los.«

Da endlich fiel mir ein, was mir die ganze Zeit weiß durch den Kopf geflattert war, ohne dass ich es hatte einfangen können. Ich lief zum Haken neben der Tür und griff tief in meinen Parka.

Cipión hob den Kopf.

»Fast hätte ich es vergessen, Richard. Das ist vorhin Volker

Levin aus der Aktentasche gefallen, als er uns seinen Flyer aufdrängte. Vielleicht kannst du etwas damit anfangen.«

Er nahm das Papier und warf einen Blick darauf. Mildes Interesse, dann leichte Verblüffung erschienen auf seinem Gesicht. Als er sich an der Tür mir noch einmal zuwandte, blitzte bereits Jagdlust in seinen Augen. »Ich weiß noch nicht, ob ich zur Demo kommen kann.«

»Alles klar.«

Dann war er weg.

Cipión legte den Kopf wieder auf seine Vorderpfoten und machte die Augen zu. Und ich jetzt?

14:35 Uhr

Der Automat presste die Brühe in meinen Becher und mein Handy machte Pling. Es war Tuana. »Kann ich raufkommen?«

»Ja.« Hatte sie etwa mit Lauscheohren abgewartet, bis Richard die Treppe runterging? Ich nahm den vollen Kaffeebecher, schlürfte einen ersten heißen Schluck, ging zur Wohnungstür, öffnete sie und lauschte ins Treppenhaus. Es war keine sich unter mir öffnende und schließende Haustür zu hören. Ich ließ die Tür angelehnt und setzte mich an den Tisch zum Computer.

Das Fernsehprogramm war zur üblichen Nachmittagsshow-Unterhaltung weitergewandert. Nur in den Nachrichtensendern sah man noch den Stuttgarter Fernsehturm, Ausschnitte aus der Pressekonferenz und auf dem Schlossplatz, entweder mit den Säulen des Königsbaus oder mit Polizeifahrzeugen auf dem Ehrenhof des Neuen Schlosses als Hintergrund, Reporterinnen oder Reporter, die den Mangel an Neuigkeiten verwalteten. »… heute Morgen wie berichtet …«, »… eine Festnahme …«, »… keine Entwarnung …«, »… islamistischer Hintergrund ausgeschlossen …«, »… mit zahlreichen Einsatzkräften vor Ort …«, »… von dem wir alle hoffen …« Das mediale Lauern auf eine

Katastrophe, die »Gott sei Dank« zur Enttäuschung aller doch nicht eingetreten sein würde, wenn der Nachrichtentag zu Ende war.

Tuana schwebte herein. Sie brachte einen Teller Baklava mit. »Ich soll herzlich von meiner Mutter grüßen.«

»Danke.«

Cipión stand auf, mehr aus Höflichkeit, und schnüffelte mit einem kurzen Schwanzwedeln den Saum ihrer Abaya ab. Dann tappte er zu seinem Platz an der Heizung zurück. Tuana stellte den Teller mit den in Honigwasser schwimmenden Blätterteig-Nuss-Türmchen auf meinem Tisch ab. Ich klebte meine Finger dran. »Hm!«

»Meine Mutter kauft die immer, obwohl sie sie selbst gar nicht isst, wegen der Figur. Sie denkt, mein Vater und ich mögen die.«

»Wir haben, was Frauen lieben«, tönte der Fernseher. Zu sehen waren Waschmaschinen, Küchen und Klobürsten. »Unser Rabatt zum Frauentag, sieben Prozent.« Ich zappte mit der nicht klebenden Hand schnell weg. Ein öffentlich-rechtliches Minderheitenprogramm brachte eine Reportage über erfolgreiche Frauen mit Kameraschwenk über eine Industrieanlage.

»Auch einen Kaffee?«, fragte ich.

»Nein danke.«

»Tee?«

»Ich habe schon Tee getrunken.«

»Muss ich dich extra zum Setzen auffordern? Gebietet das die Höflichkeit?«

Tuana lächelte und setzte sich schmal aufs große Sofa. So hatte sie den Fernseher direkt im Blick. Eine dezent geschminkte Dame mit blond gefärbtem Haar offenbarte im Großformat Lachfalten und Krähenfüße. »Eine Quotenfrau will niemand sein«, behauptete sie. »Daher ist ein Umdenken auf allen Seiten erforderlich. Auch Frauen selbst müssen sich mehr zutrauen.«

»Denk nicht mal daran!«, sagte ich. Tuana schaute mich an. Ihr klarer Blick verwirrte mich. Nee, nee, die doch nicht, die wollte nichts von mir, so eine vergaffte sich nicht in mich. Blödsinn! »Ich meine, dass die Tussi recht haben könnte.«

»Ich würde auch lieber nach meiner Leistung beurteilt werden«, sagte Tuana.

»Niemand wird im Karrieredschungel nach seiner Leistung beurteilt, am allerwenigsten Männer. Die werden was, weil sie miteinander Bier trinken und in den Puff gehen. Und Frauen kriegen auch mal einen Posten, wenn sie blond und nett sind. Den anderen aber, den Hässlichen, den Eigenwilligen, den Kurzhaarigen, den Nichtmännern, denen hilft nur die Quote.«

Tuana senkte den Blick auf ihre Hände, die im Schoß ihres Gewandes lagen. Ich holte tief Luft, atmete aus und fuhr meine Frauenkampfangriffslust runter. Beschmeiß die Jugend nicht mit deinen Erfahrungen, die sie, wenn sie zehn oder zwanzig Jahre weiter ist, gar nicht machen wird. Sondern andere.

»Sorry, Tuana. Vergiss, was ich gesagt habe.«

»Wieso? Ich kann doch was lernen.«

»Aber woher weißt du, dass meine Anschauungen richtig sind?«

Sie überlegte. Dann wieder der klare junge Blick, der mich alt und unsicher machte. »Es klingt vernünftig, was du sagst.«

»Ach herrje, vernünftig?«

»Dann eben glaubwürdig.«

»Wieso glaubwürdig?«

»Ich kann es nachvollziehen.«

»Aber wir tun doch in diesen Zeiten alle miteinander nichts anderes, als uns gegenseitig mit Wahrheitsbehauptungen zu bewerfen. Die eigene beschränkte Erfahrung wird zum Beweis des allgemeinen Zustands. So oder so. Die einen sagen, Männer bestimmen alles. Die anderen sagen, Frauen lassen Männer nicht zu Wort kommen.«

»In der Küche vielleicht, aber sonst überall reden Männer mehr und länger und bestimmen die Themen.«

»Tatsächlich?«

»Es gibt Untersuchungen. Wir haben das behandelt. Im Unterricht kommen Jungs öfter dran als Mädchen, sie stören mehr, sie reden länger. Sie wollen bestimmen, wie der Unterricht verläuft. Die Mädchen gleichen das aus, sie sind fleißig und zuverlässig und helfen dem Lehrer.«

»Aber die Jungs, die sind doch die Verlierer unseres Bildungssystems, heißt es immer, sie sind schlechter ...« Ich leckte meine klebrigen Finger ab.

»Weil man es im Grunde von ihnen erwartet. In der Schule werden die Genderrollen ausgebildet. Das ist der heimliche Lehrplan, so nennt man das. Ein richtiger Junge ist laut, bleibt mal sitzen, findet Deutsch blöd, redet Scheiß heraus, lehnt sich auf. Ein Mädchen nicht. Das macht mit und redet erst, wenn es glaubt, dass es was Richtiges sagt, vor allem in Mathe.«

»Siehste, da kann ich jetzt von dir was lernen.«

Sie lächelte durchaus erfreut. »In der Mittelstufe hatte ich einen Mathelehrer, der konnte sich nicht vorstellen, dass ich das kann. Bei der ersten Eins hat er gemeint, ich hätte wohl die Aufgaben vorher gekannt. Ich habe aber immer weiter Einsen geschrieben. Im Mündlichen hat er mir dann eine Drei gegeben. Drangenommen hat er mich aber fast nie, und wenn, dann hat er es als Zufall abgetan, wenn ich was Richtiges gesagt habe.«

»Krass!«

Sie zuckte mit den Achseln. »Ich war halt das Türkenmädchen.«

»Oder er ein Frauenfeind.«

»Nicht mal. Klassenbeste war ein Mädchen ohne Mihigru, die Tochter eines Richters. Ihr hat er im Mündlichen eine Eins gegeben.«

Und also hatte sie sich den Hidschab um Kopf und Hals geschlungen. Wenn emsiges Deutschsein nichts half, sollten die eben ihr Türkenmädchen kriegen. Dann wusste sie wenigstens, warum man sie anders behandelte.

»Jetzt habe ich einen anderen Mathelehrer. Der ist nicht so.«

»Gut.«

»Und ich habe für mich beschlossen, dass ich nicht mehr darüber nachdenke, ob mich jemand ungerecht behandelt und warum. Das macht dunkle Gedanken, es tut mir nicht gut, und es ändert nichts.«

»Oje, Tuana! Wie furchtbar!«

»Wieso? Das ist vernünftig.«

Der Fernsehbildschirm füllte sich mit dem Gemälde einer liegenden nackten Frau mit orangefarbener Haut, voluminösem Becken, neckisch unter den Kopf geschlagenem Arm und herausforderndem Schlafzimmerblick. Ich hatte das weiße Kopfkissen, das Gesichtchen mit den halb gesenkten Augenlidern, die fest auf dem schmalen Oberkörper sitzenden Brüste, die Achselhöhle und das lockende Dreieck mit dem Schamhaar noch nicht ganz erfasst, da verschwand das Bild, und man sah eine leere Museumswand. »Die Angst geht um in den Museen dieser Welt, die Angst vor dem Feminismus«, sagte eine Männerstimme aus dem Off. Eine ältere Frau erschien vor der leeren Wand. »Das Gemälde von Modigliani stellt den weiblichen Körper als dekorative Form dar. Wir wollen diese Phantasie anfechten. Deshalb haben wir das Bild heute zum Frauentag abgehängt. Wir fordern Besucherinnen und Besucher auf, uns auf diesen Zetteln ihre Meinung zu sagen, ob so ein Bild in ein Museum gehört.« In den Feuilletons herrschte bereits Alarmzustand. »Ein erstes Gemälde ist Opfer der Sexismusdebatte geworden.« – »MeToo ist der neue Kalte Krieg. Der Safe-Space-Feminismus aus den Genderküchen der Universitäten hat eine Hysterie entfacht, die über die Leichen aller Wertmaßstäbe geht.« – »Erst hängen sie die Bilder ab, dann die Freiheit an den Nagel.« Dazu das Bild eines Drohnenflugs über die Stuttgarter Staatsgalerie.

Tuana saß aufrecht auf dem Sofa und schaute zu wie ein Kind, das daheim nur selten fernsehen durfte.

»Was denkst du?«, fragte ich.

Sie schrak zusammen und schaute hoch. »Worüber?«

»Was denkst du, wenn du die nackte Frau siehst? Ist das Kunst oder muss das weg?«

Sie lächelte. »Bei uns im Islam gab es früher auch Bilder. Der Kur'an verbietet nicht das menschliche Abbild, sondern nur die Götzenanbetung.«

»Das war nicht meine Frage.« Ich setzte mich neben sie aufs Sofa. Die eigentliche Frage, die mir im Kopf herumrumpelte, war, wie lange sie den Hidschab eigentlich noch tragen wollte. »Anders gefragt … ich darf dich doch fragen?«

»Ja.« Sie lehnte sich an mich, sie rutschte förmlich unter meinen Arm, den ich über ihre Schulter legte. Sie duftete nach Apfel und Amber. Ich versuchte, nichts zu denken und meine Frage wiederzufinden. »Wo siehst du dich in zwanzig Jahren?«

»Ich weiß nicht, wo ich dann bin.«

»Nein, ich meine: Wenn du dir einen Tag in zwanzig Jahren ausmalst, wie sieht der aus? Wo lebst du, hast du einen Mann, hast du Kinder?«

Ihr Kopf schüttelte sich an meiner Schulter. »Ich weiß nicht.«

»Doch, du weißt es. Irgendwas hast du dir sicher schon vorgestellt, wenn du allein im Bett liegst und so vor dich hin träumst.«

»Ach so, das meinst du. Ja, manchmal stelle ich mir vor … Aber du darfst nicht lachen!«

»Mach ich nicht.«

»Ich stelle mir vor, ich stehe in einem großen Hörsaal, ich unterrichte, ich bin Professorin für Medizin oder Mathematik. Alle hören mir zu. Wenn ich nach der Vorlesung aus dem Unigebäude hinausgehe, dann ist da eine große Freitreppe mit einem weiten Platz mit Bäumen und Springbrunnen. Die Sonne scheint, die Menschen lächeln. Am Fuß der Treppe warten meine Freundinnen auf mich, sie sind Wissenschaftlerinnen oder Geschäftsfrauen oder Politikerinnen. Wir gehen zusammen irgendwohin, in unsere Wohnung, wir unterhalten uns, wir diskutieren unsere Forschungen …«

»Klingt wunderschön.«

Sie kuschelte sich an mich. Ich spürte ihre junge feste Brust an meiner. »Lisa, darf ich dich mal was fragen?«

Och nö, jetzt nicht die Frage, ob ich lesbisch bin. Ich bin verheiratet, junge Frau. Und von meinen Eskapaden weißt du nichts.

»Was willst du wissen?«

»Ist das … ist das schlimm, wenn ich …?«

»Was?«

»… wenn ich mir nie vorstelle, wie das mit einem Mann ist? Ich glaube, Sex interessiert mich nicht.«

Jetzt nicht lachen! »Keine Sorge, Sex drängelt sich vor, wenn es so weit ist, dafür muss man sich nicht interessieren.«

»Aber ich … ich habe mich noch nie in einen Jungen verliebt. In ein Mädchen auch nicht. Das ist doch nicht normal.«

»Was ist schon normal?«

»Manchmal denke ich, ich habe es in mir abgetötet, weil … na ja, weil wir vor der Ehe keine Intimität mit anderen haben dürfen.«

»Das ist grottiger Patriarchatsgehorsam. Entschuldige, aber nur Männer haben ein Interesse daran, dass Frauen nicht mit anderen Männern schlafen. Sie wollen sicherstellen, dass die Kinder von ihnen sind.«

»Frauen haben auch ein Interesse daran, denke ich. Sie wollen nicht, dass ihre Männer eine Geliebte haben.«

»Das allerdings ist euren Männern ja nun ziemlich egal. Sie dürfen vier Frauen haben.«

»Das ist verboten.«

»Ja, hier schon.«

»In der Türkei auch.«

»Wirklich?«

»Leider gibt es immer noch Imam-Ehen. Die schließt man

ohne Trauschein, nur mit einem Imam. Viele Männer machen ihre Geliebten zur Zweitfrau, dann ist es keine Unzucht. Meine Mutter hat erzählt, dass es in dem Dorf, wo sie herkommt, ständig Zweitehen gab. Und alle Ehen waren Zwangsehen. Meine Mutter hat gesagt, bei ihr im Dorf haben die Mädchen nicht von Liebe geträumt.«

»Und deshalb träumst du auch nicht von Liebe?«

Sie blickte zu mir auf. »Glaubst du?«

»Könnte doch sein.« Ihr Mund war zum Küssen nahe.

»Aber meine Eltern lieben sich, glaube ich. Mein Vater verbietet meiner Mutter nichts. Er hilft auch im Haushalt, er kocht manchmal, er räumt die Spülmaschine ein. Das wär doch ein gutes Vorbild. Aber immer, wenn ich bei meinen Mitschülerinnen ohne Mihigru sehe, was für ein Stress das ist, wenn sie sich verliebt haben, dann denke ich, das ist nichts für mich. Du kannst nichts mehr tun, ohne dich zu fragen, wie dein Freund das findet.«

»Da hast du die Antwort, Tuana. Du willst unabhängig bleiben. Das ist in Ordnung. Und nebenbei: Zum Sex braucht frau keine feste Beziehung. Sex geht sogar alleine.«

Sie schwieg.

»Darf man das im Islam?«, fragte ich.

Es blieb still an meiner Schulter.

»Ich meine, sich selbst befriedigen?«

»Oh«, sie lachte kurz. »Im Kur'an wird das nicht erwähnt.«

»Na, dann könnt ihr wenigstens ein bisschen üben, damit ihr auch wisst, was Lust ist, wenn es zur Sache geht.«

»Hm.«

Ein Handy machte Pling. Meines war es nicht. Tuana richtete sich auf.

Ich brachte meinen leer getrunkenen Kaffeebecher in die Küche, hielt meine Klebefinger unter den Wasserhahn und machte das Küchenfenster weit auf, um den Tomatensoßengeruch zu vertreiben. Stadtgeräusche wehten herein, Autostarts, ein paar Stimmen, Gelächter vom Hochbahnsteig, wo zwei junge Frauen warteten.

In der Spüle standen die Teller, der Topf und die Pfanne. Ich tat, was ich nie tat, ich spülte, schlampig zwar, aber ich tat es. Während ich Richards Arbeit machte, führten negative Gedanken das große Wort in meinem Kopf. Das war immer so, wenn ich spülte, saugte, wischte, den Badezimmerspiegel polierte. Als ob die niederen Tätigkeiten, die gemacht werden mussten, meist von Frauen, keinen anderen Echoraum im Gehirn fanden als den niederer Empfindungen. Immer ich! Wieso ich? Warum komme ich einfach nicht weiter? Wieso bin ich in mir auf die Welt gekommen? Nie kriege ich etwas wirklich sauber gebacken. Alles entgleitet mir. Nur Dummschwätzen, das kann ich. Das reicht aber nicht. Diesen Tatütata werden wir nicht finden. Weil wir nichts haben, wovon wir ausgehen können. Denn es ist noch nichts passiert. Wir suchen im Spurlosen nach Spuren. Es ist alles wieder einmal eine grandiose Nerz'sche Fiktion, ein Tagtraum, ein gigantischer Infantilismus. Tri-tra-trullala, das Kasperle ist wieder da …

»Tri-tra-trullala!«

Das kam von draußen.

»Ich sage Hey, hey, tri-tra-tütata …«

Ich hechtete zum Fenster und schaute hinunter. »… Gevatter, ah, ah!« Meine Augen hasteten über die Stadtbahnhaltestelle: ein junger Mann im Mantel, ein Älterer in Wetterjacke, die beiden jungen Frauen. Drei Stockwerke unter mir auf dem Gehweg schoben sich Köpfe entlang, unter denen Füße hervorkamen. Ein grauer Schopf über einer bunten Jacke, eine Frau, die ein

Fahrrad schob, und da, eine schwarze Kapuze. Der Körper darunter tänzelte fast, die rechte Hand war in der Luft.

Ich raste in den Salon, Cipión sprang auf, und griff mir Handy und Schlüssel, »Nein, du bleibst da!«, riss die Wohnungstür auf, rief Tuana zu: »Bin gleich wieder da!«, und stürzte ins Treppenhaus. Jede Kehre an einer Wohnungstür ein Atemzug Privatgeruch, Rasierwasser, Koriander, Kohlrouladen. Unten der Kellerdunst aus feuchten Pappkartons und Reifen. Tür auf, raus auf die Straße. Ein Wind pfiff: »Ti-ta-töten.« Nein, das bildete ich mir nur ein.

Die schwarze Kapuze war, wenn ich mich recht erinnerte, nach rechts gegangen. Aber dann hätte ich ihn auf dem Gehweg noch sehen müssen. Doch da war nur die Frau, die das Fahrrad schob.

Soeben fuhr die Stadtbahn ein. Keine Zeit, auf Grün zu warten. Ein Auto hupte, ich sprintete rüber und ums Geländer herum, die Rampe rauf. Der Mann im Mantel und die beiden jungen Frauen traten auf die Bahn zu, die ihre Türen geöffnet hatte. Keine schwarze Kapuze. War der Typ schon drin? Oder war er auf die andere Seite der Haltestelle gegangen, um stadtwärts zu fahren? Der gelbe Waggon versperrte mir den Blick auf den Bahnsteig gegenüber.

Ich musste mich entscheiden, und zwar genau jetzt: rein oder nicht? Selbst die kurze Sekunde reichte, damit der Gegenfilm ablief: Ich in der Bahn, sie fuhr los, und ich sah auf dem Bahnsteig gegenüber die Kapuze zurückbleiben. Oder: Ich blieb draußen und sah in der losfahrenden Bahn den Burschen auf einen Sitzplatz fallen. Etwas zögerte in mir. Die Bahn fuhr los und bog, über die Weichen rumpelnd, um die Ecke in die Hackstraße ein, die in den Stuttgarter Osten führte. Auf der anderen Seite des Bahnsteigs stand kein Bursche mit schwarzer Kapuze überm Kopf. Okay, das hast du heute auch versiebt.

Was hätte ich auch mit ihm anfangen sollen? Ihn festhalten? Die Polizei rufen und von ihr verlangen, dass sie einen jungen

Mann überprüfte, den ich Tri-tra-trullala hatte trällern hören, obgleich ich im dritten Stock hoch über der Straße Geschirr spülte? Das kam mir jetzt wie ein Spuk vor. Ich atmete tief die kalte Luft ein und schlenderte den Bahnsteig entlang. Den Schlüssel steckte ich in die Seitentasche meiner Kargohosen, das Telefon behielt ich in der Hand. Es war frostig, so im Sweater ohne Jacke.

Der Bahnsteig endete mit einer Rampe am Fußgängerüberweg an der Asphaltfläche, die sich die Bahnlinien mit einem nie ganz versiegenden Autoverkehr teilten, der aus dem Westen kam und in den Osten wollte.

Aber da war er doch! Er kam aus der Tür des Metzgers an der Ecke. Die Kapuze verdeckte sein Gesicht. Ich sah das Kinn und einen Mund. Weiße Kabel von Kopfhörern verschwanden in einer braun karierten Workwear-Jacke. Er trug schwarze Röhrenjeans und weiße Vans. Nur das Rot der Fußgängerampel trennte mich von ihm.

Wie eine Sandbank in der Innenkehre eines Flusses hatte sich hier der Stöckachplatz gebildet. Hinter rot-weißen Geländerstangen drängten sich Gebüsch, vier Bäume, ein Kiosk und ein Parkplatz mit Ein- und Ausfahrt. Fußgänger und Radfahrer kürzten über einen Gehweg entlang der Hauswand ab. In diesen Weg zwischen Baum und Haus bog die schwarze Kapuze ein. Einen Atemzug später war er aus meinem Blickfeld verschwunden.

Die Autos starteten gerade. Ganz ruhig! Trullala wird sich nicht in Luft auflösen. Dennoch rannte ich los, sobald sich eine Lücke ergab. Das rot-weiße Systemgeländer verbot mir eine schräge Abkürzung. Beinahe wäre ich an den Stufen des Metzgers gestolpert. Eine Frau mit Kinderwagen kam mir entgegen. Ich zwängte mich seitwärts hüpfend zwischen ihr und dem Schaufenster der Fleisch- und Wurst-Spezialitäten hindurch. »Tschuldigung!« Sie lächelte. Dann wäre ich fast an einer Lochblechverblendung des Kellerfensters auf Bodenhöhe hängen geblieben. Ich stürmte raus auf die Asphaltfläche, die den Parkplatz mit der Werastraße vereinigte.

Ja, verfickt! Wo war der jetzt wieder? Die Werastraße führte steil und gerade hinauf in Wohngebiete. Da hätte ich ihn sehen müssen. Beim Kiosk war er nicht. Auch die Hackstraße ging er nicht hoch. Da fiel mir der Bäcker auf der Ecke ins Auge, auch ein Hafendörfer. »Sonntagsverkauf von 8:00 bis 11:00 Uhr von Backwaren.« Richard holte dort morgens die Brötchen. Durch die Eingangstür sah ich Leute. Der letzte in der Schlange trug eine braun karierte Workwear-Jacke und eine schwarze Kapuze.

Ausatmen, nachdenken. Mein Telefon hatte ich in der Hand. Ich weckte es und gab Tri-tra-trullala in die Suchmaschine ein. Abgesehen vom »Tri-tra-trullala, das Kasperle ist wieder da« gab es ein Lied der Neuen Deutschen Welle aus den Achtzigern. Viel Metall und Wortgehämmer: »Ich bin euer Herbergsvater, ö, ö, ich bin euer Herbergsvater, ö, ö …« Von Tri-tra-trullala hörte ich in dem Cut nichts. Man hätte es aber auf den Beat draufsingen können. Auf der B-Seite der Maxisingle hatte sich einst ein Lied befunden mit dem Titel »Ich bin der deutsche Neger«. Das endete so: »Ich brauch den Ruck-Zuck, um meinen Trieb zu lenken. Das Huhn macht Tuck-Tuck, um uns ein Ei zu schenken. Ich bin der deutsche Neger, ah – uh, sassa – ah …« Joah! Das war reinster und feinster Spott auf Autorität und Establishment.

Ich nahm davon Abstand, Richard gleich eine Alarm-Nachricht zu schicken. In der Bäckerei reichte eine Dame der schwarzen Kapuze eine Tüte über die Theke. Der junge Mann bezahlte und steckte den Geldbeutel zurück in die Gesäßtasche seiner schwarzen Jeans, drehte sich dabei um und kam zur Tür. Diesmal sah ich sein Gesicht: schmal, eckig und picklig wie das eines Teenagers. Seine Augen waren dunkel, sie schauten nicht in die Welt hinaus, sie guckten nach unten, an Menschen vorbei, auch an mir.

Ich gab mich aufs Telefon konzentriert, startete die Kamera, kippte das Handy senkrecht, machte ein Foto und kippte das Handy wieder zurück. Hatte er es bemerkt?

Er bog, die Bäckertüte in seine Umhängetasche steckend, auf den Gehweg ein und begann zügig den Aufstieg ins Wohngebiet. Er war so einer, der bei jedem Schritt über die Zehen wippte. Bei mir im Dorf hatten wir auch so einen gehabt. Er hatte alleine gespielt, im Hof auf und ab laufend, versunken in gestenreichen Diskussionen zwischen sich und sich, verwickelt in Gefechte, Sieger und Besiegter in einem. Mit uns hatte er nicht spielen wollen.

Ich ließ ihm Vorsprung. Mein Foto war halbwegs was geworden. Ich hatte nicht nur Jacke und Tasche drauf, sondern auch ein Gesicht. Nur scharf hatte die Automatik der Handykamera es nicht bekommen in der kurzen Zeit. Für biometrische Daten reichte es vermutlich.

Der Bursche hatte ein ordentliches Tempo drauf, wie einer, der diesen Weg täglich ging. Mir wurde warm. Die Straße war lang und noch nicht halb bewältigt, als mein Telefon sich meldete. Tuana hatte mir eine Nachricht geschrieben. »Sosan will sich mit mir im Kaiserbau treffen. Ihre Mutter ist zum Yoga. Ihr Bruder Zigaretten holen. Ich fahr los.«

»Bring sie woandershin und melde dich«, antwortete ich ihr. »Ich komme nach, sobald ich kann.«

»Okay.«

»Ich folge einem verdächtigen Typen.«

Ein Daumenhoch-Zeichen plingte auf.

»Ist aber wohl nichts«, antwortete ich.

Darauf reagierte sie nicht mehr.

Als ich hochblickte, war die Kapuze verschwunden. Ich rannte los. Die Straße kippte bergab und kreuzte eine, die von links oben kam. Über die Stuttgarter Hänge waren die Straßen zwischen den Wohnblöcken netzförmig ausgelegt, verliefen schräg bergan, gequert von anderen, die schräg nach unten führten. Sie trafen sich in spitzen Winkeln. Eine eigenartige Verlassenheit und Stille lag über den Häusern und geparkten Autos. Kein Mensch war zu sehen. Zu steil alles. Wenn der junge Mann dennoch zu Fuß unterwegs war, besaß er wohl kein Auto, womöglich nicht einmal einen Führerschein, und war minderjährig und nicht geschäftsfähig. Er konnte sich Musiktitel für ein paar Cent aufs Handy laden, aber keine Waffen oder Chemikalien besorgen.

Es hatte keinen Sinn, ihm weiter zu folgen. Andererseits, wer auf dem Heimweg beim Metzger und Bäcker einkaufte, lebte allein. Mithin war er volljährig und hatte vielleicht die Wohnung voller Sprengstoff. Also weiter.

Ich überquerte die Kreuzung und sah ihn wieder, weit oben, gerade noch rechtzeitig, bevor er links im Hang verschwand. Ich rannte. Er hatte die Staffel zur Schützenstraße hoch genommen. Jessas! Ich rang mir die Stufen aus den Beinen. Die Treppe wollte nicht aufhören. Endlich stand ich keuchend auf einer schmalen Straße, die von links oben nach rechts unten sauste, gesäumt von kahlen Bäumen oberhalb der Dachkanten der Häuser im Hang.

Nach rechts runter würde er sich nicht gewandt haben, dann hätte er nämlich auch die Werastraße weiter hochgehen können. Also nach links rauf. Die Straße schmiegte sich in leichtem Bogen an den Hang. Lange war ich allein mit einem Geländer, Gestrüpp, Bäumen und geparkten Autos. Ins diffuse Rauschen der Stadt mischten sich vereinzelte Stimmen von Kohlmeisen und mein Keuchen. Lange Treppen gingen zu den Häusern hinab. Ein Kind und eine Frau kamen auf der anderen Straßenseite auf Fahrrädern den schmalen Gehweg herunter. Das Kinderfahrrad wackelte, der Junge klammerte sich an die Griffe des Lenkers, die Augen weit aufgerissen. »Bremsen!«, rief die Frau dem Kind zu. »Du musst bremsen!« Ich hörte das Auto hinter mir hochkommen, viel zu hochtourig, zu schnell. Nein, nicht jetzt!

Denn beinahe hätte ich ihn übersehen. Der Mann mit Kapuze war die Treppe zu einem der Häuser hinuntergelaufen. Eben streckte er den Finger nach einem Klingelknopf aus. Ich hob das Handy und machte ein Foto, ging weiter und suchte Sichtschutz hinter einem Busch am Geländer. Die Tür ging auf, und der junge Mann verschwand im Haus.

Auf der anderen Straßenseite stand der Bub neben seinem Fahrrad und plärrte. Er war nicht vors Autos, sondern gegen die Hangmauer gerasselt. Adrenalin pulsierte durch meine Adern. Das hätte ich auch vermasselt.

15:21 Uhr

Auf meinem Foto war zu erkennen, dass der junge Mann den Finger auf den linken unteren von drei Paar Klingelknöpfen gelegt hatte. Das Lisa-Nerz-Repertoire sah zwei Handlungsoptionen für mich vor: nach Hause gehen oder bei wildfremden Leuten klingeln. Und wenn ich mit mir identisch bleiben wollte, dann ging ich da jetzt rein, egal, ob es eine Mördergrube war oder nicht.

Das Haus stammte aus den Sechzigern und war aufgebrezelt worden mit Leuchten an der Treppe, spiegelnden Wegplatten und einer schweren Eingangstür mit einer Stahlplatte aus Briefkästen und Klingelanlage.

Ein Sohn, der bei seinen Eltern wohnte, die zu ihm schon seit Jahren keinen Zugang mehr fanden? Wohlstandsverwahrlosung? Aber wieso hatte er geklingelt? Söhne besaßen in der Regel Hausschlüssel.

Beim Runtertreppeln spürte ich den Geldbeutel in der Beintasche gegen meinen Schenkel schlagen und zog ihn raus. Ich schwankte zwischen einem Fünfziger – vielleicht etwas übertrieben – und einem Zwanziger. Wer wusste schon, wie viele Zwanziger im Portemonnaie waren? Ich klingelte links unten bei Kaimann.

»Ja?«, kam es aus der Gegensprechanlage.

»Hallo, ich habe was für Sie.«

»Die Treppen runter«, antwortete die Stimme eines Mannes. Die Tür knackte und gab den Weg frei in ein helles Granittreppenhaus. In Hanghäusern befand sich der Eingang meist auf

Höhe des ersten Stocks. Wer ins Erdgeschoss wollte, musste die Kellertreppe nehmen. Ein junger Mann in Used-Jeans stand in einer offenen Wohnungstür.

»Hallo.«

Er schaute abwartend.

Ich war dran. »Entschuldigen Sie, ich weiß jetzt nicht, ob ich richtig bin. Ich bin einem Mann mit Hoody gefolgt.« Ich hielt den Zwanziger hoch. »Der hat vorhin das verloren, glaube ich.«

Der junge Mann lächelte und rief in die Wohnung. »Nicki, kommst du mal. Der Geldbote ist da.«

Eine schmale Gestalt ohne Workwear-Jacke und ohne Kapuze überm Kopf kam wippenden Schrittes durch den Gang herbei.

Ich wedelte mit dem Geldschein. »Den haben Sie unten beim Bäcker verloren. Kann das sein? Sie waren so schnell weg, ich bin gar nicht hinterhergekommen.«

Ein Anflug von Unglauben, der nach Lächeln aussah, erschien auf dem knochigen Gesicht mit den dunklen Augen. »Ist mir gar nicht aufgefallen.« Er griff nach hinten, holte den Geldbeutel aus der Gesäßtasche, klappte ihn auf und zog die Augenbrauen zusammen. Im Fach für die Scheine steckte nur ein kleiner grüner Fünfer. Ich war mir sicher, dass er genau wusste, dass er keinen Zwanziger gehabt hatte, aber er schnappte sich meinen Schein und ordnete ihn ein. »Danke.«

»Gerne.« Gut, dass ich nicht den Fünfziger genommen hatte.

»Vielen Dank«, sagte der andere, dem das höfliche Reden offensichtlich leichter fiel. »Das ist nett von Ihnen, dass Sie sich die Mühe gemacht haben, den ganzen langen Weg von unten rauf, das hätte nicht jeder gemacht. Dürfen wir Ihnen was anbieten? Als Finderlohn sozusagen?«

»Ich möchte nicht stören«, sagte ich und trat ein.

Der Gang führte in ein Zimmer, dessen Fenster hangabwärts wiesen. Gartengebüsch verstellte den Ausblick auf den Stadtkessel. Von hier aus hätte man sonst den Bahnhof sehen müssen. Auf einem Tisch stand ein Laptop zwischen aufgeschlagenen

Ordnern. Mittendrin die Papiertüten vom Fleischer und vom Bäcker.

»Ich bin der Philipp, das ist Nicki.«

»Lisa Nerz.«

Ein leichtes Zucken der Braue. »Was möchten Sie, Bier? Cola?«

»Ein Wasser, danke.«

Philipp outete sich und Nicki als zwei Maschinenbaustudenten, die gemeinsam für eine Prüfung lernen wollten. Nicki hatte das Vesper mitgebracht. Philipp war offensichtlich der Sunnyboy und Nicki der Nerd. Jedes Freundespaar hatte seine Unwucht. Philipp schleppte den Pickligen in die Clubs mit und Nicki zog ihn durch die Prüfungen. Eine leichte Spannung lag in der Luft, aber nichts in der kleinen Einliegerwohnung mit der Küchenzeile löste in mir ein Unbehagen aus. Es wirkte alles wie das, was es schien: eine Büffeleinheit vor einer Prüfung. Sagte die Jugend von heute noch »büffeln«?

Philipp stellte mir ein Glas Wasser auf den Tisch. »Bitte setzen Sie sich doch!«

Nicki saß schon dort, wo der Laptop stand. Daneben lag ein Handy mit Kopfhörerstrippen.

»Was hören Sie so?«, fragte ich.

»NDW«, antwortete Nicki.

»Joachim Witt? Das habe ich in meiner Jugend gehört. Tri-tra-trullala. Es kommt alles wieder.«

»Wir haben einen Plattenclub«, plauderte Philipp, »nur Neue Deutsche Welle, alles analog, nichts digital, nur Schallplatten. Nicki legt auf. Keine Ahnung, wo er die Platten immer auftreibt.«

»Interessant. Und wie viele seid ihr so in dem Club?«

Es war wieder Philipp, der antwortete: »Wie viele? Mal mehr, mal weniger. Aber wir werden mehr.« Er lächelte höflich.

Damit war das Gespräch zu Ende. Mehr konnte ich nicht fragen, ohne Befremden auszulösen. Nicki grübelte ohnehin schon, warum ich ihm einen Geldschein geschenkt hatte. Ich musste gehen oder die Wahrheit sagen.

»Ich will offen sein. Ich bin Nicki gefolgt. Das mit dem Geldschein war eine Ausrede … nein, behalten Sie ihn. Ich bin Journalistin. Sie haben vermutlich gehört, dass es heute zum Frauentag eine Anschlagsdrohung gibt.«

Nicki schaute mich kurz an.

Philipp runzelte die Stirn. »Den haben sie doch verhaftet, habe ich gehört, ein Perverser. Geht gar nicht, so was.«

»Ja, einen haben sie festgenommen. Aber der war nur ein Trittbrettfahrer. Nach dem eigentlichen fahnden sie noch.«

»Wir wollten nachher auch hingehen. Wir treffen uns unten mit unseren Freundinnen«, sagte Philipp. »So Solidarität zeigen. Das ist Pflicht. Oder meinen Sie, das ist zu gefährlich?«

»Ich gehe auch hin. Aber es gibt Hinweise …« Wie erklärte ich das jetzt, ohne irre zu wirken? »Nein, anders: Ich habe vorhin jemanden ›Tri-tra-trullala‹ singen hören, ich glaube, das waren Sie, Nicki.«

Nickis Miene hatte jegliche Freundlichkeit verloren, sofern sie jemals eine gezeigt hatte.

»Und dieser Drohanrufer … nun ja, der hat so was Ähnliches gesagt.«

Philipps Miene verfinsterte sich. »Was wollen Sie damit jetzt andeuten? Denken Sie etwa, Nicki hätte was damit zu tun? Das ist kompletter Dummshit.«

»Das wollte ich damit nicht andeuten. Ich habe gar nichts gedacht. Ich bin einfach hinterher und habe geklingelt. Total blöde Idee von mir. Ich habe immer so blöde Ideen. Das nennt man Greifen nach einem Strohhalm oder Stochern im Nebel. Eine Berufskrankheit, immer auf der Suche nach einer Story. Und wo Sie schon den NDW-Club erwähnt haben, da dachte ich, ich frag mal, ob Sie vielleicht jemanden kennen … in Ihrem Umfeld … blöde Idee, ich weiß. Vergessen Sie es. Ich gehe dann wohl auch besser wieder.«

»Woran sollte man so einen denn erkennen?«, fragte Nicki.

»Ich sage nicht, dass der zu Ihrem Club gehört.«

»Schon klar«, antwortete Philipp. »Spinner gibt es überall.«

»Es wäre einer, der nicht viele Kontakte hat, keine Freundin, ein Sonderling. Und er wiederholt gern die erste Silbe von einem Wort, zum Beispiel so: ›Fri-Fra-Frauen‹.«

»So einen kenne ich nicht«, sagte Nicki, den Blick auf seine Hände gesenkt.

»Alles klar. Ich wollte nur gefragt haben. Nicht dass es mir ergeht wie Parzival, der die entscheidende Frage nicht gestellt hat.«

Jetzt durften die jungen Kerle nur nicht fragen, was für eine Frage Parzival nicht gestellt hatte und wie es ihm daraufhin ergangen war. Sie taten es nicht. Sie reagierten mit dem leichten Unterlegenheitsgefühl der Bildungsrückständigen und stellten überhaupt keine Frage.

»Tut mir leid«, sagte ich. »Ich muss dann auch los. Danke für das Wasser. Vielleicht sehen wir uns ja auf der Demo. Und viel Erfolg bei der Prüfung.«

Sie entließen mich mit höflichem Dank.

Ein Schuss in den Ofen? Muss ich ihnen die Polizei auf den Hals hetzen oder nicht?, fragte ich mich auf dem langen Rückweg den Berg hinunter. Wenn ich Richard die Namen und die Adresse schickte, würde er zwar fluchen, aber in Anbetracht der Umstände seine Hilfsbeamten zur Überprüfung losschicken. Aber die Polizei hatte eh schon genug zu tun und musste nicht auch noch meinen Hirngespinsten nachjagen. Keiner traf sich zum Lernen mit einem Freund, wenige Stunden bevor er ein Blutbad anrichten wollte. Keiner, absolut keiner. So einer befand sich die Stunden und Tagen vorher in einem Tunnel. Nicki war vielleicht kein Genormter, aber ein Massenmörder war er nicht. Basta.

Aber dafür war inzwischen der Stuttgarter Hauptbahnhof wegen einer Bombendrohung gesperrt worden. Die Eilmeldungen purzelten nur so über meinen Handybildschirm. So konnte man die Anreise zur Frauentagsdemo auch sabotieren.

15:44 Uhr

Wieder daheim, ging ich in die Küche und machte eine Dose Hundefutter auf. Die Frage »Jetzt schon?« stand groß in Cipións haselnussbraunen Augen.

»Ich kann dich leider nicht mitnehmen auf die Demo, Cipión, zu viele Leute, es würde dir nicht gefallen. Und es könnte spät werden heute Abend.«

Er machte sich gierig über den Napf her.

Ich rief Richard an, aber er ging nicht ran.

Von Tuana war noch keine Nachricht gekommen. Da war doch hoffentlich nichts schiefgegangen? Ich überlegte, ob das Drama gerade meins war, aber ohnehin musste ich raus auf die Gasse, auch wenn ich keine Ahnung hatte, was ich konkret vorhatte. In meiner Wohnung gab es definitiv nichts zu tun.

Auf dem Weg an der Staatsanwaltschaft, dem Roten Kreuz und der Schwabengarage entlang zu den Leihradständern rief ich im Sarah an, fragen, wie es lief.

Manu sprudelte sofort los: »Wir haben unfassbar viele Rückmeldungen bekommen. Viele haben sich sofort auf den Weg gemacht, aus Karlsruhe, aus Mannheim, sogar aus Freiburg kommen welche, sie haben einen Bus gemietet. Das wird der Wahnsinn! Leider hängen gerade ganz viele Frauen in den Zügen fest. Sie rufen bei uns an, und wir lotsen sie über die S-Bahnen von Böblingen und Sindelfingen nach Stuttgart rein. Zur Not fangen wir halt später mit den Reden und der Demo an. Das haben wir mit dem Aktionsbündnis schon abgeklärt.«

»Ihr seid Heldinnen.«

»Hoffentlich passiert nichts.«

»Die Polizei karrt alles an, was verfügbar ist. Das wird die bestgeschützte Frauendemo ever.«

16:05 Uhr

Ich radelte in die Westsonne hinein, die zwischen bläulichen Wolkenbänken hervor in die Neckarstraße blitzte. Ein Hubschrauber hing wie am Himmel festgebunden, wo ungefähr der Schlossplatz war. Am Neckartor stand der Verkehr. Ich bog in den Schlossgarten ab. Auf dem Alten Reitweg hinterm Innenministerium war eine Stimmung wie Wandertag. Gruppen von Frauen mit Rucksäcken, festem Schuhwerk und Wetterjacken marschierten Richtung Innenstadt. Sie waren, wie ich den Gesprächsfetzen entnahm, durch den langen Schlossgarten gelaufen. »… euch auch nach Cannstatt umgeleitet? … und keinerlei Informationen … typisch … die Bahn … Stuttgart 21, haha.«

So viele! Ein Lächeln setzte sich in meinem Gesicht fest. Ich war versucht, jede einzelne Frau zu grüßen. »Willkommen in Stuttgart, schön, dass du da bist. Bis nachher dann, wir sehen uns auf der Demo.«

An der Oper herrschte Festivalstimmung. Frauen mit Regenbogenfahnen und großen violetten Schirmen hatten sich um eine blonde, sehr junge Straßenmusikerin mit Gitarre versammelt, hörten zu und tanzten mit. »I don't know what will happen next …« Andere hatten sich auf das Mäuerchen am Eckensee gesetzt, kramten in Rucksäcken, aßen Brezeln oder Brote und reichten sich gegenseitig Flaschen mit Getränken.

Na bitte, geht doch! Auch das Gute lässt sich über die sozialen Medien aktivieren. Eine feierliche Erregung stieg mir in die Kehle. Im Schritttempo kurvte ich durch Frauenwolken zum Schlossplatz und genoss breit lächelnd. Ich bin dabei. Das haben wir hingekriegt, nicht ich, aber die Sarahfrauen und ihnen folgend andere Verbände, Inis und Bündnisse, und ich hatte es angeregt, auch wenn sie sicher auch von selber darauf gekommen wären.

Unter dem an der Wolke hängenden Hubschrauber öffnete sich die barocke Anlage des Schlossplatzes mit ihren winterblassen Rasenrabatten rund um den Brunnen mit der Jubiläumssäule. Links das Neue Schloss mit seinem Ehrenhof voller Polizeiwagen, rechts die Königstraße mit der langen Säulenreihe des Königsbaus und mir gegenüber das Alte Schloss mit rundem Turm und dem Karlsplatz. Schon verschwanden die Konturen der Rabatten zwischen Leibern, Köpfen, Fahnen und Transparenten. Erregung schnürte mir den Hals zu.

Die Polizei war auch da. Auf dem Kopfsteinpflaster des Ehrenhofs standen Dutzende von Polizeibussen und ein Feuerwehrauto mit der Aufschrift »Umweltschutz« auf den Seitentüren, ein Giftgasnotwagen. Dazwischen sortierten sich die Uniformierten. In der Beweissicherungs- und Festnahmeeinheit hatten sich einige bereits die Antiterror-Überwürfe angelegt, die Brust, Rücken, Hals und Schultern panzerten. Der Oberarmschutz bestand aus frivol ausgestellten Flügelchen, die Bewegungsfreiheit geben sollten. Ich hatte für den *Stuttgarter Anzeiger* darüber berichtet, als sie eingeführt wurden. Noch niemand hatte sich den ballistischen Helm aufgesetzt. Manche hielten sich an einer MP7 fest. Ihre Geschosse waren in der Lage, im urbanen Antiterrorkampf auch Kalaschnikow-Magazine zu durchschlagen, die von Attentätern auf der Brust getragen wurden.

Neben mir, an der Ecke beim Kunstgebäude, stand ein kantiges Ungetüm. Ein Wasserwerfer, dachte ich erst. Fürchteten sie die Frauenrevolte gleich heute oder wie? Aber das Gefährt entpuppte sich als Küchenwagen der Bereitschaftspolizei. Gulasch auf 22 Uhr? Oder servierten die Brötchen für den kleinen Hunger?

Ich radelte die Bolzstraße hoch zur Königstraße an einer lückenlosen Reihe weiß-blauer oder gelb-blau-silberner Gruppenwagen und Führungsfahrzeuge der Polizei entlang und konnte nicht verhindern, dass mein Blick die Gesimse und Fenster der Gebäude auf der Suche nach Scharfschützen abwanderte. Allerdings verstellten Bäume, wenn auch kahle, die Sicht auf den Schlossplatz.

Ich überholte ein Kamerateam des SWR.

Auf der Königstraße vor den Säulen des Königsbaus hatten Initiativen und Menschenrechtsgruppen Stände aufgebaut und Infomaterial über die globale Lage der Frauen ausgelegt: Entführt, vergewaltigt und zwangsverheiratet in ländlichen Regionen Äthiopiens, Opfer von sogenannten Ehrenmorden in Jordanien, in Ägypten immer noch neunzig Prozent der Frauen beschnitten, in Nepals hinduistischen Bergdörfern galten Frauen während der Menstruation als unrein und wurden jeden Monat in Verschläge außerhalb des Dorfes verbannt, wo sie hungerten, froren, vergewaltigt wurden oder an Wundinfektionen, Lungenentzündungen oder Schlangenbissen starben. So feierte man auf dem ganzen Erdball jeden Tag das internationale Fest der Bestialität gegen die Frauen. In der Türkei mussten sie den Männern nur gehorchen, direkt harmlos. In Saudi-Arabien unterstanden alle einem männlichen Vormund, freuten sich aber, dass sie inzwischen selber Auto fahren durften.

Daneben ein Tischchen unter einem Schirm mit FreeBleeding-Flyern. »Wir fordern unsere Tage zurück!« An der Tischkante hing das Foto der Britin Kiran Gandhi, beim Marathonlauf auf der Ziellinie jubelnd in roter Laufhose mit dunkelrotem Fleck im Schritt.

Sieh an: An die achttausend Euro zahlte fast jede Frau im Lauf ihres Lebens bei rund fünfhundert Monatsblutungen für Tampons und Binden. »Wusstest du«, sagte die junge Frau hinterm Tisch zu mir, »dass auf Frauenhygieneartikel immer noch neunzehn Prozent Mehrwertsteuer erhoben werden? Während auf Lachskaviar oder Schnittblumen der niedrigere Satz gilt.«

Hatte ich nicht gewusst.

»Die Menstruation ist das letzte Tabu«, sagte sie. »Ich habe meine Bachelorarbeit darüber geschrieben. Tabu und Menstruation. Meine Prof hat es zuerst voll abgelehnt. Das sei ein widerliches und abstruses Thema. Außerdem sei es gar kein Tabu. Sie hat sich geweigert, einen Zweitgutachter dafür zu suchen. Ich habe es trotzdem geschrieben, und sie hat es gelesen und jetzt hat sie es begriffen. Es ist ein Tabuthema, und das schadet uns.«

»Tatsächlich?«

»Fühlst du dich wohl, wenn du deine Tage hast?«

Ich hatte nicht das geringste Bedürfnis, über blutige Tampons, Binden, Menstruationsplastikmüll, Menstruationstassen und waschbare Menstru-Slips zu reden. Aber sie.

»Wenn man bedenkt, dass unser Zyklus der Ursprung der menschlichen Existenz ist … Trotzdem werden Menstruierende in religiösen Schriften und medizinischen Texten bis weit ins zwanzigste Jahrhundert hinein wie kranke Giftmonster behandelt. Erst 1958 bewies einer, dass Blut und Schweiß von Menstruierenden nicht giftig sind und nicht Pflanzen welken oder die Milch sauer werden lassen. Als Schwäche gilt die Regelblutung trotzdem. Und sie bedeutet soziale Defizite für Frauen. Im dritten Buch Mose steht, dass eine Frau nach den sieben Tagen ihrer Periode erst wieder rein ist, wenn sie weitere sieben Tage lang mit niemandem Kontakt hatte.«

»Himmel, da blieben ihr ja gerade mal zwei Wochen bis zur nächsten sozialen Verbannung.«

»Ja, und nicht zu vergessen, jedes Mal muss sie dem Priester zwei Tauben bringen, damit er sie für ihre wiederhergestellte Reinheit opfert. Kein Scheiß! Und weißt du, warum?«

»Weil … keine Ahnung.«

»Weil Menstruieren was ist, was die Männer nicht können. Und deshalb mussten sie alles daransetzen, es unter ihre Macht zu bringen, es zu definieren als Teufelszeug und Krankheit und …«

»Huhu, Lisa!«

Ich drehte mich vom Monatsblutungstisch weg und sah die Hünin Neringa winken. »Entschuldige, ich muss …«

»… und uns zu Unberührbaren zu machen und sogar komplett auszustoßen aus unserem sozialen Umfeld. Das ist bis heute …«

Aber da war ich schon woanders. »Hallo, Neringa!«

Sie war vom Stand der Fraueninitiative 04 losgelaufen. Den Prospekt hatte sie noch in der Hand. »... zentrale Fragen des Alterns von Frauen in politischen ...«, las ich, bevor sie ihn in der Manteltasche verschwinden ließ.

»Du schon hier?«

Sie hob ihr Aufnahmegerät. »Arbeiten, O-Töne sammeln.«

Ineke und Consuelo befanden sich in ihrem Gefolge, außerdem ihre beiden Nichten. Eine Dunkelhäutige stellte sie mir als Volontärin Lamina vor. »Echt abgefahren, was, Lisa? Ich habe gerade welche aus Frankfurt getroffen, die sind unserem Aufruf gefolgt und haben sich spontan in den Zug gesetzt. Zum Glück vor dem ganzen Bahnhofschaos.«

»Er ist wieder freigegeben. Fehlalarm«, sagte Consuelo. »Wie viele das hier wohl schon sind? Hunderttausend?«

Ich schätzte die Zahl nach dem Füllstand der Fläche vor dem Königsbau und eigenen Erfahrungswerten stumm auf zweitausend. Aber es würden noch mehr werden. Viele befanden sich noch in Zügen oder kämpften sich auf Umwegen in die Stadt, viele schwärmten durch die Fußgängerzonen auf der Suche nach Getränken und Essen. Und die Stuttgarterinnen saßen alle noch zu Hause oder in ihren Büros.

»Und so viele junge Frauen«, schwärmte Neringa. »Feminismus ist wieder in. So sieht's aus. Wenn es um was geht, dann kommen sie auch.«

Unbemerkt von mir war an Schulen und Unis eine Generation nachgewachsen, für die Gender-Asymmetrien, Gewalt gegen Frauen und Chancenungleichheit keine Streitfragen mehr waren, sondern offensichtliche Mängel, die abgestellt gehörten. Sie trugen Rucksäcke und Kaffeebecher in den Händen, weite Schals, feminine Mäntel. Einige hatten sich noch schnell hingesetzt und Pappkartons beschrieben oder was auf Papier ausgedruckt. »Pussy grabs back«, »Nasty Woman«, »Our Bodies, Our Minds, Our Power«. Manche hatten Männer mitgebracht, junge Hipster mit Bärten und zur Kugel gebundenen Haaren, Studenten in Parkas, Lehrer in Jeans und Outdoorjacken. Die Regenbogenschirme, die violetten Fahnen mit dem Frauenzeichen und die Schilder mit den Forderungen »Keine sexuelle Belästigung!«, »Teilzeitstellen für alle« oder »Mein Name ist nicht Süße oder Baby« steckten dagegen eher in den Händen der Älteren. Sie waren es auch, die große Transparente aufspannten. »Frauenrechte sind Menschenrechte«, »Kein Bock, ein Dirndl zu füllen«, »Feminismus oder Barbarei«, »Keine Lager für Frauen, alle Lager abschaffen«.

»Was für Lager?«

»Im Libanon«, sagte Consuelo. »Die geflüchteten Frauen wollen ihre Kinder schützen, dabei droht ihnen selbst ständig eine Vergewaltigung. Und bei uns in den Unterkünften, da sind sie umringt von jungen Männern. Die kriegen's im Doppelpack: Rassismus und Sexismus.«

»Und sogar das Wetter spielt mit«, rief Ineke. »Laut Wetterbericht sollte es schütten wie aus Kübeln. Meine App sagt neunzig Prozent Regenwahrscheinlichkeit.«

»Ist eben auf nichts mehr Verlass«, sagte Neringa. »Keiner hält sich an die Regeln. Angefangen hat es mit dem Abgasbetrug der Autoindustrie, dann kam der Orangekopf in den USA, dann die Briten, und jetzt das Wetter, das macht, was es will. Nur noch Anarchie, wo du hinschaust!«

Ihre Nichten kicherten.

»Guckt mal da«, sagte Lamina.

Die Buchhandlung Wittwer, die von Thalia aufgekauft worden war, warb im Schaufenster für eine Ladies Night: »Tüpfelchen auf dem i ist der Beauty-Stand des Schönheitsstudios Jungferlife.« Das war doch der, der heute Mittag Rosen verteilt hatte. Am Schaufenster stand eine junge Frau in schwarzer Kampfmontur. Sie hatte sich eine pinkfarbene Pussymütze mit Augenschlitzen übers Gesicht gezogen, schüttelte eine Farbdose und sprühte auf die Schaufensterscheibe: »Ich schulde der Welt meine Schönheit nicht. Es ist nicht …« Ein Mitarbeiter des Ladens stürzte heraus, und die Pussy floh auf uns zu. Für eine Sekunde sah ich blitzblaue Augen in den Augenschlitzen der Mütze, dann war sie vorbei und zwischen Frauenleibern verschwunden.

Der Buchverkäufer ließ die Arme fallen. Wir lachten.

Eine dünne Studentin in Jeans und Jacke mit über und über gepierctem Gesicht stand auf zwei Paletten und sprach in ein Mikro mit Kabel zu einem Megafon, das an einem Riemen über ihrer Schulter hing. Ihre Worte schlangen sich um uns. »… postkapitalistische Gesellschaft … sinkt die benötigte menschliche Arbeitszeit, um eine feste Menge an Gütern … trotzdem 41 Wochenstunden … Druck auf das Individuum … vorbildliche Karriere … bereits in der Schule Geschlcchterrollen … Konsumgier … biologische Reproduktion … Zerstörung unserer natürlichen Lebensgrundlage … globale Katastrophe …«

Ineke seufzte: »Ach, das wissen wir schon so lange.«

»Und jede Generation weiß es neu«, sagte ich.

»Wir sind die Generation Zero, wir können nicht mehr auf ein Renten- und ein Gesundheitssystem bauen …«

Neringas Nichten hörten interessiert zu. Das Stichwort »bedingungsloses Grundeinkommen« war gefallen. »… Zeit, Verwandte zu pflegen, sich sozial zu engagieren, künstlerisch auszuleben … notwendige, ungeliebte Arbeiten hoch bezahlt … sozial abgesichert und sorgenfrei …«

»Ich habe noch nie erlebt«, sagte Neringa, »dass Leute, die alles haben, zufrieden sind.«

»Aber als wir jung waren, haben wir auch an eine neue Menschheit geglaubt«, sagte ich.

»An die solidarische und friedliche Welt ohne nationale Grenzen. Und du wirst lachen, Lisa, da glaube ich bis heute dran. Nur erleben werde ich es nicht mehr.«

»… notwendiger Prozess für ein nachhaltiges, wachstumsunabhängiges Wirtschaftssystem … Veränderungen aller gesellschaftlichen und politischen … Deshalb schlagen wir vor …«

»Da bin ich aber mal gespannt.«

»Ein aus staatlichen Mitteln finanzierter, interdisziplinärer und überparteilicher Thinktank soll die Vision eines von Wachstum unabhängigen Wirtschaftssystems in einer digitalisierten Welt verfeinern und Vorschläge für den Veränderungsprozess vorlegen.«

»Ist das noch demokratisch? Wenn ein Thinktank uns vorschreibt, wie wir leben sollen?«

»Man wird sicher über alles basisdemokratisch abstimmen«, sagte ich.

»Dann wird das nix, Schätzchen. Die meisten Menschen mögen grundlegende Veränderungen nicht.«

»… wenn ihnen ein sorgenfreies Leben garantiert ist, können …«

»Ohne Sorgen hast du andere Sorgen«, sagte Neringa.

»Psst!«, machte eine ihrer Nichten. »Die kann dich hören.«

»Reine Lebenserfahrung, mein Kind. Wenn Leute keine Probleme haben, dann machen sie sich welche. Sonst wird es ihnen langweilig.«

»Bilder malen ist schon mal ein Riesenproblem«, sagte ich. »Und die Mutter pflegen.«

Neringa lachte.

»Ihr seid unmöglich, echt«, knurrte Consuelo. »Wir brauchen Visionen. Wir können nicht immer so weitermachen.«

Ich fand, das klärten wir heute nicht mehr. Ich jedenfalls nicht. Ich musste dann auch weiter.

»Aber du bist nachher dabei?«, fragte Neringa.

»Ja, sicher. Ich geh nur Tuana holen. Falls wir uns nicht mehr sehen oder falls irgendwas ist, du hast meine Nummer?«

Wir tauschten noch schnell die Telefonnummern aus, dann drückte Neringa mich riesinnenhaft. »Pass auf dich auf, Schätzchen!«

16:23 Uhr

Ich fädelte mich durch die Bereitschaftspolizeieinheiten aufseiten des Alten Schlosses. Die Uniformierten waren jung, hatten leere Augen und ausdruckslose Münder. Sie waren auf sich selbst konzentriert, auf den Sprechfunk, auf den Gürtel mit der Waffe und dem Schlagstock, auf ihre Beine, die sich auf stundenlanges Stehen einstellten, und auf die Kameraden ihres Zugs, der für sie Schutz und Heimat war. Einige hatten Videokameras an der Schulter befestigt. Waren sie Freund oder Feind? Welche Videos würden sie später auswerten, welchen Frauen Strafbefehle anhängen? Wen würden sie am Ende schützen? Auch in diesem Einsatzabschnitt gab es welche mit Maschinenpistolen. Wurden die eigentlich auf ihre Wesensfestigkeit getestet? Konnten wir sicher sein, dass in so einem Kopf mit MP vor der Brust nicht der Hauch von Hass auf Ausländer oder Frauen vorhanden war? Und schuf die Menge an Sicherheitskräften überhaupt die Sicherheit, auf die sich die Frauen verließen, oder täuschte sie sie nur vor?

»Danke für Ihren Einsatz«, sagte ich zu einer jungen Polizistin, die mit in die Ferne gerichteten Augen aus ihrer Gruppe herausschaute. Sie rupfte ihren Blick aus der Weitstellung, lächelte kurz, schaute aber gleich wieder weg. Vermutlich rasterte sie die Gestalten, die an ihr vorbeizogen, auf Verdachtsmomente ab, Rucksäcke, waffenähnliche Gegenstände, finstere Absichten. Wie angespannt war sie wohl an so einem Tag, in diesem Moment? Teilte sie meine Erregung angesichts einer Frauenpower, mit der schon lange niemand mehr gerechnet hatte? Oder dachte sie voller Sorge an ein Handgemenge, bei dem sie aktiv werden musste, an einen Schusswechsel, ein Blutbad? Fürchtete sie zu versagen oder hoffte sie auf Bewährung im körperlichen Einsatz?

An den vier schwarzen Granitwürfeln des Mahnmals für die Opfer der NS-Zeit diskutierten zwei Polizisten mit einem jungen Mann, der eine Quadrokopter-Drohne mit Kamera fliegen lassen wollte, aber nicht fliegen lassen durfte. Auf dem Karlsplatz unter der Reiterstatue Kaiser Wilhelms standen nicht nur Übertragungswagen großer Fernsehsender und zwei Gerätewagen der Feuerwehr, sondern ein Krankenwagen neben dem anderen, gut ein Dutzend. Mir wurde mulmig. Natürlich mussten sie vorbereitet sein. Wenn nicht, und es passierte etwas, mussten Innenminister und Polizeipräsidentin zurücktreten. Aber das mussten sie sowieso, wenn etwas passierte.

Ein Gedanke flackerte mich an: Was, wenn Tatütata uns alle reinlegte? Was, wenn hier unten alles bereitstand, er aber eine Waffe in petto hatte, die gewissermaßen über die Polizeiköpfe und Bollwerke hinweg ins Lebendige krachen würde? So etwas wie ein Flugzeug.

Nach einer Flugausbildung hatten Tuana und ich mit unseren Selektoren nicht gesucht. Hatte die Polizei das überprüft? Hatten sie ein Flugverbot verhängt? Konnte man den gesamten Flugverkehr auf dem internationalen Flughafen Stuttgart auf bloßen Verdacht hin für zwei oder drei Stunden stoppen? Und falls nicht, würden sie dann aber wenigstens wissen, wer auf dem Flughafen mit einer Privatmaschine startete? Dachten sie daran?

Am Marktplatz vor dem Rathaus, umringt von Sperren und Polizeifahrzeugen, hielt ich an und schickte Richard eine Nachricht: »Habt ihr einen Angriff mit Flugzeug auf dem Schirm?«

Dann weiter durch die schon lange bestehenden Terrorsperren zur Eberhardstraße. Ein Löschfahrzeug der Feuerwehr blockierte die Marktstraße gegen Angriffe von der Stadtautobahn her.

Die sonst so geschäftige Eberhardstraße war von Autos leer geräumt und mit mobilen Halteverbotsschildern bestückt worden. Ein paar Passanten eilten noch an den Schaufenstern entlang. Hauskanten, Eingänge, Gullys und Mülleimer wurden von Polizeihunden an der Leine ihrer Führer abgeschnüffelt. Im Standesamt herrschte Heiratsstille. Der Dirndl- und Lederhosenladen hatte geschlossen. Andere machten ebenfalls zu. Hier war heute nichts mehr zu verdienen. Nur die Cafés und Imbissläden schienen offen bleiben zu wollen. An den Tischen saßen Männer, auf die daheim niemand wartete oder die auf dem Heimweg trödelten, weil die Frau noch kochte. Sie hatten ein Bier bestellt, sie rauchten, sie zeigten Bauch. Vielleicht wollten sie bei dem Zug der Frauen dabei sein, als Voyeure ein bisschen glotzen mit einer Mischung aus Grausen und Sensationslust.

Ein Fernsehteam kam mir entgegen, eine Frau und ein Mann. Er zog einen Handkarren, den man zu einem Podest für das Stativ der Kamera umfunktionieren konnte. Am Hegelhaus war die Zufahrt vom Wilhelmsplatz her ebenfalls blockiert. Hier standen ein Wasserwerfer und zwei Streifenwagen quer. Eben fuhr einer der beiden rückwärts weg, damit ein gelber Linienbus passieren konnte, vermutlich einer der letzten, die am Rotebühlplatz halten würden. Der Streifenwagen schloss hinter ihm die Lücke wieder. Die Polizeidichte nahm erst ab, als ich den Tagblattturm passiert hatte und zwischen zwei Streifenwagen in die Tübinger Straße eingebogen war. Dort herrschte normales Alltagstreiben.

Ein Pling meines Handy stoppte mich beim Kino Delphi.

»Ja«, hatte mir Richard geantwortet.

Ich war halbwegs beruhigt. Aber der Spreißel war noch nicht ganz raus. Es pochte in meinem Kopf, aber ich fand die Stelle nicht, wo ich stochern musste.

Vor der Jeanshalle spielten, unbeachtet von Passanten, fünf Jungs einen Reggae. »Todo va muy rápido … Alles geht sehr schnell.« El Flecha Negra hieß die Gruppe, der schwarze Pfeil. Aber Moment: Das stimmte doch nicht. La flecha war weiblich, nicht männlich. Mit dem »el« hatten sie eine Person, einen indigenen Helden daraus gemacht.

Na, wenn die maskulinisieren konnten, dann konnten wir doch auch mal feminisieren. Vielleicht war »die Rechtsstaat« das neue Gutwort und unsere Gegensprache eine, in der es kein männliches Genus mehr gab: An der Gerber warteten die Obdachlosinnen darauf, dass die Junkinnen abzogen und sie sich bei der Brunnen der Mutterliebe niederlassen konnten. Menschinnen mit Einkaufstüten kamen aus der Tor der Gerber heraus, gingen zur Parkplatz oder beluden eine Roller oder eine Fahrrad.

Ich grinste vor mich hin. Femisprech, war zwar auch nur so ein Nerzwahn, aber ein frech vergnüglicher. Es brachte alles ins Stocken: vor dem Reden das Denken. Das schuf neue Aufmerksamkeit. An der Kirche schlitterten krachend Skaterinnen über die Kanten der Steinbänke. Ich guckte genauer: Es war wirklich keine einzige Frau unter ihnen.

16:32 Uhr

Der Tag wollte friedlich zu Ende gehen. Zwischen Paulinenbrücke und Marienplatz sah es so aus, als hätte er die Chance dazu. Auf der schnurgeraden Tübinger Straße mit ihren vergessenen Häusern und verkrustelten Secondhandläden waren reichlich Leute unterwegs. Am Bordstein vor dem Café Misch Misch stand ein süßer kleiner hellblauer Pritschenwagen, auf dessen Ladefläche junge Leute mit Cappuccino und Kaffee um einen Hocker zusammenrückten, der als Tisch diente. Beim Arigato, eine Ecke weiter, hatten auch schon einige an Tischen auf dem Gehweg Platz genommen. Vor dem Galao am Marienplatz saßen sie in Jacken mit ihrem Bier auf Fellhockern und rauchten. Den Wasserschaden hatte das Kultlokal gerade noch einmal überlebt. Ich bog beim trockenen Springbrunnen auf den Platz ein und stöpselte das Fahrrad an einem in der langen Reihe leerer Pfosten an.

Auf dem Gehweg zum Kaiserbau stand eine junge Frau mit Mikro und Ghettoblaster und rappte: »Na ihr Sex-Maniatics. Mach ich euch spitz auf ficken. Ich steh am Mike und ihr fangt an zu wichsen. Die is guter Frau, die is geile Sau, die is schlau. Die kannst du nicht Popo hauen.«

Ich blieb stehen, wenigstens eine halbe Minute, und warf mein Kleingeld in die Schale. Kurz begegnete ich ihrem Blick.

16:37 Uhr

Tuana saß im Café bei einem Wasser. Sie war auf ihr Telefon konzentriert. Ich rutschte zu ihr an den Tisch. »Wo ist Sosan?«

»Ihr Bruder ist früher heimgekommen, als sie dachte. Und jetzt hat er keine Zeit, sie zu begleiten. Ein Onkel ist zu Besuch.«

»Den Bruder brauchen wir sowieso nicht. Wir gehen sie jetzt holen.«

»Meinst du?«

»Du schreibst ihr, sie soll sich ausgehfertig machen: Jacke anziehen, Handtasche bereithalten. Wir sind in fünf Minuten bei ihr.«

Tuana textete, während die Bedienung, eine müde junge Frau in Bistroschürze, bei mir anlandete und nach meinem Begehr fragte.

»Gar nichts, aber ich bezahle das Wasser.«

Sie drehte sich wortlos um und schlängelte sich mit Wackelpo zwischen den Tischen hindurch zur Kasse. Hinter der Theke hingen Schiefertafeln mit den Tagesessen. In der Vitrine standen Gläser mit Joghurt und Kuchen. In der Ecke saß ein Mann im Anzug an seinem Laptop und guckte zwei jungen Frauen zu, die miteinander tuschelten. Zwei ältere Frauen tranken aus hohen Gläsern Ingwertee. Ich hörte: »Zitrone, Haut.« Die andere fuhr sich über den Ellbogen. Zwei Männer und eine Frau aßen Rote-Bete-Salat, Ravioli und Honigmelone mit Parmaschinken. »… sich niemand mehr leisten, privat gar nicht mehr … dienstlich London … Brexit.« Niemand schien in irgendeiner Form befasst, berührt oder betroffen von den außerordentlichen Tagesereignissen in der Stadt. Sie lebten in ihrer Parallelwelt von roten Blazern, Friseurinnenfrisuren, Dienstreisen, Salaten und Feierabendbier.

Die Bedienung kam mit der Wasserrechnung. Ich bezahlte. Tuana hatte inzwischen ihre Nachricht abgeschickt. »Danke«, sagte sie, nahm Tasche und Mantel und stand auf.

»Schon gut.« Ich grinste wie ein gönnerhafter Onkel.

16:43 Uhr

Draußen hatte sich die Lage verändert. Die Straßenmusikantin packte hastig zusammen. Ein Polizeiauto stand neben dem trockenen Springbrunnen. Zwei Beamtinnen, ein Mann und eine Frau, befanden sich auf dem Weg zu einem Grüppchen dunkel gekleideter Leute, die sich mit finsteren Mienen an Deutschlandfahnen und Plakatstangen festhielten. Auf den Transparenten und Plakaten stand: »Es reicht! Frauenmarsch. Wir sind kein Freiwild! Die Freiheit der Frau ist nicht verhandelbar« und »Meine Mutter ist die Sprache, mein Vater ist das Land, für die Zukunft meiner Tochter leiste ich hier Widerstand«.

Tuana schaute nicht hin. Sie hatte die Schultern hochgezogen. Ich wappnete mich mit Löwinnenmut. Wehe dem, der meine Schöne anhustete!

»Meinungsfreiheit ist ein Grundrecht!«, rief einer den beiden Uniformierten entgegen. Hatte der Oberverwaltungsgerichtshof den Frauenmarsch etwa tatsächlich verboten?

Der Polizist nahm eine Deeskalationshaltung an, breitbeinig, aber locker auf Spiel- und Standbein, sparsam mit Gesten und leise mit der Stimme. Die Beamtin blieb einen Schritt halb hinter ihm stehen, den Blick in die Gruppe gerichtet. Einer der Männer reichte dem Polizisten Papiere. Das sah nach einer Routineüberprüfung der Demonstrationsgenehmigung aus. Ich recherchierte rasch auf meinem Telefon. In der Tat hatte das OVG die Aufhebung des Demonstrationsverbots durch das Verwaltungsgericht bestätigt, allerdings in Anbetracht der Ereignisse nur die Kundgebung erlaubt, nicht auch den Marsch.

Am U-Bahn-Aufgang standen eine ältere und drei junge Frauen in Wetterkleidung mit Rucksäcken, die mit halbem Lächeln bei sonst ablehnenden Mienen das Geschehen beobachteten.

»Das ist doch jetzt aber nicht die Frauenkampftagsdemo«, hörte ich eine überlegen.

»Die ist am Schlossplatz«, antwortete ich. »Zu Fuß eine Viertelstunde in diese Richtung.« Ich warf meine Hand zur Tübinger Straße.

»Und wo sind wir hier? Siehste!«, wandte sich eine an eine andere. »Wir sind zu früh ausgestiegen.«

»Und was wollen die da oben?«

»Deutsche Frauen, deutsche Treue, deutscher Wein und deutscher Sang«, sagte ich.

»Geht ja gar nicht!«, rief eine.

»Unsere Nationalhymne«, bemerkte die Älteste.

»Demonstrationsfreiheit«, sagte ich.

»Ich krieg das Kotzen! Die drohen uns offen mit Mord und Totschlag und dürfen sich hier aufstellen? Haben wir denn gar keinen Rechtsstaat mehr?«

»Wir gehen auch zur Frauentagsdemo. Ich heiße Lisa, das ist Tuana.«

»Hannah, Gabi, Larissa, Katharina, Melissa. Wir kommen aus Karlsruhe. Habt ihr hier immer so ein Chaos mit den Bahnen?«

»Wenn ihr wollt, laufen wir zusammen«, sagte ich. »Wir müssen nur noch schnell Tuanas Freundin Sosan abholen. Das ist gleich da drüben.«

Sie nickten uninteressiert.

»Kann sein, dass ihre Eltern sie nicht gehen lassen wollen, wegen der Gefahr und so.« Das Und-so war ihnen sofort klar. »Hättet ihr nicht Lust mitzukommen? Das würde vielleicht helfen.«

»Klar.« – »Ich weiß nicht.« – »Wohin?« – »Schon aus Frauensolidarität!« – »Kein Problem.«

So kam es, dass wir mit einer kleinen Frauenarmee über den Fußgängerüberweg beim alten Rewe in die Böblinger Straße marschierten.

»Sosan geht nicht auf die Demo«, flüsterte Tuana mir zu. Sie hatte das Handy vor der Nase. Ich griff nach ihrem Ellbogen, um sie auf dem richtigen Weg zu halten. »Sie will nur mit mir sprechen, allein.«

»Genau deshalb holen wir sie jetzt.«

Tuana klingelte. Dem Knarzen der Gegensprechanlage antwortete sie mit türkischen Worten. Der Summer ließ uns ein. Wir trampelten das Treppenhaus empor.

»Ihr müsst die Schuhe ausziehen, vor der Tür«, informierte ich meine Armee. »Oder draußen stehen bleiben.«

»Alles klar.« – »Ich habe türkische Nachbarn.« – »Bei uns wollen sie den Türken jetzt verbieten, die Schuhe ins Treppenhaus zu stellen.« – »Aber selber das Laufrad vom Kleinen stehen lassen, so dass jeder darüber stolpert.«

Emil stand in der Tür, grüßte höflich, wenn auch ohne zu lächeln. Tuana zog ihre Schuhe aus, ich trat meine Bikerstiefel von den Fersen, ohne mich darum zu kümmern, ob sie korrekt standen, und wir traten ein. Im Salon saßen Männer, wie ich vom Flur aus sehen konnte. In einem Fernseher lief ein krachbuntes Programm.

Sosan hatte schon den Hidschab umgelegt, eine rosafarbene Daunenjacke angezogen und die Handtasche über den Arm gehängt. Sie fiel Tuana um den Hals. Mutter Hürrem kam aus der Küche und fragte, ob wir was essen wollten.

Meine Armee war noch damit beschäftigt, die Schuhe auszuziehen. Gabi musste Outdoorstiefel aufschnüren.

»Wir wollen gleich los, Mama«, sagte Sosan. »Wir gehen ins Café.« Nach und nach quollen die Frauen in die Wohnung.

»Aber einen Tee, den nehmen Sie doch?« Hürrem begann, die Schachtel Supermarktpralinen herumzureichen.

»Vielen Dank für das Angebot«, sagte ich. »Aber ich fürchte, wir müssen gleich los. Wir wollen auf die Frauentagsdemo.«

Hürrem schaute ihre Tochter alarmiert an. »Aber Sosan ist noch nie auf einer Demonstration gewesen.« Von der Anschlagsdrohung hatte sie offenbar nichts gehört. Offenbar ging das.

»Wir gehen nur kurz gucken«, sagte Tuana. »Nur vom Rand.«

»Außerdem sind es nur Frauen«, antwortete ich. Hinter mir giggelte eine los.

»Am Weltfrauentag demonstrieren nur Frauen«, bekräftigte Gabi. »Das interessiert die Männer nicht.«

»Die Polizei ist auch da, die schützt uns«, sagte ich.

Sosan sah auf einmal besorgt aus, regelrecht verwirrt, eigentlich verstört. Sic griff sich in die Daunenjacke, als wolle sie sie wieder ausziehen. Dann besann sie sich. »Ich gehe nicht dorthin, Anne.«

»Aber um acht bist du zu Hause«, sagte Hürrem. »Vergiss nicht, du bist noch krankgeschrieben.«

Sosan verdrehte die Augen. »Ja, Anne.«

Was redeten die da?, fragte ich mich. Hatten sich Mutter und Tochter vor den Ohren von Sohn und Bruder gerade darauf verständigt, dass Sosan auf die erste Demo ihres Lebens ging? Eine seltsame Kommunikation des Nicht-Gesagten.

Hürrem schaute zu Emil hinüber, der keinerlei Anstalten machte, den Patriarchen zu spielen. Tuana schubste Sosan sanft Richtung Tür, und ich scheuchte mein unnützes Heer zurück ins Treppenhaus, wo wir alle die Schuhe wieder anzogen. Das war leichter gegangen, als ich gedacht hatte. Man stellte sich zu viel Ungeheuerliches vor, wenn es um andere Kulturkreise ging. Dabei war es letztlich immer dasselbe Spiel zwischen Eltern und Kindern um das richtige Maß von Freiheit und Kontrolle, bei dem beide Seiten genau wussten, wie weit sie gehen konnten.

17:05 Uhr

Als wir am Marienplatz anlangten, hatte sich die Zahl der Polizeifahrzeuge um zwei vermehrt. Das Häuflein des gesunden Menschenverstands war auf einen Haufen von vielleicht siebzig angewachsen. Sie schwenkten Deutschlandfahnen und hielten an Stöcken Plakate empor, auf denen ein blondes Mädchengesicht mit schwarzem Trauerstreifen zu sehen war. Dazu hatten sie trotzige Mienen aufgesetzt. Es waren Männer in Blousons und Steppjacken, Burschen mit raspelkurzen Haaren unter Baseballkappen, Frauen mit Alltags- und Hausarbeiterinnengesichtern zwischen Schal und Mütze. Sie waren mir grausig vertraut aus dem Dorf meiner Kindheit, als es noch die BRD gab, der Vater mit dem Sohn samstags vor der Garage den Mercedes wusch, Mutter und Tochter sonntags in die Kirche gingen und die Nachbarin sich beschweren kam, wenn ich in der Mittagszeit draußen Ball gespielt hatte. Damals waren sie erfolgreiche Landwirte gewesen, fleißige Bäuerinnen, der Metzger, die Lehrerin, der Kneipenwirt. Sie konnten kein Englisch, sie mochten Francos Spanien und hielten Italien für gefährlich. Sie vertrauten dem gesunden Menschenverstand und fühlten sich in der Mehrheit Gleichgesinnter aufgehoben. Es gab sie noch, nur hatten sie ihre Erfolgssicherheit verloren und ihre Mehrheit. Ihre Welt war unter ihnen weggerutscht.

Volker Levin sah ich nicht. Vermutlich befand er sich in der Mitte. Ein Fernsehteam vertrieb sich die Wartezeit bis zum Beginn der eigentlichen Weltfrauentagsdemo mit Gegenbildern. Der Kameramann mit Hipsterdutt wurde von einer jungen Reporterin mit pechschwarzen Haaren begleitet.

Auf dem Platz oberhalb der Stufen begann eine Frau in schwarzem Mantel mit einer Rede. Sie hatte das Kinn in einen roten Schal gesteckt und schrie ins Mikro: »Seit hundert Jahren haben wir das Wahlrecht für Frauen, doch nun sind die Rechte der Frauen in Deutschland wieder massiv in Gefahr. Im Zuge der

Asylinvasion breitet sich die zutiefst frauenverachtende Scharia-Kultur ungehindert aus. Gleichzeitig setzt das genderfeministische Gesinnungsdiktat der Parteien alle Errungenschaften der Gleichberechtigung aufs Spiel, für die tapfere Frauen und Männer über Jahrzehnte gekämpft …«

»Das gibt's doch nicht!«, rief Larissa. »Wie können die das einfach so behaupten?«

»… gedenken heute der 15-jährigen Melanie, die von einer Bande syrischer Flüchtlinge feige und hinterhältig vergewaltigt und ermordet wurde.«

Hatte ich gar nicht mitgekriegt. »Wann war das denn?«

»Das haben die erfunden«, keifte Hannah.

»Lügenfressen!«, schrie Larissa. Es schallte in der Stille des gespielten Gedenkens. »Lügenfressen! Lügenfressen!«

Sosan zog die Schultern hoch und duckte sich neben Tuana.

»Lasst die doch!«, sagte Gabi, selbst leise im Bedürfnis, Larissa zu dämpfen. »Das bringt doch nichts.«

»Man darf nicht schweigen«, erklärte Melissa.

»Und tatenlos schauen die Zerstörer Deutschlands zu«, sagte die Rednerin, »wie unsere Mädchen und Frauen nachts durch die Städte gejagt, überfallen und getötet werden.«

»Lügenfressen, Lügenfressen!«, brüllten Larissa, Hannah und Katharina.

Böse Gesichter wandten sich uns zu. Auch die Rednerin schaute zu uns herüber.

»He, Schwester!«, rief Gabi. »Lass dich von denen nicht benutzen! Komm zu uns! Bei uns bist du frei.«

»Spinnst du?«, schnappte Hannah.

»Aufregen bringt nichts, Hannah. Darauf legen die es an. Sie versetzen dich permanent in den Aufregungsmodus. So bestimmen sie, wie du dich fühlst. So gewinnen sie Macht über dich.«

»Quatsch.«

»Beobachte dich mal. Du bist auf hundertachtzig. Und warum?«

»Aber man muss doch reagieren.«

»Ja, aber anders. Das ist, wie wenn du ein Problemkind in der Familie hast. Es schreit, schlägt, spuckt. Alle regen sich auf. Alles dreht sich nur noch um dieses eine Kind. Um die Geschwister kümmert sich niemand mehr.«

»Und wie muss man stattdessen reagieren?«, fragte ich.

»Vor allem darf man sich nicht aufregen. Ich hatte selbst so einen Sohn. Ritalin kam für mich nie in Frage, ihn mit Drogen ruhigstellen, nein. Also habe ich mich gefragt, worum es ihm geht. Eigentlich will er Liebe, wie wir alle, Geborgenheit, Sicherheit, und davon mehr als andere. Das musst du ihm geben, einen verlässlichen kindgerechten Tagesablauf, viel Lob.«

»Und wie sieht ein verlässlicher PGM-gerechter Tagesablauf aus?«

»Es geht darum, sich von diesem Geschrei selbst nicht in den Aufregungsmodus versetzen zu lassen.«

»Aber die greifen uns an«, rief Katharina. »Die meinen uns.«

»Ach was, die haben ein Problem mit sich selbst, die sind unzufrieden mit sich und ihrem Leben. Deshalb machen sie Rabatz. Das ist lästig, das gebe ich zu. Aber eigentlich wollen sie nur geliebt werden, sie wollen warm und wohlig zu uns gehören.«

»Wenn ich die aber nicht bei mir haben will?«

»Das ist die Krux. Das macht sie stark. Das macht sie zu kleinen Tyrannen.«

»Gleichzeitig«, fuhr die Rednerin fort, »lenken die Gesinnungsdiktatoren von der dramatischen Rückentwicklung der Frauenrechte ab, die in unseren Städten mit Parallelkulturen zu beobachten ist, indem sie auf unsinnige Quotenregelungen …«

»Lügenfressen, Lügenfressen!«, schrien Hannah und Melissa.

»… und alberne feministische Sprachregelungen pochen. Sie wollen sogar in unserer Nationalhymne brüderlich durch schwesterlich …«

»Lügenfressen!«

»Nicht so laut!«, sagte Gabi. »Die Polizei guckt schon. Am Ende nehmen die noch uns fest. Kennt man doch.«

»Wir fordern«, rief die Frau oben, »gebt den Frauen ihre Freiheit zurück! Wir wollen gefahrlos überall joggen können. Wir wollen Silvester wieder ohne Angst …«

»Ihr widerlichen Giftspritzen!«, schrie Larissa.

Die Rednerin unterbrach sich und schaute herüber. Ein paar Männer lösten sich aus der Gruppe.

Ich wandte mich an Tuana. »Das ist der Moment, wo ihr beide verschwindet.«

Im Vorbeigehen gab einer der Männer dem Kameramann einen Stoß. Der Mann stolperte rückwärts.

»He!«, schrie die Reporterin. »Das ist Behinderung der Presse!«

»Verpiss dich, Türkenschlampe! Mach das weg da!« Er schlug nach ihrem Mikrofon. Die Reporterin sprang zurück.

Einer der Männer schwenkte an einer Stange ein Plakat, auf dem ein Stapel Geschirrtücher zu sehen war. Darunter stand: »Das einzige Tuch, das Frauen brauchen.«

Wo war eigentlich die Polizei? Vermutlich hatte die Einsatzleitung mit der Antifa gerechnet, die sich noch irgendwo in Heslach formierte, aber nicht mit einer Schlägerei zwischen Bissgurren und Lügenfresslern.

Ich hatte keine Zeit, mich umzuschauen. Zwei in schwarzen Jacken langten oben an der Treppe an, dahinter kamen einer in beigefarbenem Blouson mit Bauch und Halbglatze und ein kleiner Typ, nein, kein Typ, sondern eine stämmige Blondine mit Palästinensertuch um den Hals. Die Halbglatze mit Bauch griff sich unter den Blouson.

Ich hielt mich an die alte Judo-Regel: Nimm den in der zweiten Reihe, denn das ist der Anführer, und sprang die Stufen hinauf.

»Vorsicht! Er hat eine Waffe!«, rief eine Frau gellend. Tuana war es nicht. Es war die Stämmige. Ich sah gelbes Haar im Augenwinkel, fühlte, wie sie mich am Ärmel packte, und machte mich mit einer kleinen, aber wirksamen Judotechnik los.

Die Halbglatze mit Bauch hatte was Kleines aus der Jacke gezogen, vielleicht ein Pfefferspray oder einen Elektroschocker.

Mein Hirn stellte auf Kampfmodus und damit auf Slow Motion. Ich sah: Die Waffe war eine dieser taktischen Taschenlampen mit Blendlicht, Stroboskop und Angriffszacken. Ich blickte in Augen ohne Glanz, in die glatte Mimik eines kulturellen Modernisierungsverlierers, dem nur noch Zorn und Brutalität für sein Männlichkeitsbild übrig geblieben waren. Das Blendlicht nützte ihm nur nachts, aber diese Lampen taugten dazu, Fenster zu zertrümmern. Und er schlug zu. Mit ungeheurer Wut. Eine gerade Rechte im Sprung nach vorn. Ich sah die Zacken der Lampe wie in Zeitlupe auf mich zukommen.

Sie hätten mir das halbe Gesicht zersplittert, hätte ich mich nicht rückwärts fallen lassen. Sein Schlag ging ins Leere, der Schwung riss ihn vorwärts, ich bekam den Ärmel der Schlaghand zu fassen, stemmte im Rückwärtsfallen meinen Fuß in sein Becken, landete auf dem Rücken und trat ihn über mich hinweg. Er machte einen wuchtigen Salto und schlug rücklings der Länge nach auf die Steine.

Ich war schneller wieder auf den Füßen, als ich denken konnte, sprang mit einem Satz die fünf Stufen hinunter und rief meiner Armee »Lauft!« zu. »Lauft!«

»Moment!«, rief eine Polizeistimme. »Halt, stehen bleiben!«

Gabi, Larissa, Katharina, Hannah und Melissa liefen los Richtung Tübinger Straße. Tuana stand mit Sosan am Fahrbahnrand und schaute sich nach mir um in ihrer Sinfonie aus Violett, Flieder und Rosé mit dem durch nichts aus dem Lot zu bringenden Hidschab, der ihr blasses Gesicht rahmte.

»Hau ab, Tuana! Ich bin in Ordnung. Ich komme nach.«

Sie wog ihre Loyalität gegen das Theater ab, das sie und Sosan zu Hause bekommen würden, wenn sie wegen einer Schlägerei aktenkundig wurden, und eilte mit Sosan davon, aber – sehr schlau – nicht den anderen hinterher, sondern über die Straße, hinüber zu den Taxis und der Häuserzeile mit Apotheke und Naturgut.

Ein Polizist langte bei mir an. Die komische Blonde mit dem

Pali-Tuch stand ebenfalls unten. Sie keuchte. Das Kamerateam näherte sich.

»Gehen Sie bitte weiter!«, herrschte der Polizist die Reporterin an. »Hier gibt es nichts zu filmen.«

»Wir haben Pressefreiheit!«, wehrte sie sich. »Wir haben einen öffentlich-rechtlichen Auftrag zur Berichterstattung.«

»Aber nicht hier«, entgegnete der Beamte. »Das ist eine polizeiliche Maßnahme.«

Das Team schwenkte die Kamera zum Platz hoch, denn auch dorthin war die Polizei mit vier Beamten gestürmt. Den von mir gefällten Gewaltpatriarchen hatte man wieder auf die Beine gestellt. Er rieb sich den Ellbogen, flankiert von einem Glatzkopf, einer prallen Rothaarigen und einem Langen mit Baseballmütze über den Augen. Hinter ihm scharten sich die Pluralitätsschisser und Normdiktatoren, die Ausgegrenzten, die Bürgerinnen und Bürger, Grauhaarige mit tiefen Mundwinkeln, Frauen in der Menopause, Dicke in schwarzen T-Shirts mit weißer Schrift unter halboffenen Jacken, junge Frauen mit rot oder blond gefärbten Haaren.

»Sie sind so weit unverletzt?«, fragte der Polizist.

»Ich glaube ja.«

»Er hatte eine Waffe«, eiferte neben mir die Stämmige mit dem Palästinensertuch. »Ich habe es genau gesehen. Er hat sie angegriffen.«

Hörte ich recht?

»Sie möchten sich als Zeugin offenbaren?«, fragte der Beamte.

»Ich kenne den. Jan ist Boxer gewesen. Er hätte sie töten können.«

»Haben Sie einen Ausweis dabei? Wie heißen Sie?«

»Saskia Uschdraweit.« Sie zog den Rucksack runter, holte den Geldbeutel heraus und kramte nach einem Personalausweis.

Der Beamte nahm ihn. Zugleich kam eine Polizistin mit silbernen Sternen, eine Kommissarin, bei uns an. »Der Sanka kommt gleich.«

»Ich brauche keinen Krankenwagen«, sagte ich.

»Aber der oben. Möchten Sie Anzeige erstatten?«

Konnte es sein, dass die nicht gesehen hatten, dass ich mich aktiv hinaufbewegt und keineswegs von Jans Angriff überrascht worden war? War meine Aktion überdeckt worden von dem zugegeben stets eindrucksvollen Selbstfallwurf, der sich Tomoe-Nage nannte, Überkopfwurf? Eine narrative Verzerrung, die uns Frauen stets zu Opfern machte, allemal, wenn wir am Weltfrauentag aggressiven Hyde-Menschen entgegentraten? Es kam mir unerwartet gerecht vor.

»Ich sollte wohl. Andererseits kostet das jetzt viel Zeit, und ich möchte zur Frauentagsdemo.«

Auf dem Platz oberhalb der Treppe wurde es plötzlich laut. Dort versuchten drei Beamte ebenfalls eine Klärung des Sachverhalts durchzuführen. Wir hörten die heisere Stimme Jans. »Ich zeig dich an, du dreckige Lesbensau! Solche wie du gehören vergast!«

Lange hatte ich das nicht mehr gehört.

»Na, na!«, rief oben einer der Polizisten. »Nicht in diesem Ton.«

»Meinungsfreiheit! Wir haben Meinungsfreiheit!«, schrie eine Frau. »Noch!«

Die Polizistin bei uns unten zuckte fatalistisch mit den Achseln. Saskia blickte zu Boden.

»Für dich, Saskia«, sagte ich. »Hass ist keine Meinung.«

Sie schaute mich an. Ihre grauen Augen waren etwas zu weit aufgerissen, leicht starr: ein hungriger und fanatischer Blick.

Die Polizisten berieten sich untereinander und mit mir, dann ging die Beamtin hoch und besprach sich mit den Kollegen, die den Haufen mit den Mädchenbildern und Freiheitssprüchen in Schach hielten. Es kristallisierte sich heraus, dass Jan darauf bestand, Anzeige gegen mich zu erstatten wegen Mordversuchs.

Also mussten wir uns zu jeweils unterschiedlichen Polizeifahrzeugen begeben, wo unsere Personalien und vorläufigen Aussagen festgehalten wurden. Dabei wurde Jan wohl klargemacht, dass er ein halbes Dutzend Polizisten, eine Teilnehmerin der Kundgebung und womöglich noch andere Umstehende, die zu befragen wären, als Zeugen gegen sich hatte und überdies der Staatsanwalt entscheiden werde, wessen ich angeklagt würde, falls überhaupt, und dass ich mit Sicherheit nicht wegen Mordversuchs vor Gericht gestellte würde, und er zog die Anzeige zurück.

17:41 Uhr

Die Sonne war hinter die Häuser gerutscht und färbte die Wolken über dem Marienplatz orange und violett ein, als ich endlich aus dem Polizeiauto steigen durfte. Die Straßentyrannen hatten ihre Kundgebung beendet und verließen mit unter den Arm geklemmten Lügenplakaten den Platz. Das Kamerateam war verschwunden.

Ich zündete mir eine Zigarette an und zog mein Handy. Tuana hatte mir vor einer Viertelstunde die Nachricht geschickt: »Sind im Kaiserbau.«

»Ich komme«, textete ich.

Unter den aufgespannten Schirmen vor dem Café hatte sich ein Feierabendpublikum in Jacken und Mänteln zu einem Bier, einem späten Kaffee mit Kuchen, einer frühen Pizza oder einem Salat niedergelassen. Das Knattern des Hubschraubers, der über dem fernen Schlossplatz hing, beeinträchtigte nicht ihre Entkopplung vom Arbeitsalltag und der Weltenumwälzung.

Tuana und Sosan saßen drinnen. Mit der Zigarette in der Hand konnte ich nicht hinein. Musste ich auch nicht, denn Sosan zog sich schon die rosafarbene Daunenjacke an. Es waren zwei sehr unterschiedliche Gesichter, die sich mir vor der Tür präsentierten, Tuanas schmal, nackt und ernst, Sosans verzogen und schwankend.

Ich führte sie weg von den Tischen zur Ecke Tübinger Straße und fragte: »Alles geklärt?«

Sosan schwieg. Tuana zog die Schultern hoch und übernahm die Antwort, zumindest versuchte sie es: »Sosan ist …«

»Nein!«, rief Sosan dazwischen. »Du hast versprochen, dass du es niemandem sagst.«

»Du wirst es deinen Eltern nicht mehr lange verheimlichen können«, sagte Tuana genervt.

Ja, klar, hatte ich es mir doch schon gedacht. »Ach so, du bist schwanger.«

»Du hast versprochen, dass du es niemandem sagst«, schrie Sosan ihre Freundin an.

»Sie hat es nicht gesagt, Sosan. War ja nicht so schwer zu erraten. Weiß es dein Freund schon?«

Sie schüttelte den Kopf. Tränen kullerten aus ihren Augen und tropften von den Unterlidern auf die Backen. »Er ist …« Und wieder wandte sie sich aufgebracht an Tuana: »… bir adam.«

Sie antwortete auf Türkisch.

Was für eine kreationistische Sprache, dachte ich, in der Adam Mann bedeutet und vermutlich nebenbei auch Mensch. Da sind wir im Deutschen direkt modern, denn anders als im Englischen, Französischen oder Spanischen kann der Mann nicht für alle Menschen stehen, auch wenn der Mensch natürlich männlich ist und »das Mensch« ein Schimpfwort für schlüpfrige Frauen.

»He!«, unterbrach ich die beiden. »Ich verstehe kein Chinesisch.«

»Sie ist nicht schwanger von ihrem Freund«, erklärte Tuana. »Sie hatten nichts miteinander.«

»Ach so? Aber Jungfrauengeburt ist heute nicht mehr so üblich.«

»Sie sagt, mit einem Cousin, da wäre vielleicht was gewesen.«

»Vielleicht?«

»Ich erinner mich nicht, null, ich wollte das nicht, ich schwör«, haspelte Sosan mit dünner Stimme. »Er bringt Raki mit, er so: ›Nur ein Schluck.‹ Ich so: ›Was denkst du von mir?‹ Er so, ich soll mich locker machen. Anne hatte Migräne. Baba und Emil waren noch im Geschäft. Er hat mir was reingetan, ich schwör. Ich hab voll keine Erinnerung, an nichts. Mein Bruder bringt mich um. Er und mein Cousin, die sind soooo eng.« Sie brach in Tränen aus.

»Warst du schon beim Arzt?«

Sosan riss entsetzt die Augen auf. »Wie kann ich zum Arzt? Meine Mutter würde mich begleiten.«

»Aber einen Test hast du gemacht?«

Tuana antwortete an ihrer Stelle: »Wir … ich habe vorhin einen in der Apotheke gekauft.« Ihre Augenbrauen zuckten fatalistisch.

Das also war der Zweck von Sosans Notruf gewesen: eine finden, die für sie in einer Apotheke einen Schwangerschaftstest kaufte. Sie selbst hätte dabei von jemandem gesehen werden können, der oder die ihre Mutter oder, noch schlimmer, Emil oder ihren Vater darauf ansprach. Ich stellte mir vor, wie Sosan auf dem Klo des Café Kaiserbau über den Teststab strullte. »Und? Was dabei rausgekommen?«

»Auf dem Beipackzettel steht«, antwortete Tuana, »man soll ihn morgens machen. Das ist sicherer.«

Mir kam ein Verdacht. »Wie lange bist du denn schon überfällig, Sosan?«

»Vier Tage«, antwortete wiederum Tuana an ihrer Stelle.

»Ach, Kinder! Das heißt gar nichts. Warst du krank, Sosan?«

Hoffnung keimte in ihren Augen. »So Grippe, Husten, seit zwei Wochen. Deshalb hat Anne gesagt, ich soll mal zwei Tage zu Hause bleiben.«

»Na bitte!«

»Wirklich?«

»Wahrscheinlich. Wenn du dich nicht erinnern kannst, dass mit dem Cousin was war, dann war da vermutlich auch nichts. Du hättest es doch auch an was anderem gemerkt.«

Sie guckten und sie verstanden: die Sache mit dem Hymen

und dem Blut auf dem Laken, das man in der Hochzeitsnacht vorweisen können musste.

»War da was?«

Sosan schüttelte den Kopf.

»Na also.« Ich verschwieg, dass nicht alle Frauen das Jungfernhäutchen hatten oder es unspektakulär riss. »Mach dich nicht verrückt, Sosan. Und wenn du ganz sicher sein willst, dann geh heut Nacht nicht aufs Klo und mach den Test morgen gleich nach dem Aufstehen. Wenn er dann nichts anzeigt, ist auch nichts. Danach versteckst du Tester und Verpackung sofort tief in deiner Schultasche und entsorgst alles auf dem Weg zur Schule in einem Mülleimer, in dem hier zum Beispiel. Klar?«

Sosan nickte und wischte sich die Tränen aus dem Gesicht.

Tuana lächelte. Ich kam mir urgroßmütterlich vor. Eine Zahnradbahn fuhr rumpelnd aus den Häusern am Hang heraus und in die Haltestelle ein.

»Dann bring ich dich jetzt nach Hause«, sagte Tuana.

»Ich kann alleine, danke, Tuana«, antwortete Sosan. »Vielen Dank«, wiederholte sie, auch halb an mich gerichtet.

Ein Herr in kamelfarbenem Mantel durchquerte mein Blickfeld. Er kam von der Zahnradbahnhaltestelle herab und zielte über die Platzecke auf den Eingang zur U-Bahn.

»He, Richard!«, rief ich.

Er schaute sich um und schwenkte um.

Sosan und Tuana verabschiedeten sich hastig mit Küsschen, und Sosan lief davon. Fast wäre sie gegen Richard geprallt, der im letzten Moment Platz machte. Die rosa Daunenjacke floh und verlosch am Fußgängerüberweg zur Böblinger Straße zwischen den Menschen. Mir war, als hätte ich etwas Wichtiges vergessen zu fragen.

»Und wo kommst du jetzt her?«

»Von zu Hause«, antwortete Richard. »Wieso seid ihr noch nicht auf der Demo?«

»Lange Geschichte. Aber wir sind im Aufbruch.« Erst jetzt fiel mir die stämmige Gestalt Saskias in die Augen. Sie stand bei den Fahnenstangen und rauchte. »Ich muss nur noch geschwind mit der da drüben reden. Wartet ihr kurz?«

Saskia blickte mir hungrig entgegen, das Kinn im Palästinensertuch versenkt, die Schultern hochgezogen.

»Ich will mich bei dir bedanken«, sagte ich. »Das war voll nobel von dir, Respekt!«

»Kein Thema. Frauensolidarität bedeutet mir eben was.«

Über meine Schulter hinweg musterte sie skeptisch den stattlichen Herrn in Mantel und Anzug, der mit der jungen Gestalt in Mantel und Hidschab zusammenstand.

»Wir gehen zur Frauentagsdemo.«

»Die da auch?«

»Warum nicht?«

»Ich überlege, ob ich da auch hingehe.« Ihre Augen lauerten mich an.

»Dann komm mit.«

Sie warf die Kippe weg und folgte mir. Ich stellte sie Richard und Tuana vor. »Saskia hat für mich ausgesagt. Es gab eine kleine Handgreiflichkeit am Rand der Kundgebung der Autoritätsfixierten.«

»Ah!« Richards Augenbraue zuckte kurz. »Was ist nun?«, fragte er dann. »Wollen wir laufen oder mit der Bahn fahren?«

»Es sind nur zwei Haltestellen«, sagte Tuana. »Und wahrscheinlich ist die Bahn knallvoll.«

»Also laufen«, entschied Richard. Wir wandten uns in die Tübinger Straße. Saskia klettete sich schnaufend an meine Seite.

»Was wolltest du eigentlich bei denen?«, fragte ich.

»Man muss was tun. So kann es nicht weitergehen. Ich will nicht, dass meine Kinder mich später mal fragen, warum ich nicht den Arsch hochgekriegt habe.«

»Und was kann so nicht weitergehen?«

»Wir leben doch auf rosa Wolken, und um uns herum verkommt alles, Brücken, Häuser, Straßen. Wir werden manipuliert, damit wir nichts mitkriegen, die Wahlen, die Statistiken, alles wird manipuliert, sogar die Wetterdaten.«

»Stimmt, heute Abend hätte es regnen müssen.«

»Und die Arbeitslosenzahlen, die sind sowieso reiner Fake. Ich sehe doch, wie viele um mich herum hartzen. Wir leben in einer kompletten Lügenveranstaltung. Und die Stasi forstet Facebook durch und löscht ganze Gruppen, bei denen es um Aufklärung geht.«

»Wieso die Stasi? Wenn, dann Gestapo?«

»Meinte ich.«

»Saskia, die Gestapo, das waren die Nazis, die Stasi, das war die DDR. Wie wäre es mit der CIA, oder meintest du den BND?«

»Die sind doch alle gleich. Hauptsache, wir erfahren nichts über die wahre Zahl der Asylanten, die wir durchfüttern. Der Bevölkerungsaustausch ist im vollen Gange.«

»Und wo kommen die Deutschen alle hin, nachdem sie gegen irgendwelche anderen ausgetauscht worden sind? Sammelt man sie auf einer Insel in der Südsee? Schießt man sie auf den Mars? Oder werden sie heimlich ermordet?«

Saskia war völlig Ironie-resilient. »Wer weiß. Ich sehe nur, unsere Kultur wird systematisch kaputt gemacht durch die ganze Migration und …«

»Du bist doch selber gar nicht von hier«, unterbrach ich ihren Lauf. »Uschdraweit, das klingt ostpreußisch.«

»Meine Großeltern sind nach dem Krieg geflohen. Aber ich bin hier geboren. Ich bin original Vaihinger.«

»Aber mit Migrationshintergrund. Wie ich. Meine Mutter ist auch geflohen.«

»Aber wir sind Deutsche.«

»Die Ostpreußen waren keine Deutschen«, sagte Richard, sich zu uns umdrehend.

Saskia hob das Kinn. »Sondern?«

»Balten, Slawen.«

»Wir sind ja sowieso alle totaler Mischmasch«, sagte ich heiter.

»Die Deutschen gibt es gar nicht«, sagte Richard.

»Sehr wohl gibt es Deutsche! Seit Kaiser Otto das deutsche Reich gegründet hat …«

»Das ist arg vereinfacht, Frau Uschdraweit. Er hat die vier Stämme, Sachsen, Bayern, Schwaben und Franken, in der Schlacht auf dem Lechfeld 955 geeint. Kriege erzeugen halt ein Wir-Gefühl. Aber Deutschland war das nicht. Genetisch gesehen gibt es sowieso keine Deutschen oder Niederländer oder Amerikaner. Unsere Gene stammen allesamt aus demselben Pool afrikanischer Herkunft, gemischt mit denen von Neandertalern. Bevor wir deutsche Pässe bekamen, sind unsere Gene durch das Erbgut von Römern, Sarazenen, Hunnen, Slawen, Juden und was weiß ich noch gereist. Der Rest ist Inzucht.«

Saskia muckste nicht, denn nun hatte Richard seinen Lauf.

»Deutsche gibt es auch rein sprachlich nicht. Das Wort ›deutsch‹ kommt von dem Adjektiv ›theodisk‹. Es heißt: ›Deutsch sprechend‹. So bezeichnete man zu Ottos Zeiten die europäischen Volksgruppen, die keine romanische Sprache sprachen. Der Begriff Engländer kommt von England, aber Deutscher eben nicht von Deutschland. Wir sind nur die Deutsch Sprechenden.«

»Sehr weise!«, rief ich. »Wer Deutsch spricht, gehört dazu. Sonst müsste man uns Mihigrunachkommen ja als Nicht-Deutsche ausschließen, was, Saskia?« Ich lachte.

Sie lachte nicht. »Aber neuerdings verbietet man uns, unsere deutsche Sprache zu sprechen.«

»Ach! Echt? Mir nicht.«

»Negerkuss darf man schon nicht mehr sagen oder Mohrenkopf oder Zigeuner. Die Mohrenapotheken müssen alle umbenannt werden. Sogar Kinderbücher lassen die umschreiben, wo Neger oder Zigeuner vorkommt. Es gibt auch schon wieder massenhaft Bücherverbrennungen.«

»Blödsinn!«, entfuhr es mir.

»Pippi-Langstrumpf-Bücher sind bereits verbrannt worden.«

Hatte ich da was nicht mitgekriegt oder war auch das nur

wieder so ein Popanz, der ausschließlich in Saskias Echoräumen widerhallte? Zum Glück war Richard bestens informiert.

»Massenhaft ist eine maßlose Übertreibung«, sagte er. »Aber in der Tat hat eine schwedische Bücherei mal alte Exemplare ausgesondert und durch neue, umgeschriebene ersetzt. Und Papier wird halt meist verbrannt. Pippi Langstrumpf ist nun allerdings kein deutsches Buch.«

»Aber«, fiel mir ein, »hat man nicht auch bei Otfried Preußler ein kleines Negerlein rausgestrichen? Bei der *Kleinen Hexe*?«

»›Ihr Chinesenmädchen, kommt her! Und ihr Türken und Neger, kommt auch her! Kommt alle her, Wüstenscheich, Eskimofrauen und Menschenfresser! Hier steht eine kleine Hexe, die kann auf dem Besen reiten!‹«, zitierte Richard.

»Und das wurde alles gestrichen!«, erboste sich Saskia. »Das nenne ich Zensur. Das ist Rassismus gegen die deutsche Sprache.«

»Vor allem«, sagte ich, »hätte man die Hexe rausstreichen müssen. Es ist absolut nicht akzeptabel, Frauen als Hexen zu diffamieren. Das ganze Buch gehört verschrottet. Aber beim Sexismus machen die immer beide Augen zu. Das darf. Typisch wieder mal.«

Richard kannte mich und grinste. Tuana grübelte, und in Saskias Kopf arbeitete es. »Aber als Kind … ich finde nicht, dass …«

»Weg mit den Märchen!«, rief ich. »Weg mit den Gebrüdern Grimm und dem ganzen Glumb. Da müssen Mädchen immer Prinzen heiraten. Pfui!«

Tuana lächelte.

Eine Alte wackelte schief auf dicken Beinen zum Bäcker hinein, ein schlank gehungerter Mittsechziger in roten Hosen kam heraus.

»Aber ich lasse mir meine Sprache nicht verbieten«, trotzte Saskia.

»Niemand verbietet dir deine Sprache. Du kannst Neger oder

Zigeuner sagen, oder Kanake oder alte Hexe. Kannst du machen, Saskia. Du zeigst halt dann nur, wen du verachtest.«

»Die Kanaken bezeichnen sich doch selber als Kanaken.«

»Ja, das ist das Wir-Gefühl der Verachteten und Ausgegrenzten. Behinderte bezeichnen sich heute auch wieder mal als Krüppel.«

»Dabei war Krüppel zunächst gar kein Schimpfwort«, bemerkte Richard. »Erst die Nazis haben daraus ein abwertendes Wort gemacht.«

Das war jetzt nicht mehr so richtig Saskias Thema.

Aber meines. »So ist das also. Wörter sind so lange unschuldig, bis ein Wir und Die sie in Waffen verwandelt.«

»Und ich denke«, sagte Tuana, »Preußler hat das mit den Negern und Eskimos und der Hexe nicht ausgrenzend oder abwertend gemeint, sie waren alle Teil derselben liebevollen Gemeinschaft. Deshalb ist es falsch, wenn man sie nachträglich verändert.«

»Ach, Tuana!«

Zwei mitteleuropäisch gekleidete Frauen mit dunklen Gesichtern und blondierter Krause hatten eben die World of Beauty verlassen und wandten sich dem Zebrastreifen zu. Ich hörte einen Porsche aufjaulen und sah, wie er beschleunigte. Die Frauen schraken zurück.

Richard zog plötzlich mit gebremster Hektik sein Handy aus der Innentasche seines Jacketts und ließ sich zurückfallen. Auch mein Handy hatte in meiner Tasche schon einige Male gerappelt, und ich holte es hervor. Es waren jede Menge Nachrichten gekommen.

Sally hatte vor zehn Minuten gefragt: »Wo bist du?«

Ich antwortete: »Auf dem Weg. Ich melde mich wieder.«

Neringa hatte vor fünf Minuten ein Foto geschickt, auf dem man unter blutrotem Himmel vor lauter Köpfen und Transparenten den Schlossplatz nicht mehr sah. Die Bildunterschrift lautete: »Geile Scheiße!«

Und Flo hatte vor einer halben Stunde geschrieben: »Wir Sarahs versammeln uns am Wittwer.«

Aus der Tür des Café Misch Misch rauchte der Duft von gerösteten Kaffeebohnen. Eine junge Frau im Parka und ein junger Mann mit langem rotem Bart saßen mit ihren Tassen auf der Bank an der Hauswand. »Ausverkauf des Gemeinwesens durch Privatisierungen«, sagte sie. Er rauchte eine Selbstgedrehte.

Auch Saskia hatte ihr Telefon konsultiert. »Ein paar von uns ... also von denen gehen auch zur Demo. Präsenz zeigen. Ist ja öffentlich.«

»Wenn die da mit ihrem Geschirrtücherplakat wedeln, wird das gar nicht gut ankommen.«

»Wir haben Meinungsfreiheit. Oder bestimmt ihr, was man sagen darf und was nicht?«

»Wer ist ihr, und wer bist du?«

Sie stutzte kurz, aber die Phrasenmaschine drosch gleich wieder los. »Ich lasse mich eben nicht von der Staatspropaganda manipulieren.«

»Meinst du, ich ließe mich manipulieren?«

»Das wollte ich damit nicht sagen. Aber ich sehe doch, was ich sehe!«

»Und was siehst du?«

Wir passierten gerade den Shisha-Laden. Dumm gelaufen. »Ich sehe«, sagte sie, »wie wir immer mehr islamisiert werden. Statt uns Frauen vor den Banden moslemischer Vergewaltiger zu schützen, beobachtet der Verfassungsschutz lieber Volkstanzgruppen.«

»Das kann ich aber jetzt gerade hier nicht sehen.«

Drei Buben auf schlammverspritzten Mountainbikes mit martialischen Downhillhelmen eierten die Straße entlang.

»Was ist los, Saskia?«, fragte ich. »Was macht dir gerade die größten Sorgen?«

Sie schnaufte. »Ich muss aus meiner Wohnung raus, so ist das nämlich. Und das passiert gerade überall. Mein Haus gehört der arabischen Immobilienmafia. Die sanieren und vermieten dann neu. Mit meinem Gehalt als Zahntechniker kann ich mir das nicht mehr leisten.«

»Das ist hart. Ich frage mal herum, ob bei mir in der Nachbarschaft was frei wird.«

»Ich will aber nicht weg aus Vaihingen. Ich bin da aufgewachsen.« Sie schrie, so wie neuerdings alle schrien, weil sie Angst hatten, dass ihnen etwas weggenommen wurde, was ihnen gar nicht gehörte. »Das ist meine Heimat.«

»Na, dann wird's aber Zeit, Saskia«, antwortete ich launig. »Ich bin in einem schwäbischen Dorf am Albrand aufgewachsen. Überall wackelten die Gardinen. Die Nachbarn petzten meiner Mutter, mit wem ich wo rumgehangen hatte. Immer hieß es: ›Das tut man nicht. Wir sind anständige Leute.‹ Was habe ich die Familien beneidet, die mal nach Italien oder Spanien gefahren sind. Meine Mutter hat nicht mal Spaghetti gekocht. Bei uns auf dem Dorf gab es keine Pizzeria, keinen McDonald. Stuttgart, das war meine Erlösung. Niemanden hat es interessiert, wie ich lebe, was ich mache, wie ich mich anziehe. Ich mag es nämlich nicht, wenn mir jemand sagt, wer ich bin oder wie ich sein soll.«

»Aber irgendwohin gehört man doch.«

»Ich gehöre nicht. Keinem Ort und niemandem. Nicht einmal mir selber. Das wär mir viel zu eng. Ich mag keine Grenzen. Sie machen unfrei.«

Saskia atmete stumm. Vermutlich hatte sie noch nie erlebt, dass man mit den Begriffen ›Zugehörigkeit‹, ›Grenzen‹ und ›Freiheit‹ auch etwas ganz anderes denken konnte als Ausgrenzung und Einigeln.

Ich schaute Tuana in die Augen. Sie atmete meine Worte nicht weg, sie dachte sie in sich hinein. Das hatte ich gar nicht bedacht, als ich die Lisa Nerz gab; auch ihr hatte ich eine Wortkombination serviert, die ihrer in Textilien perfektionierten Verheimatung in männergemachten Regeln meinen absolutistischen Eigensinn entgegensetzte. »Du selbst hast doch heute früh auch so was gesagt, Tuana. Dazugehören wollen macht dich in der Seele korrupt.«

»Aber gerade die will doch dazugehören«, rief Saskia freudig böse, »und nicht zu uns. Das zeigt sie überdeutlich.«

»He!«, pfiff ich sie an. »Du trägst doch selber Kopftuch. Wo willst du dich denn mit deinem Pali-Tuch anbiedern?«

»Ach das ...« Sie lachte verlegen und versuchte die Kefije unter den Kragen zu stopfen. »Das trage ich nur, weil es mir gefällt.«

Tuana lächelte versteckt.

Im Friseursalon Alanya wurde geschnitten und geschnippelt, gefegt und bezahlt. Drei junge Frauen in Mänteln, Leggins und weißen Vans eilten vor uns her. Sie hatten die Kapuzen über die Köpfe gezogen oder Mützen auf und redeten. »Ich sag doch nichts! ... Das ist doch Käse ... Produkte sind nie ... Pudding.«

Richard rückte wieder zu uns auf. Er hatte dieses Blitzen in den Augen, das er sich in Momenten des Triumphs gestattete.

»War was?«, fragte ich. Er würde mir darauf nicht antworten, solange Dritte mithörten, aber darauf kam es mir auch nicht an. »Wir haben nämlich eine Bedrohungslage«, erklärte ich Saskia. »Auf die Frauentagsdemo soll ein Terroranschlag verübt werden.«

»Ich hab's gehört. Die bestreiten natürlich, dass es Islamisten sind. Weil nicht sein kann, was nicht sein darf.«

»Ich habe einen der Drohanrufe mit eigenen Ohren gehört.«

Richard runzelte die Stirn. Vielleicht hakte er es unter Notlüge ab.

»Der Typ sprach akzentfrei Schwäbisch.«

»Es gibt Tausende von Türken, die hier geboren sind, die werden Salafisten, sogar Deutsche lassen sich umdrehen und begehen Anschläge.«

»Er hatte einen ziemlich biblischen Sound drauf. Frauen sind für den Mann geschaffen. Und er ist der Kammerjäger, der das Ungeziefer vernichtet. Er hat mich damit gemeint und dich auch, wenn du zur Demo gehst.«

»Aber den haben sie doch festgenommen«, sagte Saskia.

»Ja, und es war einer von deinen Leuten.«

»Das sind nicht meine Leute. Und der, der noch frei herumläuft, über den sagen sie nichts. Warum wohl?«

»Damit er sich mit einem Sprengstoffgürtel unter den Frauen in die Luft sprengen kann. Und cui bono? Wem nützt es? Nur euch, Saskia. Dann könnt ihr endlos Wutmärsche gegen Migranten veranstalten.«

»So ein Quatsch!«

18:01 Uhr

Auf dem ehemaligen Parkplatz unter der Paulinenbrücke stand umringt von tanzenden Zuhörerinnen eine Gruppe von schwarzhaarigen Musikerinnen mit Schlagzeug, Gitarre und Violine. »Hoy vas a ser la mujer, que te dé la gana de ser. Hoy te vas a querer como nadie te ha sabido a querer … Heute wirst du die Frau sein, die du sein willst. Heute wirst du dich lieben, wie niemand dich je geliebt hat.«

Das war der Augenblick, wo die Dämmerung umkippte in Nacht. Der Himmel verlosch, Straßenbeleuchtung flammte auf, Autoscheinwerfer blendeten. Was sich am Mutterglückbrunnen tat, versank im Dunkeln. Das lichte Maul des Gerber atmete den Brodem von Kurzgebratenem und indonesischem Curry aus.

»Der, den sie noch suchen, ist nichts weiter als ein Frauenfeind«, sagte ich.

Drei Frauen überholten uns. Eine trug ein Plakat, auf dem stand: »Feminist*innen, Frauen*, unterstützt euch. Bildet Banden, gönnt euch eure Erfolge, sucht euch Vorbilder. Glaubt Frauen. Glaubt an Frauen.«

»Er ist unser Feind, Saskia, nicht nur meiner, auch deiner. Ein echter Feind aus Fleisch und Blut. Heute will er dich und mich und Tuana und viele andere töten.«

Ich spürte, wie ihr der Schrecken in die Glieder fuhr.

»Und nur aus einem einzigen Grund: weil wir Frauen sind.

Weil wir uns die Freiheit nehmen, nicht mit ihm Sex haben zu wollen. Der Hass auf freie Frauen ist das am tiefsten verankerte aller Hassgefühle. Er eint die eine Hälfte der Menschheit gegen die andere Hälfte.«

»Das würde ich so nicht sagen. Nicht alle Männer hassen Frauen.«

»In Deutschland werden jeden Tag ein bis zwei Frauen von Männern getötet, jeden Tag, Saskia, von ihren Ehemännern, ihren Lebensgefährten, Bekannten, Vätern oder Söhnen.«

»Aber daraus abzuleiten, dass ...«

»Es gibt keinen Anlass zu übertriebener Sorge«, unterbrach uns Richard. Das war immerhin einer, der Frauen nicht hasste. »Die Polizei ist auf jede Eventualität vorbereitet. Nach menschlichem Ermessen dürfte es äußerst schwer, wenn nicht gar unmöglich für ihn werden, seine Pläne, welche auch immer es sind, noch durchzuführen.«

Ein Gedanke zog sich aus allen Ecken meines Gehirns zusammen und sickerte in mein Bewusstsein. Wenn genau das sein Ziel war, der Zweck seines Drohanrufs, bei uns die Gewissheit zu erzeugen, dass es unmöglich war? Aber wie genau funktionierte das? Wo war die Lücke, die er nutzen würde? Mir war, als hätte ich sie gesehen, ich kam nur nicht drauf, wo.

»Vielleicht sollten wir uns jetzt auch mal ein bisschen beeilen«, sagte Richard. »Die Damen wollen doch auf die Frauentagsdemo, oder nicht?«

»Und der Herr«, fragte ich zurück, »was will der eigentlich dort?«

Richard lächelte. »Feministische und antirassistische Inhalte laut und deutlich, bunt und vielfältig, solidarisch und kämpferisch auf die Straße tragen. Ein Zeichen setzen gegen den alltäglichen Sexismus und die heterosexuelle Norm.«

Tuana lachte.

Saskia atmete. »Aber es ist das Normale, dass Frauen und Männer ...«

»Schluss jetzt, Saskia!« bäffte ich rüde. »Es ist auch völlig normal, dass ein gewisser Prozentsatz männlicher und weiblicher Individuen anders lebt, übrigens sogar im milliardenjährigen Tierreich.«

»Minderheiten sind nämlich normal in einer normalen Gesellschaft«, sagte Tuana mit klarer Stimme.

»Aber es darf keine Parallelgesellschaften geben.«

»Unsinn!«, sagte Richard. »Nur in primitiven Gesellschaften und in Diktaturen gibt es keine Parallelgesellschaften. In der DDR gab es keine, während der Nazidiktatur auch nicht. Aber sonst gab es sie immer, Zünfte, Adel, Bauern und Stadtbürger, die lebten in ihren je eigenen Gesellschaften nach eigenen Regeln und Gesetzen. Und heute, die Superreichen, die leben ebenfalls in einer Parallelgesellschaft mit ihren Steuersparmodellen und ihren Konten auf den Kaiman-Inseln. Selbst Sie, Frau Uschdraweit, leben in einer.«

»Und ich«, nerzte ich dazwischen, »lebe im Nerz-Universum. Mit eigenen Institutionen von Recht und Moral.«

Saskia versuchte immerhin mal zu lächeln. Wahrscheinlich sehnte sie sich nach einer Freundin, die ein bisschen Pep in ihr Lebenskästchen aus Neid, Verlustangst und Einfachheitsnostalgie brachte. Woanders dazugehören war auch eine Option. Lebensansichten lassen sich ja wechseln wie Schlüpfer.

Die Polizeisperre am Ausgang der Tübinger Straße stoppte uns. Sie wollten in Tuanas Umhängetasche gucken, sie ließen sich die Innentaschen meines Parkas zeigen, sie machten sogar vor Richards gediegener Eleganz nicht halt und klopften ihm auf die Manteltaschen. Wir rutschten nacheinander durch auf die noch fast menschenleere Fläche der Straße, die dem Demonstrationszug vorbehalten war. Eine Wolke musikgeschwängerten Tumults hing im Nachthimmel über den Dächern und Türmen, die uns noch vom Schlossplatz trennten. Tuana schwebte los. Richard zündete sich eine Zigarette an.

»Moment!« Ich drehte mich um. »Wo ist Saskia?«

An der Sperre hatte sich eine Traube von Menschen gebildet. »Scheiß Überwachungsstaat … Was wohl? … 'ne Bombe … Finger weg! … nur zu unserer Sicherheit.« Keine Spur von Saskias gelben Haarfransen. Sie steckte mittendrin. Oder hatte die Polizei sie rausgezogen, weil sie irgendetwas Klobiges in ihrem Rucksack entdeckt hatte?

Ich hätte durchaus gern auf sie verzichtet. Aber es erschien mir nicht fair.

Tuana war etwas entfernt von uns stehen geblieben und mit ihrem Telefon beschäftigt. Richard nutzte die Gelegenheit und sagte: »Übrigens, die Rechnung …«

»Welche Rechnung?«

»Aus Volker Levins Tasche.«

»Ach so, ja, was ist damit?«

»Erinnerst du dich, was da oben draufstand? ›Neu an AYou. Paul soll das machen.‹«

»Jetzt, wo du es sagst …«

»Und zwar höchstwahrscheinlich in Levins eigener Handschrift. AYou ist die Werbeagentur, die hinter dem Bund zur Bewahrung der kulturellen Identität und so weiter steckt. Sie entwirft und organisiert die Kampagnen, Bots und Trolle.«

»Ja.«

»Bei diesem Paul dürfte es sich um Paul Unfried handeln, der als Geschäftsführer dieses Bunds zur Bewahrung von Identität und ähnlichem Unfug fungiert.«

»Ah!« Mir dämmerte es langsam. »Und du meinst …?«

»Genau, Lisa! Da der Drucker die Rechnung für die Broschüre an Levin und seine Büroadresse als Landtagsabgeordneter adressiert hat, dürfte der Auftrag für den Druck und die Verteilung der Broschüre vom Büro erteilt worden sein. Kostenpunkt 68 000 Euro, ziemlich überteuert übrigens. Aus der Randnotiz Levins lässt sich nun schließen, dass der Auftrag von der AYou dem Bund für Identität und ähnlichen Unfug in Rechnung gestellt werden soll. Dafür aber muss die Rechnung entsprechend umadressiert werden.«

»Tatsächlich?«

»Und damit«, vollendete Richard feierlich, »steht der Straftatbestand einer illegalen Parteienspende im Raum.«

Ein Knall zerriss die Luft.

Tuana hob den Kopf. Ein paar Schreie flackerten. Ich sah nichts. Nicht eine Taube war aufgeflattert. Richard orientierte sich am schnellsten. Ich hörte Gelächter. Auch die Leute an der Polizeisperre hatten sich wieder beruhigt. Es war nur eine eiserne Absperrung umgefallen. Meine Nerven!

Saskia war inzwischen in die Kontrollschleuse vorgerückt und zeigte ihren Rucksack. Sie winkte.

»Jedenfalls«, sagte Richard, »unser Antrag auf Durchsuchung der Räume von Paul Unfried ist vor einer halben Stunde vom Richter unterzeichnet worden.«

»Aber hast du nicht gesagt, er ist nur der Strohmann für die Luxemburger Agentur mit einem Briefkasten in Stuttgart?«

»Wenn es gängige Praxis war, dass er Rechnungen, die ans Parteibüro gingen, manipuliert, werden wir auf seinem Computer was finden. Und dann können wir einen Antrag auf Aufhebung der parlamentarischen Immunität stellen, und damit haben wir Volker Levin am Arsch.« Auch der pietistische Schwabe aus Balingen unter der Burg Hohenzollern konnte vulgär werden, wenn er von niederen Triumphgefühlen übermannt wurde.

18:16 Uhr

Saskia schloss zu uns auf. Wir nahmen den direkten Weg über eine Treppe in die Hinterhofsträßchen des Rathauses. Ein junger Mann in Sweathosen kam mit gesenktem Blick aus der Gasse heraus, in der das Dreifarbenhaus stand, Stuttgarts größtes und ältestes Laufhaus: siebzig Prostituierte aus aller Herren Länder auf fünf Stockwerken in gut sechzig Zimmern mit Waschbecken und Notrufknopf, Gemeinschaftsduschen und Kantine.

»Auf ein Wort, Tuana«, sagte ich und ließ mich mit ihr etwas zurückfallen. »Hat Sosan dir eigentlich mal erzählt, wie sie ihren Freund kennengelernt hat? So behütet, wie sie lebt?«

»Emil ist mal in einen Streit geraten mit anderen, weil die Sosan angemacht haben. Die hatten Messer. Ein Polizist kam dazu, in Zivil, er war nur zu Besuch in Stuttgart. Er hat Emil rausgehauen und Verstärkung gerufen.«

»Und dieser Polizist hat sich dann unsterblich … oder umgekehrt?«

Tuana nickte.

»Und wie sind sie zusammengekommen?«

»Der Polizist hat sich von den Stuttgarter Kollegen ihre Adresse geben lassen. Er ist dann ein paarmal nach Stuttgart gefahren und hat morgens vor ihrem Haus gewartet. Meistens fährt Emil oder ihre Mutter sie in die Schule, aber an einem Morgen ist sie zu Fuß gegangen. So haben sie sich wiedergesehen.«

»Aber wenn er Emil gerettet hat, wieso sollen die dann was gegen ihn haben?«

»Er ist kein Muslim.«

»Ach so, ja. Weißt du, wie er heißt?«

»Liam.«

»Komischer Name. Haben wir so einen in unserer Selektorenliste, in der Longlist?«

»Kann ich nicht sagen. Aber Liam, das wäre mir aufgefallen, denke ich.«

»Die Liste hast du nur auf deinem Laptop?«

»Ich habe sie dir doch geschickt.«

»Stimmt.« Ich rief meine Signal-Nachrichten auf, während wir den Marktplatz an der Ecke der Fußgängerzone zum Schillerplatz überquerten, und fand Tuanas Datei. »Und wie durchsuche ich die jetzt?«

»Du musst sie speichern, am besten auf … Was hast du drauf? Zeig mal!«

Ich reichte ihr mein Telefon. Sie tippte.

Schiller ragte stumm auf seinem Sockel in den Nachthimmel, eingerahmt von Altem Schloss, Stiftskirche und Fruchtkasten, Prinzenbau und Alter Kanzlei. Ein paar Menschen irrten über den Platz auf der Suche nach ihrem Heimweg zwischen all den Polizeisperren. Einsatzfahrzeuge blockten den direkten Übergang zum Schlossplatz ab. Wir wandten uns dem Gebäudedurchgang zur Königstraße zu.

Saskia rückte schnaufend von hinten auf.

»Alles okay?«, fragte ich.

»Ja, warum?«

»Du klingst, als hättest du was angestellt.«

»Wieso?« Sie war regelrecht atemlos.

»Ich weiß nicht. Vielleicht kommt mir gerade nur alles verdächtig vor. Die geringste Kleinigkeit könnte von Bedeutung sein. Auch was für dich gar nicht so aussieht.«

Sie lachte. »Wie im Krimi.«

»Nur dass das keiner ist. Weißt du, wie Blut riecht?«

18:24 Uhr

Aus dem Durchgang in der Ecke zwischen Prinzenbau und Alter Kanzlei traten wir auf den Schlossplatz und blieben sofort in der Frauenmenge stecken. Der Glaswürfel des Kunstmuseums legte grünliches Licht über ein Meer von Köpfen, Transparenten, Schirmen und Plakaten. »Riots no Diets«, »Jeder Tag 8. März, brecht dem Patriarchat das Herz!«, »Gleicher Lohn für Frauen und Männer!« und »Mute sexism«.

Wow! So viele! Tausende! Zehntausende? Für die Sache der Frauen, für Gleichberechtigung, gegen die hasserfüllte Herrschaft alter Männer und junger Machos. »Pack sie beim Patriarchat!« Es waren nicht die üblichen feministischen Verdächtigen, es waren junge Frauen, Schülerinnen, Studentinnen, Sekretärinnen, Bürofrauen, Erzieherinnen. »We don't need no patriarchal education.« Überall Frauen, nur Frauen, viele Frauen, verschiedene Frauen, Blonde, Rothaarige, Brünette, Schwarzhaarige, mit heller Haut und dunkler Haut, in Kostümen, in Jeans, Röcken, Kleidern, in Leder, in veganer Baumwolle. »Gegen sexistische Kackscheiße!« Butches, Dykes, Fems, Diven, Gender-Queers, Transfrauen, Cisfrauen. »Riot statt Rosen!« Viele hatten die Pussymütze mit den gestrickten Öhrchen auf und trugen Worte vor sich her: »Die Freiheit ist weiblich«, »Frauenrechte sind Menschenrechte«, »Für einen antirassistischen Queerfeminismus« und »Feminismus oder Barbarei«.

»Wohin?« Richards Stimme klang belegt, mehr noch: ergriffen.

»Zum Königsbau«, schlug ich vor. »Da haben wir Überblick.«

»Ich glaube, ich kriege Platzangst«, sagte Saskia.

»Ein Hoch auf die Angst, die uns an neuen Erfahrungen hindert!«

Sie kniff die Lippen zusammen. Wir folgten Richard, der mit breiter Schulter Lücken in die Menge bahnte. Tuana gab mir mein Telefon zurück. »Ich habe keinen Liam gefunden.«

Drei weißhaarige Ladys in roten Jacken spannten ein Bettlaken vor sich, auf das sie gesprüht hatten: »Aus mit Retro. Hinein in die Zukunft. Feminism now!« Dazu blutrot das mir altvertraute Venuszeichen aus Kreis und daruntergehängtem Kreuz.

»Was bedeutet das?«, fragte Saskia.

»Das Frauenzeichen?«

»Nein, das dort.« Sie zeigte in eine Gruppe von Queers, Transen und Genderlosen, die weiße Schilder mit Symbolen schwenkten. Eines zeigte eine Kombi aus Marspfeil und Venuskreuz, ein anderes den Kreis mit Venus und Mars und einem dritten Arm aus Pfeil mit Kreuzquerstrich, und bei einem weiteren war der Dreiarm noch mit einem Querstrich durch die Kreismitte versehen.

»Transgender«, sagte ich. »Und das mit dem Querstrich schließt Leute ohne Geschlechtsidentität ein. Und das hier …« Ich hatte mein Symbol entdeckt, das gehörnte Venuszeichen, »das ist das Merkursymbol für das dritte Geschlecht.« Ich grüßte sie mit dem Victoryzeichen. Überhaupt wäre ich gerne jubelnd herumgehüpft und allen um den Hals gefallen. Es war einfach cool, krass, übel, heiße Scheiße!

Saskia klebte förmlich an mir.

»Keine Angst, die sind harmlos, die tun Cisfrauen nichts.«

»Wem?«

»Solchen, wie du eine bist. ›Cis‹ heißt auf Lateinisch ›diesseits‹, so wie ›trans‹ ›jenseits‹ heißt. Cismänner oder Cisfrauen leben in dem Geschlecht, in dem sie geboren wurden.«

»Sorry, aber wozu soll das gut sein, diese Einteilungen?«

»Damit frau auch mal dich ausgrenzen kann, Saskia. Es gibt nichts Wichtigeres als Ausgrenzung, Abgrenzung, Abschiebung, Einteilung, Klassifizierung und Trennung, weißt du doch.«

»Aber wir sind doch alle Frauen.«

»Und alle Menschen sind Menschen.«

»Und die Natur hat uns unterteilt in Männer und Frauen. Sonst wären wir schon ausgestorben.«

»Gratuliere, Saskia, du hast immerhin nicht Gott gesagt. Die Natur hat es nämlich nicht hingekriegt. Es gibt Menschen mit genetischen Varianten, die dazu führen, dass sie Penis und Gebärmutter haben. Es gibt nicht nur Lesben und Schwule, die Menschen des eigenen Geschlechts erotisch finden, es gibt auch Frauen, die in Männerkörpern stecken, oder Männer, die in Frauenkörpern gefangen sind. Es gibt Leute wie mich, die im Kopf weder Mann noch Frau sind oder beides. Und das ist nicht nur so ein Gefühl wie deine Angst vor Menschenansammlungen. Es ist keine Befindlichkeit, die man überwinden kann, sondern eine unveränderliche Gewissheit, ein Teil der Identität. Und vor allem: Es ist keine Krankheit, die man heilen kann oder muss. Es ist ein Ergebnis der Kreativität der Natur.«

Tuana nickte. »Und nur eine Gesellschaft mit ganz unterschiedlichen Lebenskonzepten und Menschen ist kreativ, nur sie übersteht Krisen und überlebt auf Dauer. Gleichgeschaltete Gesellschaften gehen unter.«

Was die so wusste!

Vier angesexelte Frauen in Superminiröcken tanzten und sangen in einem Kreis, den die Menge gebildet hatte: »Quatscht uns nicht voll, fasst uns nicht an. Du nennst es Trieb, ja, ist schon klar. Ich nenn es Gefahr, ich warn dich schon mal!«

Wir umrundeten sie. Zwischen dem Calder-Mobile und Wittwer stießen wir auf ungefähr zwanzig Sarahs. »Frauen*rechte grenzenlos.« Flo in Leder, Manu im Abendkleid mit Kunstpelzstola. Wir fielen uns in die Arme. »Ist das nicht unglaublich!« Auch Richard und Saskia wurden geherzt. »Na, alles klar, Richard?«, fragte Flo, wie immer auf Abstand. »Ihr passt auf uns auf? Können wir uns darauf verlassen?«

»Ich hoffe es.«

Saskia lachte plötzlich. »Guck mal, das ist gut!« Sie deutete auf ein Transparent, das zwei Frauen in langen Mänteln mit hohen schwarzen Hexenhüten ausgespannt hatten. »Ohne Hermine wäre Harry schon im ersten Buch tot gewesen.«

Das Handy bebte in meiner Hand. Es war eine Nachricht von Sally. »Frau zusammengebrochen. Beim Pavillon.«

»Scheiße!«

»Was ist?« Richard war sofort präsent. Keine Spur von festlicher Entspannung mehr.

»Sally. Am Pavillon ist eine Frau zusammengebrochen.«

Das gusseiserne achteckige Kuppeldach des Musikpavillons überragte deutlich sichtbar die Köpfe und Plakate. Richard griff nach seinem Handy und lief los, wir hinterher.

Von der Ecke an der Bolzstraße her bahnte sich bereits ein Krankenwagen mit Blaulicht im Schritttempo den Weg durch die Massen. Wir waren vor ihm da. Vor den Stufen des Pavillons bemühten sich fünf Frauen um eine, die auf den kalten Pflastersteinen lag. Ich sah nur ihre Füße, aber sie bewegten sich noch.

Auf den Boden geworfen Schilder mit Frauengesichtern. Malala Yousafzai erkannte ich. Die Taliban hatten sie in den

Kopf geschossen, weil sie für Mädchenschulen bloggte. Und Nadia Murad. Sie war im Irak als Jesidin vom IS verschleppt, vergewaltigt, versklavt und gefoltert worden, hatte achtzehn Familienmitglieder verloren, konnte fliehen und kam mit eintausend anderen traumatisierten Frauen per Sonderkontingent nach Baden-Württemberg. Beide hatten darüber reden können, ihr Glück, waren zu Botschafterinnen der Opfer patriarchaler Gewalt geworden und hatten den Friedensnobelpreis erhalten.

»Warum antwortest du mir nicht?« Sallys blonde Mähne materialisierte sich neben mir. »Wo hast du die ganze Zeit gesteckt?«

»Ich bin doch da.«

»Ich dachte schon, jetzt geht's los«, sprudelte sie. »Plötzlich fasst die sich an die Brust, dann sackt sie zusammen. Wie aus heiterem Himmel. Bei dem Lärm würdest du einen Schuss ja gar nicht hören. Und bei einem Herzschuss siehst du auch kein Blut.«

»Dann würde sie sich aber nicht mehr bewegen, Sally. Wahrscheinlich nur Kreislauf. Kommt vor.«

Der Krankenwagen hielt, rot gekleidete Sanitäter mit reflektierenden Jacken kamen mit dem Notfallkoffer angerannt, scheuchten die Helferinnen beiseite und gingen bei der Frau auf die Knie. Richard drängelte sich zu ihnen durch. Vermutlich würde er sich als Staatsanwalt ausweisen.

»Vielleicht war es eine Giftspritze oder so was«, überlegte Sally.

»O Gott!«, stieß Saskia hervor. »Ich muss sofort raus hier.«

»Keine Panik! Oder siehst du einen Mann mit Giftspritze?«

Sie schaute sich um. Das Schöne war ja, dass wir ihn erkennen würden, daran, dass er ein Mann war.

Auf der Lastwagentribüne beim Wittwer begann in diesem Moment eine Frau mit einer Rede, die in Lautsprecherfetzen bei uns ankam. »Weib … Weltgeist … ewigem Rätsel Frau. … Frau sagt, … nicht klug daraus … selber nicht wissen, was sie wollen … Mythos Frau … Rollenangebot. Die geheimnisvolle …«

Die Sanitäter hängten die Frau an den Tropf und hoben sie auf eine Trage. Da ertönten von woandersher Rufe: »Sanitäter! Hilfe!« Unruhe breitete sich bis zu uns aus. Ich sah Richard loslaufen und folgte ihm. Am Bordstein zur Rasenfläche stand eine Frau, gehalten von anderen. Sie japste und fasste sich an Brust und Hals. »Mein Herz! Was habe ich da? Das brennt wie Feuer.«

»Sanitäter, hierher!«, riefen die Frauen dem abfahrenden Krankenwagen hinterher. »Wieso fährt der weg! He! Hallo!«

Richard hob sein Telefon ans Ohr.

»Er ruft die Sanis«, sagte ich. »Ganz ruhig!«

»Aber sie stirbt!«, schrie eine Frau.

Sally trat vor. »Ich bin ausgebildete Arzthelferin.« Sie strich der japsenden Frau die Haare hoch. »Hat jemand Licht?« Tuana leuchtete mit ihrem Handy. »Eine Hautreizung«, stellte Sally fest. »Da sind so kleine Pusteln.«

»Aber mein Herz! Es rast, es … O Gott, was ist das?«

Eine weitere Frau griff sich an die Brust, sie würgte und übergab sich. Andere kamen ihr zu Hilfe. »Ich glaube, mir ist schlecht«, sagte eine Frau neben mir. Bleiche Gesichter, schreckstarre Gestalten, nach innen gerichtete Blicke. Wer war die Nächste? »Was passiert hier?«

Drei Sanitäter kamen mit Trage und Koffer vom Karlsplatz her angerannt. Ein Krankenwagen bahnte sich den Weg über die Königstraße.

»Sieht mir schwer nach Vergiftung aus«, sagte Sally.

»Und das weißt du so?«, fragte Saskia. Sie war leichenblass, sofern man das bei der städtischen Halbdunkelheit erkennen konnte.

»Ich habe lange als Arzthelferin gearbeitet. Wir hatten mal eine Vergiftung mit E605. Das ist ein Kontaktgift.«

»Schon ewig verboten«, wiegelte ich ab. »Sei so nett und verbreite keine unnötige Panik.«

Die Sanitäter übernahmen die Frau. Der Krankenwagen war auch schon fast da. Richard telefonierte.

»… keinen Rollenerwartungen entsprechen …«, wehte die Rede von Wittwer zu uns herüber, »… Geschlecht definiert werden … überhaupt keine geschlechtsspezifischen Rollenbilder … Kohle für gleichwertige …«

Tuana hatte ihr Telefon gezogen und studierte die Wikis. »DDT ist auch ein Kontaktgift.«

»Verboten. Hör auf damit!«

»Und verschiedene Nervenkampfstoffe … ähm … und, oh, Flusssäure. Da merkt man es nicht gleich, es gibt Verätzungen bis zu den Knochen. Die Haut bleibt intakt. Eine handtellergroße Verätzung wirkt tödlich.«

»Kann man sicher einfach so im Supermarkt kaufen, gell?«

»Hier steht, es wird in der Halbleitertechnik verwendet und zum Glas-Ätzen bei der Glasmalerei.«

»Vergiss es.«

»Aber es gibt auch Pflanzen, Eisenhut oder so«, sagte Sally. »Guck mal danach.«

Tuana tippte. »Eisenhut. Wirkt über die Haut, alle Pflanzenteile sind giftig, null Komma zwei Gramm sind tödlich. Der Tod tritt binnen einer halben Stunde ein, Symptome Herzrasen … ein Nesselausschlag.«

»Siehst du!« Sally triumphierte mich an.

»Und wie …?«

»Oh!« Sallys Augen weiteten sich. »Und jetzt die?«

Saskia raufte sich die Haare, stöhnte, schüttelte den Kopf und flehte uns förmlich an. »Das hab ich nicht gewusst. Wer denkt denn so was? Ich hatte keine Ahnung, ich schwör's, das müsst ihr mir glauben!«

»Was bitte, Saskia.«

»Nie hätte ich gedacht, dass er … er … er …« Sie schüttelte den Kopf und wollte gar nicht mehr aufhören ihn zu schütteln.

»Wer? He, rede!«

»Der hier.« Sie hob ihr Telefon und suchte nach einem Chat.

»Saskia!«, rief ich. »Lass das Handy!«

»Aber ich habe es hier. Da steht es. Ich hätte nie gedacht, nie im Leben, dass er das wirklich macht. Ich dachte, das ist ein Scherz.«

In einer Whatsappgruppe mit dem Namen »Deutschorden« hatte ein Massimo Knopf vor einer Stunde geschrieben: »Ich hab die Wurzel dabei. So kriegen die Transen auch mal Herzklopfen und Ameisen im Bauch.«

Volker Levin hatte ein Grinse-Emoji druntergesetzt: »Wer nicht hören will, muss fühlen.«

»Saskia, das hättest du mir vorhin gleich sagen müssen!«

»Aber ich habe doch gedacht, das ist ein … die witzeln halt, wie wir … wie die das manchmal tun.«

»Aber ihr müsst schon mal über den Einsatz einer Eisenhutwurzel gegen Menschen gesprochen haben, Saskia. Wie kämst du denn sonst jetzt darauf?«

»Das war doch nicht im Ernst. Massimo hat im Garten seiner Eltern Eisenhut ausgegraben. Weil das giftig ist. Wegen der Enkelkinder und so. Es genügt, jemanden zu berühren, hat er gesagt. Man selber muss Handschuhe tragen. Damit könnte man Asylanten … na ja … stempeln, hat er gesagt.«

Tuana holte scharf Luft.

»Es war doch nur so gewitzelt.«

Ich schaute mich nach Richard um. Er stand mit dem Telefon am Ohr zwei Schritte hinter mir.

»Es ist Eisenhut«, rief ich ihm zu.

Er sagte »Moment« ins Telefon, ließ es sinken und schaute mich fragend an.

»Jemand hat die Frauen mit einer Eisenhutwurzel touchiert. Das gibt Herzrasen und Übelkeit.«

»Die Symptome gehen nach ein paar Stunden wieder weg«, sagte Tuana mit ihrem Wikiwissen.

Richard hob das Telefon und sagte: »Ich rufe gleich wieder an.« Dann wandte er sich uns zu. »So jetzt. Wieso Eisenhut?«

»Saskia kennt einen Massimo Knopf, der herumgetönt hat,

dass er mit der Eisenhutwurzel aus dem Garten seiner Eltern Asylanten stempeln will.«

»Bitte?«

»Sie berühren, vergiften. Vorhin hat er in einer Whatsappgruppe von Saskia quasi angekündigt, dass er das heute machen will.«

»Ich hab's echt nicht gecheckt«, rief Saskia. »Wirklich nicht.«

»Sie kennen diesen Massimo Knopf?« In Richards Stimme trat eine fürchterliche Amtlichkeit. »Wenn er sich, wie Sie sagen, in einem Chat geäußert hat, dann haben Sie auch seine Telefonnummer.«

»Hier.« Saskia streckte ihm das Handy mit dem Chat hin. So kam es, dass Richard auch Volker Levins beifälligen Kommentar las: »Wer nicht hören will, muss fühlen.«

»Frau Uschdraweit, in meiner Eigenschaft als Staatsanwalt …«

Entsetzen malte sich in Saskias Gesicht. »Staatsanwalt«, fragte mich ihr Blick, »wieso hast du mir das nicht gesagt?«

»… beschlagnahme ich Ihr Telefon zur weiteren Beweissicherung.«

»Aber, Sie können mir doch nicht einfach … Ich brauche das!«

»Sie bekommen es zurück. Aber wir müssen prüfen, ob hier der Tatbestand der Verabredung zu einer Straftat vorliegt. Und Sie können von Glück sagen, wenn nicht auch gegen Sie wegen Beihilfe ermittelt wird. Ich kann Ihnen nur empfehlen, vollumfänglich zu kooperieren.«

Es war schwer, sich Richards kaltem Zorn des Rechtschaffenen zu entziehen. In solchen Momenten war er der personifizierte biblische Gerechte, der in Treue zur Gemeinschaft und ihren Regeln das Richtige tat. Und Saskia unterwarf sich. Sie wurde dabei sogar ruhiger, besonnener. Ihre Miene veränderte sich. Aus dem verwischten Protestmund wurden Lippen mit Kontur und Ernst, ihr Blick gewann an Klarheit und Mut, ihre Stirn glättete sich.

Massimo gehörte nach ihrer Aussage nicht zu ihren engen

Freunden, aber man sah sich, traf sich zum Fußballgucken in der Nachbarschaft, beim Stammtisch der freiwilligen Feuerwehr oder auch mal bei einer Protestaktion gegen ein Flüchtlingsheim oder eine Drogenberatung. Er galt als Außenseiter wegen seiner extremen, teils brutalen Ideen. Bei der Kundgebung auf dem Marienplatz war er dabei gewesen, aber nicht hervorgetreten. Saskia erinnerte sich, dass er schwarze Jeans, eine dunkle Jacke mit Kapuze und orange-gelbe Turnschuhe getragen hatte. Sie beschrieb ihn als mittelgroßen braunen Lockenkopf mit einem Kinnbart, der aussah, als hätte er sich braune Soße aufs Kinn gesabbert.

Das konnte Richard per Telefon der Einsatzleitung im Lagezentrum weitermelden.

»Wir wissen, was wir wollen«, sagte die Lautsprecherrednerin, »… aber nicht, dass … auch kriegen … Keine Glücksgarantie … Möglichkeit vorfinden, unsere Ziele …«

Beifall brandete bei Wittwer unter dem grünlichen Licht des Kunstmuseums auf, versickerte aber, bevor er uns erreicht hatte. Ich sah behelmte Polizisten vom Rand hier die Menge infiltrieren. Gleichzeitig begannen beim Wittwer die Plakate und Transparente in die Königstraße abzuwandern. Der Demonstrationszug formierte sich. Es würde noch eine Weile dauern, bis er so viele vom Platz gesogen hatte, dass auch wir, Tuana, Sally, Saskia, Richard und ich, uns in Marsch setzen konnten.

Ein Care-Mob wuselte zwischen uns hindurch. Die Frauen schwangen Klobürsten und Besen, schlugen Topfdeckel auf Töpfe und schrien: »Heute bleibt die Küche kalt!«

Ich versuchte das Gefühl feierlicher Freude zu reaktivieren. War das nicht grandios! Sie waren alle gekommen. Flo und Manu, die Sarahs mit den beiden Hexen, Neringa und ihre Nichten und Kolleginnen, wahrscheinlich auch Gabi, Kathrin, Larissa, Melissa und Hannah und mit ihnen vermutlich fast alle Frauen, die ich kannte. Irgendwo im Zug befand sich vielleicht Karin Becker aus dem Archiv des *Stuttgarter Anzeigers*, die mich in Zeiten vor der Smartphone-Spontanrecherche so oft mit entscheidenden Informationen versorgt hatte, oder Staatsanwältin Gesine Meisner, die immer die Mordermittlungen leitete, in die Richard und ich uns einmischten; die alte Physiklehrerin Schneider, die mich einst mit einem Kondensator unter Spannung mal kurz umgehauen hatte und von der ich kürzlich erst gehört hatte, dass sie noch lebte, vielleicht auch Maxi, die jüngste Tochter von Richards Cousine Barbara, die mir vor Jahren die Geheimnisse der sich mannlos fortpflanzenden Tiere und die Vorteile der Parthenogenese bei Krebsen und Geckos erklärt hatte und inzwischen Biologie studierte, und womöglich sogar Camilla Feh, die ich wegen meiner Schnellfertigkeit für ein Jahr in die Hölle der Untersuchungshaft gebracht hatte, ehe ich in Australien ihre Unschuld beweisen und einen Akubra-Hut kaufen konnte. Und sicher waren Janice, Violette und Denise dabei, die Verfechterinnen einer hierarchielosen Gesellschaft der Achtsamkeit, die ich eine kurze Strecke auf ihrem veganen Lebensweg begleitet hatte.

Als endlich auch wir uns gerade langsam in Bewegung setzten, konnte Richard uns mitteilen, dass Polizisten in einem Mülleimer einen Gefrierbeutel mit einem verdächtigen wurzelähnlichen Gegenstand sichergestellt hatten. Von Massimo Knopf noch keine Spur, aber die Handyortung mit Hilfe der Nummer auf Saskias Telefon lief. Weitere Verdachtsfälle auf Vergiftungen waren bei den Sanitätern und der Polizei nicht gemeldet worden. Insgesamt vier Frauen wurden behandelt, wobei bei zweien wohl keine ernsthafte Vergiftung vorlag.

»Na, Gott sei Dank«, sagte Sally.

War's das jetzt gewesen?

Eine Gruppe dunkelhaariger Frauen, von denen einige Hidschabs trugen, schob sich vorwärts. »Machtverhältnisse sind weder geschichtslos noch geschlechtsneutral.«

18:46 Uhr

Über den Köpfen nebelte unser tausendfacher Atem im Widerschein der Gebäudebeleuchtungen. Kälte drang durch meine Schuhsolen und traf auf Füße, die sich anfühlten, als bestünden sie nur noch aus Knochen. Auch die Muskeln rund um meine Knie schmerzten. Meinem Bewegungsapparat reichte es eindeutig für heute. Und eigentlich brauchte mich die Demonstration auch nicht mehr. Es waren genügend da.

»Prekarisierung ist weiblich«, »Black girls matter«. Alles richtig, alles immer wieder gesagt. Auch #MeToo war zahlreich unterwegs. Ein halbes Dutzend Schlampen in Netzstrümpfen und Minis trugen Pappen am Stiel. »Was auch immer wir anhaben, wo auch immer wir gehen, Ja heißt Ja und Nein heißt Nein.«

Vielleicht konnte ich mich nachher irgendwo ausklinken, davonschleichen, heimgehen, hinlegen.

Sally redete eifrig auf Richard ein, der knapp und beschwichtigend antwortete. »Hätte ich nicht …«, »Einzeltat«, »… reden hören … Stimme … der Anrufer«, »… wohl eher nicht.« Und Saskia hatte sich in ein Gespräch mit Tuana gewagt. »Kopftuch … total gestylt … Lippenstift und High Heels. … muss letztlich jeder selber wissen.«

Jede!, korrigierte ich sie im Kopf.

Überhaupt hakte gerade alles in meinem Hirn. So viel Aufwand, erst mit einem Drohanruf die gesamte BePo samt SEK und Hubschrauber schallu machen und dann die Eisenhutwurzel nach ein paar halbherzigen Angriffen in den Mülleimer werfen, das war doch Murks. Nun gut, er mochte es sich leicht vorgestellt haben, hatte dann aber bei den gegen Kälte eingemummelten Frauen kaum freie Hautflächen gefunden. Realität war halt immer sperriger als die reine Vorstellung. Und für so einen Witz war ich nun den ganzen Tag herumgerannt. Für einen Bubenstreich und eine Beratung zur Anwendung eines

Schwangerschaftstests. Kindergarten! Echt. Was für ein Kasperletheater war aus meiner Welt geworden?

»Nichts scheinen Götter und Männer mehr zu fürchten als den Verlust der Kontrolle über Frauen« versperrte die Sicht auf die kahlen Platanen der Königstraße.

Ja doch, freu dich, Lisa! Was für einen gigantischen Frauenkampftagsmarsch lieferten wir der Weltpresse. Alle Sender waren drauf, wenn es nach der Zahl der Kameras an der Strecke ging. Manche sogar mit eigenen Scheinwerfern.

»Hast du einen Freund?«, hörte ich Saskia fragen. Tuanas Antwort schloss ich aus Saskias Nachfrage: »Darfst du nicht?«

»Meine Eltern sind nicht so traditionell«, antwortete Tuana in einem Ton, der mir verriet, wie leid sie solche Gespräche war. Tausend Mal geführt und immer Unverständnis geerntet, sie das andere Geschlecht, das Allah versprochene, die Nonne. Ja, wenn dich niemand dazu zwingt, warum trägst du das Kopftuch dann?

In meinem Hirn sprang plötzlich ein Türchen auf.

Nein, es war nicht Massimo gewesen, der heute früh im SWR angerufen und Sally gegenüber eine Bluttat angekündigt hatte. Denn er hatte gar keine Bluttat begangen. Nun gut, er hätte mehr vorgehabt haben können, hatte es dann aber angesichts des Polizeiaufgebots als undurchführbar aufgegeben und sich an die Eisenhutwurzel erinnert. Doch bei allem Bedürfnis, den eigenen Hass mit aller Welt zu teilen, hätte er sich sagen müssen, dass ein Drohanruf einen massiven Polizeieinsatz zur Folge haben würde, der seine Pläne vereitelte. Jedem, der etwas Großes vorhatte, wäre das klar gewesen. Und daraus folgte: Entweder Tatütata hatte es darauf angelegt, dass die Frauentagsdemo abgesagt wurde – auch das hätte er sich als Erfolg an seine Schlampenhasserbrust heften können –, oder er brauchte für seine Tat die Polizei in Hundertschaftenstärke.

Endlich hatte ich es kapiert. Doch was fing ich jetzt damit an? Soviel ich mich auch umblickte in dem Raum, den das Türchen mir geöffnet hatte, ich fand nichts, er schien leer zu sein. Oder das entscheidende Ding war so erbsenwinzig, dass ich es nicht sehen konnte.

»Frauen leisten zwei Drittel unbezahlte und ein Drittel bezahlte Arbeit. Bei Männern ist es genau umgekehrt«, »Jede dritte Frau ist seit ihrer Jugend Opfer sexueller Gewalt geworden.«

Während wir vorrückten, Tuana und Saskia hinter Richard und Sally, kehrte ich innerlich um und trat wieder zur Tür hinaus in meine übliche Gedankenwelt. Was genau hatte das Türchen aufgestoßen? Es war etwas gewesen, was Tuana gesagt hatte. Was hatte sie denn gesagt? »Meine Eltern sind nicht so traditionell.« Traditionell. Kein Freund. Freund?

Ich tippte Tuana am Ellbogen an. Sie wandte den Kopf, sah mein Fragegesicht und ließ sich, wie vom Geschiebe zufällig dazu gezwungen, von Saskias Seite zurückfallen an meine.

»Tuana, ich brauche deine Denkhilfe. Dieser Freund von Sosan …«

»Liam.«

»Ja.«

»Was ist mit ihm?«

»Sag du es mir. Irgendetwas ist mit ihm.« Da fiel es mir plötzlich ein. »Wieso ist sich Sosan so sicher gewesen, dass sie nicht von ihm schwanger ist?«

»Sie haben nicht miteinander geschlafen.«

»Und wieso nicht?«

»Sosan ist Muslima. Er respektiert das. Sosan hat gesagt, er …« Sie unterbrach sich und schaute mich entgeistert an. »Sie hat gesagt, er ist ein ›onurlu bir adam‹. Da habe ich an ›ehrbar‹ gedacht.«

»Er ist ein Ehrenmann?«

»So kann man das auch übersetzen.«

Rums.

Ich zupfte Richard am Ärmel. Was ist?, fragte sein Blick, in dem sich augenblicklich mein eigener Alarm spiegelte.

Lass uns mal aus dem Zug rausgehen, bedeutete ich ihm mit

einer Kopfbewegung. Wir landeten an einem Schaufenster mit Uhren und Brillanten.

»Was ist jetzt schon wieder?«, fragte Sally.

»Sosans Freund, er ist ein Ehrenmann, und er ist Polizist, und er braucht den Polizeieinsatz …«

»Wer ist Sosan?«, fragte Sally.

»Der Reihe nach«, sagte Richard.

Ich atmete aus. »Sosan ist Tuanas Freundin. Sie hat einen Freund, der ist Polizist. Sie hat ihn nach einer Schlägerei ihres Bruders mit Leuten ohne Mihigru kennengelernt. Und er hat sich Sosan gegenüber als Ehrenmann bezeichnet.«

»Ah!«, sagte Sally, die sich an unser Gespräch heute Vormittag in der Raucherecke des SWR erinnerte. »Ein … wie hießen die?«

»Unfren.«

»Ein was?«, fragte Saskia.

»Ein unfreiwillig Enthaltsamer. Das sind junge Männer, die bei Frauen nicht landen. Und dafür verachten und hassen sie uns. Sie selbst behaupten vor sich und der Welt, sie wollten Sex nur in der Ehe. Doch Frauen seien an einer Ehe mit ihnen nicht interessiert, sondern nur an Sex.«

»Und das ist der Attentäter?«

»Aber er hat doch eine Freundin, diese Sosan«, widersprach Sally.

»Sosan ist Tochter einer traditionellen Familie. Sie haben sich kaum je getroffen. Außerdem ist sie Muslima und er nicht. Das heißt: Hochzeit unwahrscheinlich, kein Beischlaf möglich, unfreiwillige Enthaltsamkeit.«

»Du meinst, er hat sich zur Bestätigung seines Frusts ein Mädchen gesucht, wo nix geht«, stellte Sally fest.

»Egal jetzt. Was für ein Krampf in so einem Kopf herrscht, können wir uns sowieso nicht vorstellen. Aber gerade ist mir eines klar geworden: Es ist Blödsinn, morgens einen Drohanruf abzusetzen und der Polizei viele Stunden Zeit zu geben, alle Kräfte zusammenzuziehen, wenn man einen Anschlag vorhat. Es sei denn, genau das ist das Ziel. Und zwar deshalb, weil er selbst Polizist ist und hier zum Einsatz kommen möchte. Und wir finden ihn nicht in unserer Selektorenliste, Tuana, denn er lebt nicht in Stuttgart und Umgebung, er gehört zur Bereitschaftspolizei Göppingen oder Bruchsal, die man bei Großlagen holt.«

Richard hatte die Brauen zusammengezogen. »Und was sollte ihm das nützen?«

»Denken müssen wir, wir wollen nie aufhören zu denken, was sind das für Zeremonien und warum sollten wir an ihnen teilhaben«, mahnte ein Transparent, das an uns vorbeizog.

»Ich weiß es nicht, Richard. Wir … wir müssen das Unvorstellbare denken.«

»Was für Vorteile hat ein Polizist gegenüber anderen?«, half Tuana.

»Er ist innerhalb der Absperrungen, nicht draußen«, antwortete ich.

»Und er trägt eine Waffe«, sagte Sally. »Eh die Kollegen kapieren, dass er der Attentäter ist, hat er schon ein halbes Dutzend erschossen.«

»Oder mehr, wenn er einer von denen mit Maschinenpistole ist«, sagte ich.

Wir schauten uns mit blassen Gesichtern an.

»Wie heißt dieser Freund?«, fragte Richard.

»Sosan hat Tuana nur seinen Vornamen genannt: Liam.«

»Mein Cousin heißt Liam«, sagte Saskia. »Aber er lebt in Bremen.«

»Tuana, rufen Sie bitte Sosan an und fragen Sie sie, wie ihr Freund mit Nachnamen heißt.«

Tuana zog ihr Telefon und ließ es wählen. Trotz des allgemeinen Tumults konnten wir die Ansage einer weiblichen Automatenstimme hören. »Vorübergehend kein Anschluss.«

»Gut, dann schicken wir da jetzt die Polizei hin«, sagte Richard.

»Aber Sosans Eltern dürfen nichts von ihm wissen. Das würde Sosan mir nie verzeihen.«

»Darauf kann man doch jetzt keine Rücksicht nehmen!«, rief Sally.

»Sag ihr, ich war es, die den Namen weitergegeben hat«, schlug ich vor.

»Könnten die Polizisten nicht mit Sosan alleine sprechen?«, überlegte Saskia.

»Sosan ist minderjährig«, antwortete Richard. »Ihre Eltern haben das Recht, bei einer polizeilichen Befragung dabei zu sein.«

»Aber vielleicht wissen sie es nicht.«

Das wussten die. Wenn Emil der deutschen Polizei misstraute, dann kannte er seine Rechte. Richard zog Saskia auch gleich den Zahn. »Es muss immer eine Rechtsbelehrung stattfinden.«

»Verdammt, wir stehen hier und schwätzen! Womöglich zieht er bereits die Waffe, oder …« Was oder?, fragte ich mich. Wie schnell schossen die Kollegen auf einen der ihren, der die Maschinenpistole in die Menge richtete und knattern ließ? Oder umgekehrt, musste Liam nicht vermuten, dass sie ihn sofort erschossen?

»Oder er … er nimmt ein Auto, ein Polizeifahrzeug, ein …« Welches?, fragte ich mich. Welches Polizeifahrzeug steht so nahe am Demonstrationszug, dass er unmittelbar nach dem Start in die Frauenmenge fahren kann? Denn je länger sein Anfahrtsweg, desto größer die Gefahr, dass die Kollegen Verdacht schöpften und ihn stoppten, wahrscheinlich unter Einsatz der Schusswaffe.

Die Spitze des Demonstrationszugs musste inzwischen den Marktplatz erreicht haben. Ich vergegenwärtigte mir die Strecke. Größere Polizeifahrzeuge standen am Schillerplatz und dann erst wieder am Ende der Eberhardstraße beim Tagblattturm.

»Kann man bei der Polizei nicht eine Suchanfrage starten nach jungen Männern mit dem Vornamen Liam in der Bereitschaftspolizei?«, schlug ich vor. »Viele wird es nicht geben.«

Richard hatte bereits sein Telefon in der Hand und ging ein paar Schritte beiseite.

»Schickt er jetzt die Polizei zu Sosan?«, fragte mich Tuana besorgt.

»Ich schätze, das würde viel zu lange dauern.« Womöglich, fiel mir ein, versuchte es Tatütata gar nicht im Zug, sondern von hinten. Überall um den Schlossplatz herum standen Polizeifahrzeuge. Ich hastete in Gedanken die Ränder des Platzes ab. Die Autos in der Bolzstraße hatten zwischen sich und den Frauen Bäume und Bänke als Barriere. Eine Grünfläche trennte die Busse auf dem Ehrenhof des Schlosses von der losziehenden Menge. Mein innerer Rund-Run stoppte an einem kantigen Ungetüm an der Ecke zwischen Schloss und Kunstgebäude: der Wasserwerfer, nein, die Gulaschkanone, der Küchenwagen der BePo! Der war mir total unsinnig vorgekommen, als ich am Nachmittag dort vorbeigeradelt war. Der gehörte da nicht hin.

»Richard!« Ich winkte. »Richard, der Küchenwagen der BePo.«

Seine Lippen machten »Moment!« ins Telefon, dann ließ er es sinken. Ja?, fragten seine Augen.

»Er steht beim Kunstgebäude.« Ich deutete auf die Kuppel mit dem goldenen Hirsch, die am anderen Ende des Platzes die wabernde Menge mit den Plakaten überragte. »Da müsste er sich nur reinsetzen und losfahren. Und zwar zügig, bevor alle weg sind.«

»O Gott!«, rief Sally. »Sag, dass das nicht wahr ist!«

Richard hob das Telefon ans Ohr.

Ich erwog, loszurennen. Aber lange vor mir dort wären die Einheiten, die in ihren Schutzwesten am Schloss standen. Sie mussten nur alarmiert werden. Das ging über die Einsatzzentrale schneller.

In eisiger Angst standen wir, schauten Richard beim Telefonieren zu, versuchten aus seinem Mienenspiel herauszulesen, wie er vorankam, verfolgten den Anflug von Ungeduld, sein viel zu langes stummes Zuhören, seine knappen Worte, sein Warten …

»Feminismus, die radikale Annahme, dass Frauen Menschen sind« zog an uns vorüber. »Gegen die Normierung des Schönheitsideals!«, rief das nächste Transparent. Auf einem Foto waren fünf Frauen mit entblößten Brüsten zu sehen, die ihre Büstenhalter in ein Feuer fallen ließen, die eine dick, die andere dunkelhäutig, eine ungeschmückt, eine andere mit roten Fingernägeln. Was Tuana dazu wohl dachte?

19:03 Uhr

»Entwarnung«, sagte Richard. »Der Küchenwagen ist gesichert, der Fahrer frei von jeglichem Verdacht.«

»Besser falscher Alarm als gar keiner«, sagte Sally.

»Massimo ist übrigens auch gefasst. Man hat ihn an der Haltestelle unter dem Charlottenplatz aufgegriffen. Dank Ihrer präzisen Beschreibung, Frau Uschdraweit, hat man ihn sofort erkannt. Zudem hat er versucht, sich der Festnahme durch Flucht zu entziehen.«

»Und?«, fragte Sally. »Hat er es getan?«

»Das werden die Ermittlungen zeigen. Spuren von Eisenhut lassen sich an seinen Kleidern oder Händen nachweisen, wenn er damit hantiert hat.«

»Und was ist mit unserem Liam?«, fragte ich.

»Es gibt bei der Bereitschaftspolizei keinen Beamten mit diesem Vornamen.«

Tuana und ich schauten uns an. Was erzählte Sosan eigentlich so den lieben langen Tag?

»Ich habe in England einen Freund«, sagte Sally, »der nennt sich Liam, aber eigentlich heißt er William.«

Mir fiel noch etwas ein: »Ihr müsst bei der Polizei nach einem unsäglichen Nachnamen suchen, so einem, über den alle spotten.«

»Und wenn du mir jetzt auch noch verrätst, mit welchem Stichwort man in einer Personaldatenbank nach einem unsäglichen Namen sucht …«

Tuana zog die Brauen zusammen. »Kann ich noch mal die Liste sehen?«

Sie war noch offen auf meinem Telefon. Tuana beugte sich zu mir. Ihr Duft nach Apfel und Amber wehte mich an. »Da«, sagte sie. »Das ist zwar kein William, aber ein Wilhelm Kakak.«

»Kacke!« Sally lachte unwillkürlich.

Richard schien nicht begeistert, erneut mit einer unserer spinnerten Ideen bei Polizeipräsidentin Elvira Ernst anzurufen, aber es zu unterlassen war in Anbetracht der Lage auch nicht möglich. Während er telefonierte, reihten wir uns wieder in den Zug ein.

An den Antiterrorsperren auf der Königstraße, vor denen wir zur Stiftskirche hinunter abbogen, standen Kameraleute, Reporterinnen und Reporter mit Handys und Camcordern. Jede Wette, in jeder Fernsehanstalt, die hier entlang der Strecke ihr Equipment und Personal postiert hatte, betete gerade insgeheim jemand darum, dass eine Kamera genau dort stand, wo passieren würde, was verhindern zu müssen man den ganzen Tag beschworen hatte.

»Sexuelle Selbstbestimmung! Internationale Solidarität! Gleichberechtigung von nicht-heterosexuellen Lebensentwürfen!«, skandierten welche.

Wir passierten die Südwestseite der Stiftskirche mit dem kompakten Turm, der achteckig endete. In jeder Seitengasse standen Polizisten. Im Durchgang zum Schillerplatz hatten sich hinter der Polizeisperre ein Dutzend Männer unter einem Transparent zusammengeballt. »Ehe bleibt Ehe! Stoppt die Gender-Agenda und die Sexualisierung unserer Kinder!« Sie trugen Blousons, Lederjacken, Baseballmützen, Hüte in Deutschlandfarben und böse Gesichter. Einige hielten Computerausdrucke hoch: »Genderterror aus den Köpfen!«, »Gegen zerstörerische linkskommunistische Gewaltpolitik und Indoktrination.«

»Ich schenke ihnen meine Angst nicht«, hörte ich hinter mir eine Frau laut sagen. Sie trug einen überaus bunten Mantel und einen rosa Hut.

Einer der Deutschlandmänner hob ein Megafon hoch und trötete: »Dieses Land versinkt in Ignoranz, Intoleranz, Verdummung, Aggressivität und kommunistischem Wahnsinn. Die Mutti-Regierung schaut tatenlos zu.«

»Unverschämtheit!« Die Bunte scherte aus dem Zug aus und ging auf die Polizisten zu. »Unterbinden Sie das!«

»Meinungsfreiheit, Meinungsfreiheit!«, brüllten die Männer.

»Unsere Demonstration ist angemeldet, diese nicht«, sagte die Bunte. »Beenden Sie sie!« Klein und drall stand sie vor den großen Polizisten, die sich bemühten, sie weder zu sehen noch zu hören. »Ich spreche mit Ihnen, meine Herren.«

Einer wagte einen Blick aus den Augenwinkeln.

»Ich fordere Sie auf: Unterbinden Sie die nicht angemeldete Demonstration dieser Herren!«

»Spontandemonstrationen müssen nicht angemeldet werden«, sagte der Polizist. »Bitte gehen Sie weiter!«

»Menschenrechte gelten auch für deutsche Männer!«, brüllte der mit dem Megafon.

»Fickt die Sexisten, die verfickten Konformisten«, antwortete kreischend eine Gruppe mit Pussymützen, die sich plötzlich formierte.

»Weg mit euch!«, brüllte es zurück. »Mit Mutti und all den Weibern.«

Die Frauen zogen sich die violetten Pussy-Riot-Mützen mit Augenschlitzen über die Gesichter und rannten auf die Polizeisperre zu. »Besetzt die Stadt mit Küchenpfannen«, riefen sie und warfen Äpfel über die Köpfe der Polizisten hinweg. »Geht raus mit einem Staubsauger, fickt die Bullen, die verfickten Bosse!«

Fünf Polizisten stürzten vorwärts. Die Bunte wurde zur Seite geschubst. Zwei Frauen kamen ihr zu Hilfe. Die Pussys mit den Gesichtsmasken zerstreuten sich kreischend in der Menge.

»Ich fass es nicht!«, rief Sally. »Die Polizei schützt die auch noch!«

»Ja, fühlt euch nicht sicher«, sagte die Bunte, sich wieder hinter uns einreihend. Kannte ich die Stimme nicht von irgendwoher? Diese Knötchen im Ton. Eine Fernsehstimme. »Was wir uns erkämpft haben, steht alles wieder auf dem Spiel.«

Ich drehte mich noch einmal um. Auch sie hatte so einen Blick, der bereit war, auf Erkennen zu reagieren, nur dass ich sie nicht erkannte.

Fünf Frauen scharten sich um sie wie Jüngerinnen. Und sie lehrte: »Wenn wir im Weißen Haus Hurenböcke haben, die sagen: ›Grab the Pussy!‹, dann sind wir noch ganz am Anfang. Lest die Zeitung! Wenn sie schreiben: Mutti Merkel, Handtaschenrepublik und Flintenuschi, dann sind wir noch nirgends. Im Bundestag sagen sie: Wer keine Eier hat, soll nicht Politik machen. Offenbar leben wir in einer Eierrepublik. Seid wachsam! Mit der Sprache fängt es an. Was wir brauchen, ist wieder ein kämpferischer Feminismus.«

Welchen? Den sozialistischen Feminismus, den radikalen Gleichheitsfeminismus, den Differenzfeminismus, den lesbisch-separatistischen Feminismus, den veganen Antihierarchismus, das Matriarchat, eine Diktatur der Frauen, den Krieg der Geschlechter? Einen Krieg gewinnt man nur, wenn man die effizienteren Waffen hat, schmutzige Waffen, Streubomben, Chemiewaffen, die Atombombe. Vielleicht war es Zeit, sich zu erinnern, dass Gewalt immer nur Gewalt erzeugte. Andererseits konnte ich mich nicht erinnern, dass es Frauen jemals genutzt hatte, wenn sie sich nicht wehrten.

»Frauen wird nur Gehör geschenkt, wenn es um Familie geht oder wenn ihnen Gewalt angetan wurde …«

Ist das so? Ich dachte an Malala Yousafzai und Nadia Murad, die als Opfer von männlichem Frauenhass so hoch Prämierten. Wie viele Frauen hatten eigentlich den Friedensnobelpreis bekommen und wofür? Gab es welche, die ihn für etwas anderes als Frauensachen bekommen hatten, eine, die keine Frauenrechtlerin gewesen war, keine Kämpferin für Frauenbildung, keine Heilige zwischen exemplarischem Selbstopfer und Mahnung ans Patriarchat? Dass mir keine Einzige einfiel, lag sicher an mir und an meinen Füßen, die sich anfühlten, als hätten sie sich in blutige Stümpfe verwandelt.

»Deshalb war die MeToo-Bewegung auch so ein Erfolg«, dozierte die knötchenbrüchige Stimme hinter mir weiter. »Ein Anfang. Auf dem müssen wir aufbauen. Ein vielfältiger und phantasievoller gewaltfreier Widerstand ist das einzige erfolgversprechende Mittel gegen eine Diktatur.«

Ja, sicher. Klar doch. Ich dachte mich in ein weiches Bett, bettete mein Haupt auf dem Kissen, döste weg und träumte von Demonstrationen und Streiks. Einmal im Jahr die Kinder nicht zur Schule bringen oder dem Mann nicht das Essen kochen und stattdessen auf die Straße gehen, das reichte nicht. Es musste ja nicht gleich ein Sexstreik sein, aber wie wäre es mit massenhaften Krankmeldungen an verschiedenen festgesetzten Tagen? Damit die merkten, dass nichts ohne uns lief. Und Konsumboykott: Schuhläden, Boutiquen, Kaufhäuser und Galerien blieben leer, tagelang, wochenlang. Hei, was das für eine Panik auslöste in den Aufsichtsräten von Inditex, H&M und Adidas. Die Frauen kaufen nicht mehr ein, ogottogottogott! Und sie sitzen auch nicht mehr an der Kasse von Aldi und Lidl. Sie weigern sich doch glatt, unsere schöne Kapitalmaschinerie am Laufen zu halten. Und nun? Ja, jetzt, meine Herren, stellen wir die Bedingungen. Heißassa!

Richard war plötzlich an meiner Seite. »Wir haben ihn«, sagte er mit einem leichten Triumphbeben in der Stimme.

Ich war nicht gleich wach. »Ach ja, wen noch mal?«

»Wilhelm Kakak. Es gibt in der Tat einen Wilhelm Kakak bei der BePo Bruchsal. Und er ist heute hier im Einsatz.«

»Oh ja, super. Dann war Tuanas Liste doch zu was gut.«

»Habe ich das bezweifelt?«

»Und ihr habt ihn? Ich meine, in Handschellen?«

»Das nicht. Aber er wird gerade aufs Präsidium gebracht,

nicht als Beschuldigter, aber um ihn zu befragen.« Ich hörte ihm die juristische Bedenklichkeit einer solchen Festnahme an der Stimme an.

»Hätte man ihn nicht zunächst nur beobachten können?«, fragte ich. »So kann er alles abstreiten. Selbst wenn Sally später die Stimme wiederzuerkennen meint, eine Anschlagsabsicht kann man ihm so nicht nachweisen.«

»Genauso gut kann es sein, dass er gänzlich unschuldig ist, Lisa.«

»Darum meine ich, man hätte ihn überwachen müssen und dann beim Versuch verhaften, in flagranti.«

»Und wer hätte ihn überwachen sollen? Die Kollegen? Die seines Zugs oder die seiner Gruppe womöglich? Und ohne dass man ihnen erklärt hätte, worum es geht?«

»Verstehe, der Korpsgeist.«

»Aber ich bin sicher«, sagte Richard, »sollte er eine Tat geplant haben, wird sich das mittels der Durchsuchung seiner Privaträume und seines Computers nachweisen lassen.«

»Und wenn er die Spuren alle beseitigt hat?«

»Warum sollte er? Wenn er vorhatte, heute Abend Amok zu laufen, konnte er nicht damit rechnen, jemals nach Hause zurückzukehren, entweder weil er erschossen oder weil er festgenommen wurde. In diesem Fall würden wir vermutlich sogar einen Abschiedsbrief vorfinden.«

»He!«, rief Sally. »Was tuschelt ihr da?«

»Liam alias Wilhelm Kakak ist gefasst«, antwortete ich.

In Tuanas minimalistischem Gesicht mischte sich der Stolz auf ihren Beitrag, der zur Festnahme geführt hatte, mit der Sorge um Sosans Freundschaft, die sie gleichzeitig so nervte. Arme Tuana. Es war schwierig, siebzehn Jahre alt zu sein.

»Behinderte, Ausländer, Frauen«, textete ein Plakat, das in den Händen einer Frau an unseren Nasen vorbeiglitt, »wir lassen uns nicht integrieren!«

»Aber«, murrte Saskia, »ohne Integration geht es doch nicht.«

»Wir Frauen sind keine Minderheit«, antwortete Tuana.

Sally lachte. »Genau! Sollen sich doch die Männer mal bei uns integrieren!«

»Und mit der Sprache fangen wir an«, krakeelte ich, um mich munter zu machen. »Ab jetzt gibt es nur noch Demonstrantinnen, Politikerinnen, Polizistinnen oder Ärztinnen.«

»Mit Sprache kann man die Gesellschaft nicht verändern!«

»Am Anfang war das Wort, Saskia, alte Bibelweisheit.«

»Aber Frauen sind nicht die besseren Menschen. Frauen führen auch Kriege.«

»Völlig richtig, Frau Uschdraweit«, antwortete Richard beschwingt. »In der Geschichte haben Königinnen sogar mehr Kriege geführt als Könige. Bis heute gilt, regiert eine Frau einsam an der Spitze, ist das Risiko höher als bei einem Regierungschef, dass sie einen Krieg führt. Befinden sich in einer Regierung jedoch mehrere Frauen, dann sinken Verteidigungsetat und Kriegsrisiko.«

»Siehste!«, rief ich. »Es ist eben doch eine Frage der Integration. Eine Frau unter Männern steht ihren Mann, Frauen unter Frauen können Menschen bleiben.«

»Ich weiß nicht …«

Wir bogen auf den Marktplatz ein, über den das nüchterne Nachkriegsrathaus mit seinem Uhren- und Glockenspielturm wachte. Viermal am Tag zu festgesetzten Minuten klöppelte er schwäbische Volkslieder. »Auf de schwäbsche Eisabahne gibt's gar viele Haltstatione, Schtuegert, Ulm und Bibarach … Trulla-trulla-trullala, trulla-trulla-trullala …«

Der Zug kam ins Stocken. Irgendwo skandierten Frauen: »Schlampen an die Front!« Vor uns schrien welche: »Kein Gott, kein Staat, kein Patriarchat!« und »Gegen Rechts hilft kein Sexismus, unsere Antwort: Feminismus«.

Eine Hymne wäre jetzt schön, dachte ich. Gemeinsam singen. Alle großen Bewegungen hatten ihre Lieder. Sie verbanden, erhoben, erzeugten Rührung und Hochgefühle. Warum fiel mir keine einzige Frauenhymne ein, kein einziges Frauenkampflied? Hatte die ganze lange Frauenbewegung denn nie ein »Schwestern zur Sonne zur Freiheit«, ein »Reih dich ein in die Fraueneinheitsfront« oder »Frauen hört die Signale! Auf zum letzten Gefecht! Die Internationale erkämpft das Frauenrecht« hervorgebracht? Lag wohl daran, dass die Frauenfrage immer nur als Nebenwiderspruch kapitalistischer Produktionsverhältnisse behandelt worden war. Oder so. Dabei war es genau umgekehrt. Alle Ismen dieser Welt – Kapitalismus, Fanatismus, Sozialismus, Kommunismus, Despotismus, Dadaismus – waren Spielarten der Phallokratie, des Machtkampfs zwischen Vätern und Söhnen. Jedenfalls bis zum Beweis des Gegenteils in einer matriarchalen Welt. Aber die hatte die Welt eben noch nie gesehen.

»Richard, sag mal, eine Frauenhymne, gibt es so was? Ein populäres Kampflied? Kennst du eines?«

»Ich?« Richard schmunzelte. »Wieso ich?« Aber er überlegte, oder vielmehr, sein Gehirn konnte nicht anders, als das einmal Gehörte zuverlässig zu reproduzieren. »Der Frankfurter Weiberrat, Anfang der Siebziger, der hatte eines: ›In der Werbung Puppen, Arbeit in Leichtlohngruppen. Wir sind stets nur Objekt: Schlank sei die Hüfte, groß dafür die Brüste, auch wenn die Psyche verreckt. Frauen zerreißt eure Ketten!‹ und so weiter, leider kenne ich die Melodie nicht. Aber warte, da fällt mir noch eines ein. Ist auch aus der Zeit, glaube ich. Es geht auf die Melodie der amerikanischen *Battle Hymn of the Republic*. Die kennst du, Lisa.« Er intonierte den Refrain: »Glory, glory, hallelujah!«

Sally schmetterte sofort mit.

»Und wie wird aus diesem Igitt ein Frauenkampflied?«

Richard war ein musikalischer Mensch. Es fiel ihm nicht

schwer, den Ton zu treffen. Langsam und feierlich begann er zu singen: »Ich hab geseh'n das Feuer einer großen Wut von Frauen. / Es schwelte durch Jahrhunderte, jetzt brennt es lichterloh. / Wir sind nicht mehr Gefangene im alten goldnen Käf'g. / Deshalb marschieren wir!«

Darauf folgte der mir melodiemäßig bekannte Refrain: »Geht weg oder wir marschieren über euch!/ Geht weg oder wir marschieren über euch!/ Geht weg oder wir marschieren über euch! Denn wir fordern: Frauen first!«

»Wow! Damals schon? Oder hast du das gerade erfunden?«

Meine Frage ging unter. Sally hatte schon Ton und Text getroffen und sang mit. Tuana sah ich die Lippen bewegen. Und in unserem Rücken fiel trällernd eine Frau mit ein: »Denn wir fordern: Frauen first!«

Die Trällerin war die Bunte, die Prominente, von der ich immer noch nicht wusste, wer sie war. »Alle Achtung!«, rief sie zu uns nach vorn. »Dass Sie das kennen!«

Warum denn nicht? Aber klar, für sie war Richard ein Mann. Ich vergaß immer, dass Menschen in anderen Personen zu allererst das Geschlecht sahen, ihnen Gender-Behinderungen zuordneten und sich dann lauthals wunderten, wenn sie den in sie gesetzten Erwartungen widersprachen.

Richard lächelte ihr nicht unbedingt bescheiden in die dunklen Augen und intonierte die zweite Strophe: »Ihr wollt uns leise sprechend, freundlich, nett und lächelnd …«

Sie konnte mithalten. »Sagt, dass wir uns jeder Mode unterwerfen soll'n. / Und die Arbeit für uns Frauen ist das Waschen, Putzen, Kochen.« Wir anderen summten mit und sangen auch mal ein paar Wörter, die vorhersehbar waren.

»Und alle!«, rief die Bunte. »Deshalb marschieren wir …«

In den Refrain fielen rundum immer mehr Frauen ein. »Geht weg oder wir marschieren über euch! / Geht weg oder wir marschieren über euch! / Geht weg oder wir marschieren über euch! Denn wir fordern: Frauen first!«

Vor der Ecke zur Eberhardstraße staute sich der Zug in den Terrorabwehrsperren, die schon seit Jahren den Marktplatz schützten. Unbeteiligte eilten geduckt an den Schaufenstern entlang. Nur wenige blieben kurz stehen und schauten, die einen lächelnd, andere grimmig. Ein Demonstrationsrandpublikum, das in Ruhe gelassen werden wollte mit Aufruhr. Es hatte genug zu tun mit der eigenen Angst angesichts der Hochgeschwindigkeit von Veränderungen. Gestern noch Telefonzelle, heute die gesamte Kommunikation in einem Taschencomputer und morgen kein Bargeld mehr. Da brauchte es nicht auch noch Umkrempeleien der gesellschaftlichen Ordnung, schon gar keine Frauenmacht.

»Denn wir haben für euch gekocht, für euch geputzt und euch gehorcht«, sang Richard mit seinem klaren Bariton, unterstützt vom Alt der Bunten und einem Sopran, der Tuana gehörte. Sie las den Text vom Handy ab. »Wir gebaren eure Kinder und wir zogen sie euch groß. / Wir dreh'n die Welt für euch, doch jetzt ist endlich damit Schluss. Deshalb marschieren wir.«

In einem leichten und vergnügten Marsch stampften wir durch die Terrorsperren. »Geht weg oder wir marschieren über euch! / Geht weg oder wir marschieren über euch! / Geht weg oder wir marschieren über euch! Denn wir fordern: Frauen first!«

»Yeah!« Sally reckte die geballte Faust. »Hast du da den Text?« Tuana ließ sie auf ihr Handy schauen. So passierten wir die Betonsperren.

»Ihr denkt, ihr könnt mich kaufen mit 'nem simplen Ehering. / Und nie krieg ich nur halb so viel, wie ihr durch mich gewinnt. / Mein Ärger kocht da drinnen, und ich geh nicht mehr zurück. Deshalb marschieren wir.«

An der Eckapotheke gerieten wir erneut ins Stocken. Der Zebrastreifen verengte mit Gehwegnase, Baum, Mülleimer und Verkehrszeichen die Straße zwischen Apotheke und Schwabenzentrum. Am Bordstein vor dem Eingang von Breuninger hatte ein Polizist sein fettes Motorrad abgestellt. Er selbst stand breitbeinig davor und schaute dem Zug der Frauen nach.

Auf dem Gehweg halb hinter ihm war auf einem Stativ eine Fernsehkamera aufgebaut, leicht erhöht auf einem Handkarren. In dem Moment, wo ich hinüberschaute, knipste der Kameramann einen Scheinwerfer an. Meine Augen waren für ein paar Sekunden tot. Ich sah rote Lichtkreise. Nur langsam kamen die Farben wieder, Violett, Gelb, Rot, Blau, Regenbogenbunt. Die Zweige der kahlen Bäume zeichneten skurrile helle Linien in den Nachthimmel über dem Zug, der in die Eberhardstraße Richtung Tagblattturm abwanderte. Sandsteingelb links die Fassaden des Schwabenzentrums mit seinen Pfeilern und Ecken. Der Bau hatte Anfang der Achtziger auf über hundert Metern Länge das Rotlichtmilieu mit seinen Nuttenbuden ersetzt und Ämtern und Läden Heimat gegeben, bröckelte aber jetzt, vor allem innerlich.

»Geht weg oder wir marschieren über euch! / Geht weg oder wir marschieren über euch! / Geht weg oder wir marschieren über euch! Denn wir fordern: Frauen first!«

Die Einfahrt von der Stadtautobahn wurde immer noch von dem Feuerwehrauto blockiert, das ich schon am Nachmittag gesehen hatte. Es stand wie eine Mauer hinten an der Einbiegung. Jemand bückte sich am Vorderrad. Die Reflektorstreifen auf dem Schutzanzug blitzten weiß und gelb, die der Polizeiuniformen an der Sperre auf dem Gehweg weiß.

»Unsere Ketten sprengen wir, und das ist unsres Kampfes Lied. / Wir marschier'n für Freiheit und sind viele Tausende stark …«

»Was macht denn der da?«, fragte Saskia.

»Wer?«

Sie deutete auf das Feuerwehrauto.

»Es blockiert die Zufahrt.«

»Ja, schon klar. Aber was trägt der für eine PSA?«

»Eine was?«

»Die persönliche Schutzausrüstung. Schutzhose, Schutzjacke, Schutzstiefel. Ich bin bei der freiwilligen Feuerwehr.«

Wucherte dort etwa der gesunde Menschenverstand besonders gut?

»Wir bauen neu die Welt uns auf, wir warten schon zu lang./ Deshalb marschieren wir./ Geht weg oder wir marschieren über euch …« Der Zug zog uns mit in die Schlucht von Standesamt und Schwabenzentrum.

Aber Saskia drehte sich noch einmal um. »Von welcher Wache der wohl ist?« Da war das Löschfahrzeug längst aus unserem Blickfeld entschwunden.

»Wieso?« Ich blieb stehen.

»Seine PSA sieht anders aus als meine, andere Leuchtstreifen.«

Ich packte Saskia und zog sie unter die Pfeiler des Schwabenzentrums ans Schaufenster eines Reisebüros. »Und das bedeutet?«

»Wir haben eigentlich alle die gleichen Uniformen in Stuttgart.«

Ich drehte mich nach dem Zug um und schrie: »Richard!« Er hörte mich nicht, er zog singend davon, war schon fast verschwunden zwischen den Frauen.

»Geht weg oder wir marschieren über euch!« Die Hymne hallte klar und schön wider zwischen den Häusern. Die ganze Straße sang: »Denn wir fordern: Frauen first!«

»Das muss ich mir ansehen«, sagte ich zu Saskia. »Komm!«

Wir liefen unter den Pfeilern gegen den Strom zur Ecke an der Marktstraße vor, wo sich der Demonstrationszug um die Ecke herum vor dem Zebrastreifen staute, ausgeleuchtet vom Strahler der Fernsehkamera. Figuren und Transparente warfen kaspernde Schatten.

Wir stoppten am letzten Pfeiler und spähten um die Schaufensterecke des Kunsthauses Schill. Der Feuerwehrmann war nicht mehr zu sehen. Ob er wieder hinterm Lenkrad saß, konnte ich nicht erkennen. Zu viele Lichtpunkte sprangen von der Windschutzscheibe ab.

»Was ist los?«, hörte ich Richard fragen.

»Ihr wart plötzlich weg!«, sagte Tuana. »Dann habe ich gerade noch gesehen, wie ihr losgelaufen seid.«

Beide keuchten zwar nicht, atmeten aber schneller. Ein schönes Paar, sie passten zusammen, als gehörten sie einander mit ihren genderklaren Gesichtern und wachen Augen, der Mann und die blutjunge Frau.

»Gibt es irgendetwas«, fragte ich Saskia, »was an dem Auto nicht stimmt? Schau genau hin!« Ich hatte quasi noch nie ein Feuerwehrauto wirklich gesehen, man erkannte sie ja sofort, weil sie rot waren und Krach machten. Das hier hatte weiß abgesetzte Kotflügel und Stoßstangen, Blaulichter oben, mit dem Schriftzug Feuerwehr dazwischen, die 112 auf weißem Grund auf der Seitentür.

»Was soll an dem nicht stimmen?«, fragte Richard.

»Vorhin, die PSA ...«, antwortete Saskia, »aber vielleicht irre ich mich.«

Richard und ich schauten uns an. Musste er wieder zum Telefon greifen, um Alarm auszulösen? Hatten wir nicht gerade den verdächtigen Polizisten identifiziert? Waren wir noch glaubwürdig oder schon hysterisch?

»Fehlt irgendetwas an dem Auto?«, erkundigte sich Tuana.

»So auf den ersten Blick ... ich weiß nicht. Vielleicht, wenn wir näher rangehen würden ...«

Wir kamen bis zur Polizeisperre auf dem Gehweg, an der zwei Beamtinnen standen und sich mit gespieltem Desinteresse fragten, was wir wohl suchten. Immerhin konnten wir jetzt sehen, dass hinterm Lenker einer saß. Die Reflektoren auf seinem Schutzanzug sammelten auch in der Kabine das Licht der Straßenlaternen ein und warfen es zurück. Auf dem Kasten stand oben groß »Stuttgart«. Ich entspannte mich.

»Genau!«, rief Saskia. »Das Pferd, das fehlt.«

»Welches Pferd?«

Richard schärfte den Blick.

»Da vorn, an der Vordertür«, Saskia streckte den Arm aus, »da ist normal das Emblem von Stuttgart mit dem Pferdchen. Und sitzt da ein zweiter Mann im HLF? Ich kann's nicht sehen.«

»Ich sehe nur einen«, antwortete Tuana.

»Das gibt es nicht. Neben dem Maschinisten muss ein Gruppenführer sitzen. Es wird immer zu zweit gefahren.«

»Vielleicht ist er mal austreten«, sagte ich.

»Kann man Feuerwehrautos fälschen?«, fragte Tuana.

»Man kann ausgediente Feuerwehrautos kaufen«, antwortete Richard, »allerdings muss man den Schriftzug entfernen und das Blaulicht abdecken.«

In meinem Hirn knackte es. Hatte nicht auf dieser Testosteronseite unter dem Post über die Frauen bei der Feuerwehr einer phantasiert: »Ich setz eine Schlampe ans Steuer und lass sie rückwärts einparken« oder so? Wie hatte der geheißen? In Tuanas Longlist hatte ich ihn gefunden, weit hinten, mit Äußerungen, die mehr als zwei Jahre alt waren. Danach war er internetabstinent gewesen. Mein Herz begann bis in meine Ohren hinauf zu klopfen.

»Das Kennzeichen …«, hörte ich Richard wie durch Watte sagen.

»Das ist in Ordnung«, sagte Saskia. »S-FW …«

Ich schüttelte meine Ohren frei. »Kennzeichen kann man fälschen.«

Richard wandte sich an die beiden Polizistinnen. »Entschuldigen Sie, eine Frage. Ich bin Oberstaatsanwalt Weber. Kennen Sie den Fahrzeugführer?«

»Wir können unmöglich alle Feuerwehrleute kennen.«

»Wer hat angeordnet, dass der hier steht?«

»Da müssen Sie bei der Einsatzleitung nachfragen.«

»Er hat den Motor angelassen«, sagte Tuana.

Auch ich hatte das kurze Rütteln gesehen. Er reagierte. Und zwar auf uns, die wir auf ihn deuteten und diskutierten. Und wenn er reagierte …

»Das ist er.«

Ich spürte, wie Richard das Entsetzen packte. Mich überwältigte es. Alles umsonst. Er hatte freie Bahn, nur vierzig Meter hindernisfreie Straße trennten ihn von dem sich im Scheinwerferlicht der Kamera um die Ecke stauenden Zug der Frauen mit ihren Luftballons, Schirmen, Hüten, Plakaten und Transparenten, die sich vom Gelichter der reflektierenden Uniformen rund um sie herum geschützt fühlen durften.

Und wenn er erst einmal rollte, war er nicht mehr aufzuhalten. Wir würden tatenlos zusehen müssen, wie er sich in den Demonstrationszug rammte, wie er Frauen umlegte, beiseitewarf und unterpflügte, im halben Dutzend auf einmal, wie er sie unter den Riesenreifen zermalmte, ihr Blut auf den Asphalt quetschte.

Wo war Sally? Mittendrin. Und die Bunte, die Sarahs, Neringa, Flo? Bestimmt schon weitergegangen, alles gut, sie würde es nicht mehr treffen. Aber was dachte ich denn da? Was für ein Sippenegoismus! Andere würde es treffen, so viele andere. Und ich hatte es nicht verhindert.

Das war die Strafe. Für meinen Übermut, für meine Anmaßung. Wie enttäuscht war ich gewesen, als Richard meinte, in zwei Stunden ist alles vorbei! Ein bisschen Aufregung hatte ich gewollt, eine Aufgabe für diesen Tag, der wie jedes Jahr in formellen Aufbruchsreden vor Häuflein von Frauen verläpperte. Ein öder und bespöttelter Tag weiblicher Ohnmacht. Ein sinnloser Regentag im März. Einen Ausbruch aus meiner depressiven Weinerlichkeit hatte ich gesucht. Was hinkriegen, was erleben, Heldin werden. Die Sarahs hatte ich angestachelt, eine Frauentagsdemo zu organisieren, wie sie die Welt schon lange nicht mehr gesehen hatte. Und sie waren gekommen, zu Tausenden. Wie viele würden jetzt sterben? Zehn, zwanzig? Alles meine Schuld. Mit einem Computerprogramm und schlauen Selektoren hatte ich listiger sein wollen als der riesige Ermittlungsapparat der Polizei und dabei die entscheidende Spur übersehen. Auf die Falschen hatte ich sie gehetzt. Und damit Kräfte gebunden.

Blödsinn! Solche Strafen gibt es nicht. Ich rannte los.

»Nein!«, schrie Richard.

Da befand ich mich schon im Tunnel. Ich sah und hörte nichts mehr zwischen mir und den Trittbrettern, dem Außenspiegel und dem Türgriff der Fahrerkabine. Und alles wurde Zeitlupe.

So wie er stand, würde er zurückstoßen und kurbeln müssen, um das Fahrzeug auf geraden Kurs zu bringen. Ein Gang ratschte. Ich sah mich nach dem Außenspiegel greifen, auf die Trittbretter springen, meinen Arm nach dem Türgriff ausstrecken und wusste sofort: Das geht nicht. Es war nicht möglich, die Tür zu öffnen und in die Kabine zu kommen, wenn man auf den Trittbrettern stand. Die Tür würde mir entgegenschwingen. Ich musste zuerst die Tür aufreißen und dann über den Reifen hinweg in die Kabine springen, wenn ich den Fahrer herausholen wollte.

Ich bekam den Türgriff zu fassen. Da röhrte der Motor, und der Wagen machte einen Satz nach hinten. Die Tür schlug mir entgegen. Ich musste loslassen, wenn ich meine Finger behalten wollte, und fiel. Wieder ratschten die Gänge, der riesige Vorderreifen knirschte und drehte sich auf mich zu. Ich rollte mich seitlich weg. Der Wagen machte einen Satz nach vorn. Nur eine Handbreit von meiner Hüfte entfernt schob sich das Vorderrad an mir vorbei.

Tatütata hatte seine Todestour begonnen.

Ich kam auf die Beine und verwarf einen zweiten Versuch, das Führerhaus zu entern. Mein Blick fiel auf die Polizistinnen an der Gehwegsperre. »Schießen Sie!«

Sie standen wie eingefroren. Wo war Richard? Warum hatte er ihnen nicht erklärt, was sie tun mussten? Wo war Tuana? Nur Saskia sah ich bei den Polizistinnen stehen, die Hände ans Gesicht gehoben.

»Das ist der Attentäter! Schießen Sie!«

Sie reagierten elend langsam. Es dauerte Sekunden, bis man das Undenkbare begriffen hatte. Auf die Feuerwehr schießen? Auf den Verbündeten bei Unfällen und Großlagen? Auf die Retter? Auf die Guten?

»Stoppen Sie ihn!«

Die eine griff sich ans Holster. Die andere guckte sich um und fasste nach dem Funksprechgerät an ihrer Schulter. Und plötzlich standen sie im Scheinwerferlicht und blinzelten. Die Kamera auf der gegenüberliegenden Seite hatte herumgeschwenkt. Für den Kameramann galt jetzt nur noch: draufhalten, draufhalten! Auch er befand sich im Tunnel.

Die Beamtin zog die Waffe und hielt sie mit beiden Händen an gestreckten Armen in Augenhöhe vor sich. Ihr Gesicht war weiß im Licht des Kamerascheinwerfers. Wie sollte sie unter diesen Bedingungen zielen und schießen? Sie musste warten, bis das Löschfahrzeug zwischen ihr und dem Scheinwerfer war und sein Schatten ihr das Zielen erlaubte. Doch auf was schießen? Auf die Reifen? Das würde nichts nützen. Auf den Fahrer? Von ihm sah ich nur eine sich heftig bewegende Silhouette mit Feuerwehrhelm. Jetzt! Schieß! Warum schoss sie nicht? Sie musste in Sekundenbruchteilen die richtige Entscheidung treffen. Wenn sie jetzt schoss, traf sie womöglich nur den Kameramann auf der anderen Seite der Fahrerkabine.

Vorbei.

Hätte auch nichts gebracht. Selbst wenn sie den Fahrer angeschossen hätte, hätte sie ihn kaum aufhalten können. Er war vollgepumpt mit Adrenalin und vermutlich Drogen, auch er befand sich im Tunnel, er nahm nichts mehr wahr auf seiner letzten Fahrt zwischen sich und dem Tod Dutzender Frauen. Eine Schussverletzung würde er kaum spüren. Und dass ein einziger Schuss einen Menschen von der einen auf die nächste Sekunde tötete, kam so gut wie nie vor. Zumal der Mann einen Feuerwehrhelm trug.

Immerhin wusste ich, wie er fahren würde. Nicht volle Pulle

geradeaus Richtung Marktplatz, wo die Terrorsperren ihn sofort stoppen würden, sondern nach links in die Eberhardstraße. Er hatte eine Kurve vor sich. Vielleicht beschleunigte er deshalb nicht richtig. Vielleicht war auch der Motor nicht der stärkste. Und er musste schalten, das hörte ich. Es ratschte, der Kasten ruckelte.

Ich sprintete los, hinter dem Feuerwehrauto vorbei auf den Scheinwerfer zu. »Licht aus!« Ich sah kaum, wo ich hinlief vor lauter Licht, sprang direkt hinein, auf den Handkarren hinauf, sah eine dunkle Gestalt zurückweichen, packte die Kamera samt Stativ und schleuderte sie gegen das Löschfahrzeug.

Sie traf die rechte Ecke der Führerkabine, die Kamera zersplitterte, das Scheinwerferlicht verlosch.

»Was tun Sie?«, brüllte der Kameramann. »Den Schaden ersetzen Sie mir!«

Der Effekt war gering. Der Wagen machte gerade mal einen kurzen Schreckschlenker. Die Windschutzscheibe war gerissen, aber nicht geborsten. Der Motor röhrte, das Getriebe knirschte. Erst jetzt, sich der Dunkelheit gewahr werdend, machte der Fahrer seine Scheinwerfer an. Das Fernlicht verwandelte die Ecke an der Apotheke in hellen Tag.

Ich sah Tuana wie ein Engel in Violett und Rosé mit ausgestreckten Armen schweben, winken und gestikulieren, rufen und scheuchen. Gesichter kehrten sich ihr zu, Weißgesichter im Scheinwerfer des Todesautos mit flammenden Haaren, leuchtenden Hüten. Zögernd wankten die Reihen, Transparente wackelten, Luftballons verhedderten sich, trieben davon, zerknallten. Tuana lief hin und her, fegte den Zebrastreifen frei. Eine kleine Lücke bildete sich zwischen den abziehenden Demonstrantinnen und denen, die nachrückten. Ein paar Tote weniger. Nur noch Sekunden, vielleicht zehn Meter, lagen zwischen dem stählernen Kühler und den Leibern aus Fleisch und Blut.

Warum waren wir so schlecht vorbereitet? Warum hatte man nicht alle Polizeisperren mit Nagelbändern ausgerüstet, die man schnell auf die Straße werfen konnte? Aber auch sie hätten das schwere Feuerwehrauto nicht sofort gestoppt. Selbst wenn die Luft aus den Reifen entwich, konnte es immer noch die halbe Eberhardstraße entlangfahren, vielleicht nur noch schlingernd, aber das war kein Nachteil, denn auf diese Weise erwischte es sogar noch mehr Frauen.

Was war das nur mit dieser Sehnsucht zu töten? Hinterher war er doch selbst tot. Er konnte seinen Medienruhm nicht mehr genießen. Genoss er ihn vorher, in den Monaten und Wochen der Vorbereitung? War es das?

Der süße Dopaminkick im Gehirn beim Gedanken, ich fahre ein Feuerwehrauto und töte Frauen, ich töte sie, ich mähe sie nieder, ich zerquetsche sie, bis ihr Blut spritzt. Die Vorausbelohnung jedes Mal aufs Neue, sobald er sich die Tat ausmalte. So verschaffte er sich schöne Stunden, schöne Tage. Sich die Tat ausmalen: ein Gefühlsrausch aus Hass und Triumph. Im Internet nach Feuerwehrautos schauen, der nächste Kick im Kopf: So leicht war das? Es kaufen, wieder ein Glücksrausch. Wo hatte er es abgestellt? Welche Nachbarn hatten sich gewundert? Was hatte er denen erklärt? Schlau sein, harmlos tun, den netten Nachbarn spielen, die Menschheit verachten, Tage und Wochen im Rausch. Insgeheim denken: Wartet nur ab, ihr werdet schon sehen! Sich im Darknet eine PSA besorgen, falsche Nummernschilder, aufputschende Drogen, eine Waffe, mit der er sich selbst erschießen konnte, wenn es der Polizei nicht gelang, all das erzeugte in ihm ein Erfolgshoch nach dem anderen. Über Wochen, Monate, womöglich zwei Jahre lang war er der Held seiner Zukunft. Seht her, ich kann, ich bin! Endlich eine Aufgabe. Planungen und Hass erfüllten ihm die Tage. Er war high. Wie verliebt. Dauerscharf und glücklich. Schließlich gab es nur noch ihn und die künftige Tat, die er triumphierend immer wieder durchspielte. Seine Erlösung aus dem Hundselend von Einsamkeit und Verschmähung. Eine Erlösung im Voraus. Denn danach war er tot. Und selbst dieser Tod erschien ihm im Rausch als ein über sich hinausweisendes Erlebnis, auf das er mächtig stolz zurückschauen würde. Seht her, ich habe es getan, und ihr konntet mich nicht daran hindern! Nun heult und jammert ihr: Wieso haben wir sein Potenzial nicht erkannt, wieso haben wir ihn übersehen? Ihr Armseligen! Ihr Arschlöcher! Ihr Fotzen! Jetzt zelebriert ihr das große Mimimi: Blumen niederlegen, euch weinend in die Arme fallen, Trauergottesdienste feiern und immer wieder die Frage stellen: Warum? Ja, warum? Hättet ihr mich ernst genommen, hättet ihr mich nicht ausgestoßen, hättet ihr mir eine Chance gegeben, hättet ihr mich mitgenommen!

Nein!, schrie es in mir. Du stirbst nicht, du tötest niemanden! Ich sprang von dem Podest hinunter. Diesmal war ich vorbereitet. Türgriff, Tür aufreißen. Das Auto leitete die Linkskurve in die Eberhardstraße ein, die Beifahrertür schwang auf. Ich ließ sie los, ließ sie schwingen, die brauchte ich nicht. Fuß aufs Trittbrett, da war innen ein Handgriff, vor mir die Fläche des Beifahrersitzes. Wo festhalten? Zwischen Beifahrersitz und Fahrersitz türmten sich die Reste technischer Einbauten. Dahinter saß er, über den Lenker gebeugt, mit beiden Händen kurbelnd. Der gelbe Feuerwehrhelm hing ihm wie ein Riesennachttopf fast bis über die Augen.

»Niklas!«, schrie ich. Das war der Name, den ich vorhin gesucht hatte. »Niklas, das wird nichts mehr.«

Sein Gesicht fuhr herum. Er konnte nicht anders, er musste reagieren, er musste seinen Tunnel verlassen. Es war ein rundbackiges Gesicht mit rotem Kindermund, greinend verzogen. Oder versuchte er zu lächeln?

»Trulla, tri-tra-trullala, Niklas, das Kasperle ist da!«

Der Wagen schlenkerte, stotterte und stoppte ruckartig. Die Fliehkräfte rissen meine Hände von den Griffen und schleuderten mich aus dem Führerhaus. Und schon heulte der Motor wieder auf, das Auto hüpfte vorwärts, ich knallte neben ihm auf den Asphalt. In diesem Moment schoss etwas Weiß-Blaues an mir vorbei.

Es tat einen Mordsschlag.

Ich sah, wie sich das fette Polizeimotorrad vor dem Kühler aufbäumte, bevor es untergemalmt wurde und sich knirschend zwischen Bodenblech und Asphalt verkeilte. Ein Reifen platzte mit lautem Knall. Langsam, aber unaufhaltsam und kreischend schlitterte das schwere Löschfahrzeug mit dem Motorrad unterm Kühler geradeaus. Vor ihm flüchteten die Frauen, wichen zurück, schufen ihm Platz auf dem Zebrastreifen. Fast geordnet sah es aus, neckend und spöttisch. Du kriegst uns nicht.

Der rote Kasten mähte rechts das Halteverbotsschild und den Abfalleimer nieder, hopste mit dem linken Reifen die Begrenzung des Baumbeets hoch, räumte ein auf der Ecke geparktes Moped ab und kam in der Glasfront der Eckapotheke abrupt zum Stehen.

19:43 Uhr

»Hast du dir wehgetan?«, fragte Richard und half mir mit warmer Sorge und Hand auf die Beine.

»Warst du das mit dem Motorrad?«

Er strich sich über die Haare. »Die Dinger sind sauschwer. Aber der Beamte hat es gestartet gekriegt und den Gashebel voll aufgedreht und Wam! Beinahe hätte es ihn noch mitgerissen.«

Ich war sicher, nur dank Richards beherztem Zugreifen hatte es den Polizisten dabei nicht umgehauen. »Uff!«

Tuana kam und ich zog sie an mich. »Du bist ein Engel. Wenn du nicht die Frauen gewarnt hättest …«

»Wir haben alle unseren Teil getan.«

»Ach, du gutes Kind.«

Saskia war plötzlich auch da. »Ich dachte, ich sterbe vor Angst.«

»Wenn du nicht gewesen wärst …«, sagte Tuana.

Sie lächelte schief in ihr PLO-Tuch. »War es doch zu was gut, dass ich bei der Feuerwehr bin.«

Hektik um uns herum. Uniformierte rannten zum Feuerwehrauto. Führungsfahrzeuge der Polizei bogen von der Stadtautobahn mit Blaulicht und Martinshorn ein. Ein Krankenwagen folgte, ein Notarzt kam nach. Beamte sprachen in Funkgeräte. Kameraleute kämpften um Plätze mit guter Sicht. Polizistinnen drängten sie zurück, zogen hinter dem Feuerwehrauto ein Absperrband über die Gehwegnase und winkten den unerbittlich nachdrängenden Zug der Frauen um die Unfallstelle herum. »Bitte gehen Sie weiter! Weitergehen! Gehen Sie weiter!«

Natürlich geriet der Zug in Stocken, ballte sich, faserte an den Rändern aus. Der Platz zwischen Apotheke, Schwabenzentrum und Breuninger füllte sich mit Frauen. Sie diskutierten, sie machten Fotos, ließen sich erzählen, was passiert war oder hätte passieren können. »… einfach gefahren«, »vielleicht ohnmächtig geworden«, »Herzinfarkt«, »nicht gebremst«, »Motorrad«, »Wenn das mal kein Anschlag …«, »… sonst was geschehen können.« An den Rändern des Zugs, der in die Eberhardstraße einbog, kamen viele zurück mit ihren »Identität hat viele Formen«, »Gegen Patriarchat und Imperialismus«, »No Rollback, Hollaback, Fight Back!«

So spülte es auch Sally bei uns an. »Wo wart ihr denn? Und was will der in der Apotheke? Ohnmächtig geworden oder wie?«

»Das war er«, antwortete ich.

»Wer? Der Attentäter? Das?«

»Ja.«

Sally lachte. »Ein Feuerwehrmann? Unser Tatütata? Wie passend! Den muss ich sehen! Ist er tot?«

22:21 Uhr

»Nicht auszudenken, wenn … Nur dank des beherzten …« Die Medien hatten alles parat, nur Bilder hatten sie nicht vom entscheidenden Moment. Das in der Apotheke steckende und von

Blaulicht und Absperrbändern umringte Feuerwehrauto war das einzige Zeugnis der »abgewendeten Katastrophe«. Dafür hatte die SWR-Reporterin ihren großen Auftritt in den *Tagesthemen.* »Soviel wir momentan wissen, konnten ein Polizist und ein Passant ein Motorrad in den Weg des Feuerwehrautos schieben und das Schlimmste verhüten.«

Es war Richard, Sally, Tuana und mir gelungen, uns aus dem Fokus der Kameras herauszuhalten. Richard hatte uns angeraten, nach Hause zu gehen. Eigentlich hätten wir uns als Zeuginnen bei der Polizei melden müssen, aber Richard erbot sich, unsere Namen aufs Präsidium mitzunehmen für eine spätere Vernehmung. Er selbst besaß für den Moment ausreichende Kenntnisse vom Geschehen. Sie ließen ihn am Absperrband durch. Wenige Minuten später sah ich ihn auf dem Beifahrersitz eines Streifenwagens, der sich durch die Menge Richtung Stadtautobahn hupte.

Die ersten Anfragen von Flo und Neringa, »Wo seid ihr?«, »Was ist passiert?«, konnte ich noch beantworten, dann brach das Netz zusammen und wir steckten unsere Telefone weg.

Und jetzt? Heimgehen? Nein, das ging einfach nicht. Wir kamen nicht heraus aus der allgemeinen Aufregung der Frauen um uns herum. Wir redeten, wir umarmten uns, wir ballten die Fäuste, wir schüttelten die Köpfe. Wir versuchten das Glück zu fassen, das wir gehabt hatten, das ungeheure Glück. Wir schauten zu, wie ein Kranwagen der Feuerwehr einfuhr. Mussten sie erst das gefakte Feuerwehrauto aus dem Schaufenster ziehen, bevor sie an den Fahrer herankamen? Mussten sie ihn freischneiden? Oder war er tot? Gut so! Aber besser noch, er wäre verletzt, schwer verletzt, am besten Rollstuhl, damit er fühlte, was er uns zugedacht hatte, denn es hätte mehr Verletzte gegeben als Tote, das gab es immer. Nur dass von den Verletzten später niemand mehr redete, obgleich viele von ihnen mit ihren Verletzungen lebenslänglich zu tun hatten. Deshalb musste der vor Gericht, darauf einigten wir uns. Er musste verurteilt werden zu lebenslänglich mit anschließender Sicherungsverwahrung. Verdammt sollte er sein, jeden Tag sollte er bereuen, was er getan hatte, was er hatte tun wollen. Nach dem Hochgefühl hasserfüllter Vorbereitung war sein Absturz in den zermürbenden Alltag im Gefängnis ohne Aussicht auf Glück nur gerecht. Die dezente Rache des Rechtsstaats. Wir machten dem Krankenwagen Platz. Also war er doch nur verletzt. Oder würde später noch ein Leichenwagen kommen?

Mit den Letzten, die herumstanden, schwelgten wir in Siegesgefühlen. Wir hatten überlebt, wir hatten ein Attentat verhindert, wir waren nicht ohnmächtig, sondern Herrinnen unseres Schicksals, das hatten wir der Welt heute gezeigt.

Als wir den Entschluss fassten, aufzubrechen, kam der Nachschrecken.

»Was wäre passiert, wenn nicht …«, wenn Saskia und ich nicht Verdacht geschöpft hätten, wenn wir ihn nicht durch unser Deuten aufs Feuerwehrauto zum Losfahren provoziert hätten, sondern im Demonstrationszug singend vorbei- und weitergegangen wären, und er hätte seine mörderische Fahrt später planmäßig durchgezogen?

Dann endlich war die Party aus, ein lila Luftballon rollte noch im Luftzug, ein Flugblatt klebte auf dem Asphalt, ein Kaffeebecher lag im Rinnstein. Wir suchten unseren Weg durch das Schwabenzentrum zur U-Bahn-Haltestelle Rathaus. Da war Saskia uns längst abhandengekommen. Sie hatte sich irgendwann von einem Kamerateam einfangen lassen.

Der U-Bahnsteig lag im gelbgrünlichen Licht. Ein alter Mann war auf einem Sitz zusammengesunken, zwei junge Männer mit schwarzen Schöpfen daddelten auf ihren Telefonen. Wir redeten nicht mehr. In unseren Köpfen tobten die Bilder und hallten die Gefühle nach. Sie passten nicht in den gelähmten Normalfrieden der öffentlichen Mobilität mit ihren Kacheln, Neonleuchten, dem Kotzfleck auf dem Boden und der Werbung hinter Glas.

Das Plakat an der Wand gegenüber zeigte einen Ledersessel,

in dem ein junger Mann entspannt mit auseinanderfallenden Beinen saß, die Hände links und rechts seines Gemächts auf die Falten gelegt, welche die Jeansnaht warf. »Ich will befriedigt werden. Nicht verunsichert.« Mein Hirn rappelte müde: Wofür warben die? Für eine Versicherung? Eine Bahn fuhr ein und schnappte mir die letzte Gewissheit weg.

Dann endlich konnte ich in mein Sofa sinken. Sally stellte den Fernseher an. In meiner Küche fand sie die Salzstangen, im Kühlschrank Bier, flackte sich neben mich, fütterte Cipión mit Salzstangen und diskutierte lauthals mit dem Fernseher. »Wie sieht der denn aus? Spinnen die? War das nicht, wie heißt die gleich noch mal? Schon wieder weg. Ah! Da ist Saskia!«

»Mir ist aufgefallen, dass der Feuerwehrmann nicht ordnungsgemäß gekleidet war«, sahen wir sie mit gelben Haarfransen und Pali-Tuch um den Hals ins Mikro sagen. So wurde der Standardsatz der Medienberichterstattung geprägt: »Dank der Aufmerksamkeit einer Demonstrationsteilnehmerin …«

Tuana kam auch noch herauf, nachdem sie sich bei ihren Eltern zurückgemeldet hatte. Nebeneinander auf dem Sofa guckten wir das Frage-und-Antwort-Spiel der Nachrichten. »Kann man schon etwas über den mutmaßlichen Täter sagen?« – »Die Polizei hält sich noch sehr bedeckt, bislang unbestätigten Informationen zufolge soll es sich um den einundzwanzigjährigen Niklas T. handeln.«

»Trulla«, sagte ich.

»Tri-tra-trullala?« Sally lachte.

»Nein, er heißt wirklich so: Niklas Trulla. Wir haben ihn auf unserer Selektorenliste, Tuana. Ganz hinten. Er war die letzten zwei Jahre internettot.«

»Was, zwei Jahre lang hat der das geplant?«, rief Sally. »Und keiner merkt was?«

Niklas hatte schwer verletzt überlebt, das hatte mir Richard gegen zehn getextet, als die Bahn gerade aus dem Tunnel in die Neckarstraße hochfuhr. Man hatte ihn mit Schnittwunden in Gesicht und Oberkörper in ein Krankenhaus gebracht. Das Kindergesicht mit den runden Backen unter dem viel zu großen Feuerwehrhelm wollte mir nicht aus dem Kopf.

Die Medien trieben an diesem Abend kein Foto von ihm auf. Auch Tuana fand im Netz keines. Dafür wussten sie im Fernsehen schon, dass Niklas' Vater in Waiblingen eine Autolackiererei betrieb, wo der Sohn das im Internet gekaufte Feuerwehrauto hatte präparieren können.

»Die armen Eltern«, sagte Sally mitleidlos. »Die werden ihres Lebens nicht mehr froh. Und den Laden können sie auch dichtmachen.«

»Und zwar täuschend echt«, sagte die Reporterin vor einer Kulisse aus Blaulicht und rotweißen Trassierbändern. »Nicht einmal die Polizei hat Verdacht geschöpft, dass das Fahrzeug nicht zum Fuhrpark der Stuttgarter Feuerwehr gehört.«

»Aber das Pferd war doch nicht drauf!«, rief Sally. »Das hättet ihr doch checken müssen!«

»Dennoch wird sich die Polizei die unangenehme Frage stellen lassen müssen«, sagte die Reporterin, »wie der mutmaßliche Attentäter …«

»Wenn die nur einmal ›mutmaßlich‹ sagen können, ist der Abend gerettet«, kommentierte Sally.

»… an dieser Stelle ein Feuerwehrfahrzeug aufstellen konnte, ohne von der Leitstelle dazu angewiesen worden zu sein, und wieso das niemandem aufgefallen ist.«

Morgen würden sie fragen, ob er womöglich in Polizeikreisen Mitwisser oder Mittäter gehabt hatte, dessen war ich sicher.

»Und was die wieder für kleine Augen hat. Guck mal, Lisa! Ich habe ihr schon hundert Mal gesagt, sie soll nicht so viel Wimperntusche nehmen.«

»Schnauze, Sally, hör auf, am Aussehen von Frauen herumzunörgeln!«

»Ich nörgle auch am Aussehen von Männern rum.«

»Niklas T. ist polizeilich bislang ein unbeschriebenes Blatt«, fuhr die Reporterin ungeachtet Sallys vernichtender Kritik fort. »Ob er politisch in Erscheinung getreten ist, wird sich in den kommenden Tagen zeigen.«

»Ich bin mal gespannt, ob ich seine Stimme wiedererkenne. Sie werden sie mir doch vorführen, was meinst du, Lisa? Wenn sie sichergehen wollen, dass er den Drohanruf gemacht hat. Das müssen sie doch, oder?«

»Sicher, Sally.«

Gegen elf brach sie auf, heim zu ihren Hunden. Auch ich musste mit Cipión noch mal raus, obgleich die Knochen in meinen Füßen knirschten. Tuana begleitete mich und Cipión zum Stöckachplatz. Es nieselte wieder.

»Übrigens«, sagte sie, »ich habe vorhin eine Nachricht von Sosan bekommen. Sie hat ihre Tage gekriegt.«

»Ah! Na bitte.«

Damit war alles gesagt für heute. Wir fröstelten schweigend zwischen Streugutkasten, Altglascontainern und Autos, während der Dackel Grünflecken, Eibengebüsch und Bäume abschnüffelte. Ich war dankbar, dass Tuana bei mir stand, verwirrt wie ich war, müde und voll erhabener Gefühle.

»Tuana, ich glaube, das ist der Beginn einer wunderbaren Freundschaft.«

Sie reagierte nicht. Ich hatte es wohl nur gedacht.

Das große Schlafen hatte längst begonnen in den umliegenden Wohngebäuden, kaum ein Fenster war noch hell, kein Mensch mehr auf der Straße, nur wenige Autos rollten um die Ecke in die Hackstraße und beschleunigten bergauf.

»Ich wollte mich noch bedanken«, sagte Tuana auf einmal.

»So? Wofür denn?« Für einen schönen Tag konnte sie sich schlecht bedanken, obgleich sie vermutlich genau das meinte: das Licht von Abenteuer, Handeln und Lebenssinn, das heute in das Einerlei eines Lebens gefallen war, das sie ganz und gar ihrer Zukunft untergeordnet hatte: lernen, studieren, was werden.

»Dass du nicht gefragt hast.«

»Was?«

»Warum ich den Hidschab trage.«

»Weil's herzallerliebst aussieht.«

Sah ich sie schmunzeln oder täuschte ich mich? »Okay«, antwortete sie gedehnt.

Ich hoffte inständig, sie werde mir jetzt nicht doch noch eine Rechtfertigung aufdrücken. Sie tat es nicht. Schweigend schritt sie an meiner Seite hinter Cipión her, der auf kurzen Beinen hastig nach Hause dackelte. Eine fast leere Stadtbahn hielt mit pfeifendem Uff auf dem Hochbahnsteig. Niemand stieg aus. Im Licht seiner eigenen Dachstrahler stand weiß mit toten Fensterscheiben der Bunker der Staatsanwaltschaft auf der anderen Straßenseite. Ein einsamer Raser röhrte Richtung Neckartor.

Erst auf dem Treppenabsatz vor der Wohnungstür ihrer Eltern holte Tuana noch mal Luft und sagte: »Ich denke, ich werde ihn nicht mein ganzes Leben lang tragen.«

Darauf antwortete ich besser nichts. Kein tantenhaftes »Gut so, wirst es leichter haben«. Wir verabschiedeten uns mit Küsschen auf die Wangen.

»Gute Nacht!«

»Dir auch.«

»Noch mal danke.«

»Wir sehen uns.«

Ihr Gesicht verlosch mit einem Lächeln im dunklen Flur der elterlichen Wohnung hinter der sich schließenden Tür.

Ich schleppte mich rauf, fiel aufs Sofa und schlief sofort ein.

Cipións Begrüßungsgehassel weckte mich. Richard beruhigte das zappelnde Rauhaarbündel mit einer Hand und drückte mit der anderen leise die Wohnungstür ins Schloss. »Entschuldige, ich wollte dich nicht wecken.«

»Hast du nicht.«

Er zog den Mantel aus und hängte ihn an die Garderobe, löste den Schlips und legte ihn zusammen mit dem Jackett über die

Lehne eines meiner Kneipenstühle. Ich zog meine Beine ein, und er ließ sich neben mich aufs Sofa fallen.

»Und?«

»Das geht jetzt alles seinen juristischen Gang.« Er fuhr sich übers Gesicht, stützte die Ellbogen auf die Knie und verhielt mit gefalteten Händen.

Ich ließ ihn etwas atmen, dann krempelte ich meine Füße auf die andere Sofaseite und schmiegte mich an ihn. Er rührte sich und legte den Arm um mich.

»Stell dir vor«, sagte er, »Volker Levin fordert jetzt in allen Medien den Rücktritt des Ministerpräsidenten, weil dieser angeblich seinen Amtseid gebrochen habe.«

»Ach, wie das?«

»Statt Schaden vom ›deutschen Volke‹ abzuwenden, habe er tausende Frauen in akute Todesgefahr gebracht, weil er die Frauentagsdemonstration nicht verboten habe. Nur dank der Aufmerksamkeit einer Frau aus der Partei des gesunden Menschenverstands sei das Leben vieler Frauen gerettet worden.«

»Diese Krott! Wahrscheinlich kriegt sie jetzt die Ehrenmitgliedschaft. Die hat sich regelrecht rangeschmissen an die Fernsehkameras.«

Richard seufzte tief. »Was für ein Unglücksopportunismus. Was für ein Missbrauch des ehrlichen menschlichen Gefühls von Dankbarkeit und Erleichterung.«

»So sind sie halt.«

»Aber wer zuletzt lacht … Morgen beantrage ich die Aufhebung von Levins parlamentarischer Immunität. Und dann lässt der Rechtsstaat auch mal ordentlich die Sau raus.«

»Jawoll, des mach'sch!«

Ich sog seinen Geruch nach Zigaretten, Zeder, Zibet und Schweiß tief in mich auf. Die Friedenskirche schlug Mitternacht.

Anita Nair: Gewaltkette

Deutsch von Karen Witthuhn · Ariadne 1226 · ISBN 978-3-86754-226-5

»Wie Gowda seinen Fall Stück für Stück zusammenpuzzelt, montiert Anita Nair aus einer Vielzahl von Schlaglichtern ein düsteres Bild der indischen Gesellschaft. Doch ist die klassische Thrillerhandlung nur das Gefäß für Anita Nairs bedrückende Studie der Maschinerie, die in Indien wie am Fließband Kindersklaven produziert und das Getriebe des wirtschaftlichen Aufschwungs am Laufen hält.« Sofia Glasl, *Süddeutsche Zeitung*

»Schwer verdaulicher Stoff, den die indische Autorin da serviert: *Gewaltkette* entwirft ein Panorama einer Welt am moralischen Abgrund. Das kann dennoch ausgehalten werden, weil finsterer Sozialrealismus sehr geschickt in gut geschriebene Genreprosa und humorvolle Milieuzeichnung verpackt ist. So malt sie gleichsam nebenbei ein vielfarbiges kleines Gesellschaftsporträt. Weit mehr als nur ein Krimi.« Katharina Granzin, *taz*

»So schwer das Thema ist, so leicht ist Nairs Ton, dabei aber nie unbedarft oder verharmlosend. Die Geschichten, die sie in diesem Roman bündelt, erzählen zupackend vom Leben und Überleben im heutigen Bangalore. Ein nuancenreicher und vitaler Kriminalroman, gelungene engagierte Literatur.« Frank Rumpel, *SWR2*

Anne Goldmann: Das größere Verbrechen

Ariadne 1234 · ISBN 978-3-86754-234-0

Theres hat sich ein gutes Leben zurechtgestrickt: Normalität als Kokon. Doch ein Anruf genügt, und alles gerät aus dem Lot …

»Die Bilder vom stillen Bürgerkrieg in der Kleinfamilie verbinden sich mit verwackelten Erinnerungen an den ganz realen Konflikt auf dem Balkan. Das ist psychologisch so beklemmend dicht gearbeitet, dass der Spielraum der Figuren immer kleiner wird. Platz für Hoffnung gibt in diesem faszinierend kalten Roman nicht, nur durch Aussicht auf eine Rückkehr in das Gefängnis der Normalität.« Kolja Mensing, *Deutschlandfunk*

»Würgegriff der Geschichte: Anne Goldmann entwirft eine Gegenwart, die durchdrungen ist von der Vergangenheit. Der Autorin geht es um den Nachhall, das Verarbeiten und Verdrängen. Gibt sie der physischen Gewalt Raum, hält sie eine feine Balance zwischen dem, was sie schreibt, und Details, die sie verschweigt. Ihre Sprache ist einfach, aber präzise.« Katrin Doerksen, *FAZ*

Sara Paretsky: Kritische Masse

Deutsch von Laudan & Szelinski · Ariadne 1236 · ISBN 978-3-86754-236-4

»Das Comeback der Meisterin, die den feministischen Kriminalroman zu einem rauschhaften Leseerlebnis machte: In ihrem epischen Roman löst Sara Paretsky eine Kettenreaktion aus, die von Wiens großen Physikerinnen gezündet wurde und zu heftigen Erschütterungen in den Zentralen der IT-Industrie führt. Was für ein Comeback!« Thekla Dannenberg, *Perlentaucher*

»Paretsky streut in die Ermittlergeschichte kurze Schlaglichter aus der Vergangenheit ein und enthüllt so nach und nach ein dramatisches Panorama von ungeheurer emotionaler und politischer Wucht. Auf über 500 Seiten wird es nie langweilig.« Marcus Müntefering, *Spiegel Online*

»Paretsky verknüpft die Erzählstränge mit unnachahmlicher Eleganz. Da wird eine Genealogie fortgesetzter Ausbeutung, Gewalt und Menschenverachtung plausibel, die von den Nazis über die Atomwaffenforschung der USA bis zur skrupellosen Bereicherung der modernen IT-Firmen reicht. *Kritische Masse* ist ein großartiges Comeback und steht zu Recht auf Platz 1 der Krimibestenliste.« Tobias Gohlis, *Deutschlandfunk*

Liza Cody: Miss Terry

Deutsch von Grundmann & Laudan · Ariadne 1219 · ISBN 978-3-86754-219-7

»Erschreckend hellsichtig. Liza Codys *Miss Terry* über eine Frau im Strudel britischer Fremdenfeindlichkeit hat ein starkes, überzeugendes Zentrum, gleichsam ein kräftig schlagendes Herz: Es ist diese junge Frau mit Wurzeln in einer anderen Kultur.« Sylvia Staude, *Frankfurter Rundschau*

»*Miss Terry* ist ein großes Buch, Ergebnis des haarfeinen, präzisen Gesellschaftsmikroskopierens von Liza Cody. Was man sieht, ist aber nicht mondlos, nicht vollkommen finster. Es wird gelacht. Es geht komisch zu. Und wie im Märchen.« Elmar Krekeler, *Die Welt*

»Liza Codys Romane machen sich die Gegenwart zum Thema, sie haben einen doppelten Boden. Die Beschreibungen sind herrlich, besonders, wenn der Müllcontainer wieder ferkelt. Ganz besonders schön aber ist an dieser Geschichte, dass sich hinter ihr eine zweite auftut – die nämlich, die Nita Tehri überhaupt erst in die Guscott Road spülte. Man hätte sich denken können, dass jemand, der sein Leben so gründlich aufgeräumt hat, einigen Unrat zu entsorgen hatte.«
Susan Vahabzadeh, *Süddeutsche Zeitung*

Christine Lehmanns Lisa Nerz

Vergeltung am Degerloch
Lisa Nerz 1 · Ariadne 1165 · ISBN 978-3-88619-895-5
Mädchen nimmt Mord auf sich. Warum? Lisa Nerz' Debüt!

Gaisburger Schlachthof
Lisa Nerz 2 · Ariadne 1167 · ISBN 978-3-88619-897-9
Fitness im Schlachthof: Lisa Nerz prüft, ob Sport Mord ist. Mit Wucht.

Pferdekuss
Lisa Nerz 3 · Ariadne 1171 · ISBN 978-3-86754-171-8
Vollblut-Araber sind kostbar, Dörfer verschwiegen … Lisa Nerz reitet!

Harte Schule
Lisa Nerz 4 · Ariadne 1157 · ISBN 978-3-88619-887-0
Toter Lehrer, Spur führt in höchste Kreise. Zynisch, kritisch, treffsicher.

Höhlenangst
Lisa Nerz 5 · Ariadne 1161 · ISBN 978-3-88619-891-7
Tief sind die Höhlen der Schwäbischen Alb: Nerz stöbert in Abgründen.

Allmachtsdackel
Lisa Nerz 6 · Ariadne 1169 · ISBN 978-3-88619-899-3
Waagen, Wagnisse, wilde Kühe: »Lehmanns Schwaben-Western!« *arte.tv*

Nachtkrater
Lisa Nerz 7 · Ariadne 1173 · ISBN 978-3-86754-173-2
Menschen, Mord und Mondstaub: ein total realistischer Mondkrimi.

Mit Teufelsg'walt
Lisa Nerz 8 · Ariadne 1179 · ISBN 978-3-86754-179-4
Stress mit dem Jugendamt: Lisa stößt auf blinde Flecken im Sorgerecht.

Malefizkrott
Lisa Nerz 9 · Ariadne 1185 · ISBN 978-3-86754-185-5
Debütautorin eckt an, Lisa soll schützen. Dreist, belesen, wahr.

Totensteige
Lisa Nerz 10 · Ariadne 1189 · ISBN 978-3-86754-189-3
Irrational & unheimlich: Kann Lisa die Welt retten? Und vor wem?

Allesfresser
Lisa Nerz 11 · Ariadne 1211 · ISBN 978-3-86754-211-1
Was essen, wie leben? Ist Nahrung Mord? Lisa goes vegan …

Die Affen von Cannstatt
Solitär · Ariadne 1195 · ISBN 978-3-86754-195-4
Mord im Affenhaus, Unschuldige in U-Haft: hartes Los!